SYLVAIN CABANA

LA LISEUSE D'ÂME

© 2015 Auteur Sylvain Cabana. Tous droits réservés.
Kréations Made in Cabana
ISBN 978-1-329-02881-4
Illustration et conception graphique par Michel Tremblay #13

Le Code de la propriété intellectuelle interdit les copies ou reproductions destinées à une utilisation collective. Toute représentation ou reproduction intégrale ou partielle faite par quelque procédé que ce soit, sans le consentement de l'auteur est illicite et constitue une contrefaçon sanctionnée par les articles du Code de la propriété intellectuelle.

Du même auteur

TOME 1 **Par-delà l'Éternité** – Les Éditions Bénévent (2010)
TOME 2 **Fleur des Étoiles** – Kréations Made in Cabana (2013)
TOME 3 **La Liseuse d'Âme** – Kréations Made in Cabana (2015)

TOME 1 **Par-delà l'Éternité** – Kréations Made in Cabana (2014)
    (Nouvelle édition)

***

Commandez les livres à partir du site Internet de l'auteur :

www.madeincabana.com

Mot de l'auteur

Mon aventure littéraire se poursuit avec la publication de ce troisième tome. Et c'est grâce à vous, chères lectrices et chers lecteurs, qui m'encouragez livre après livre. Vous m'insufflez l'énergie propulsant mon vaisseau dans cette odyssée initiatique et romanesque. Aujourd'hui, je tiens à vous exprimer toute ma reconnaissance et ma gratitude, car vous êtes la source alimentant la fontaine où je puise la force de vous ouvrir mon âme!

Merci infiniment,

Sylvain

LA LISEUSE D'ÂME

Fleur des Étoiles

C'est arrivé si soudainement. Je me revois encore au volant de ma voiture. Je la sens déraper dans la courbe et quitter la route. Et ensuite, le silence terrifiant de ce vol plané au-dessus du ravin. Puis, ce choc d'une violence inouïe. Le sang coule. Je me sens fuir hors de mon corps à toute vitesse. Je flotte. Une carcasse métallique flambe sous moi. Je m'envole avec le vent, comme une feuille morte. Je tourbillonne dans les airs. J'ai perdu tous mes repères. J'erre. Je me dilate. Où suis-je? Qu'un vide absolu. Pas âme qui vive pour m'accueillir. Je suis seul. Je suis loin. Très loin de tout à présent. Pourrai-je revenir chez moi? Vers moi? Tout de suite! Mais mon cœur est déjà loin. Je ne l'entends plus. Il ne se bat plus. Il s'est éclipsé entre deux battements. À bout de souffle. Au bout de son sang...

Puis, à la vitesse de la lumière, le film de mes vies défila dans mon esprit.

***

J'avais peine à y croire... 45 millions d'années! Nous avions attendu tout ce temps pour avoir enfin la chance d'unir de nouveau nos flammes jumelles. Pendant tout ce temps, nous n'avions eu que quelques furtifs croisements de trajectoires, ravivant en nous notre pacte d'alliance éternelle, cet espoir que nous avions planté dans le terreau de nos cœurs au moment de nous séparer. Je m'en souviens comme si c'était hier. On n'oublie jamais un moment comme celui-là, tellement il est gravé de façon indélébile dans nos fibres. À cette époque lointaine, nous formions qu'un seul être de lumière. Qu'une entité divine souhaitant découvrir les multiples facettes de la Création. Lors de notre séparation, qui eut lieu sur la planète Una, dans les Pléiades, l'Oiseau de Feu avait divisé notre être en deux pôles distincts : l'un masculin, l'autre féminin. Le but de notre aventure à travers le temps et l'espace consisterait à implanter la vie sur une jeune planète, la Planète Bleue, qui deviendrait un jour la Terre. Je me souviens de cette première vie, loin de ma contrepartie féminine. J'avais choisi d'expérimenter le règne minéral. J'étais ravi d'être une montagne et de pouvoir y vivre une fréquence d'énergie toute nouvelle pour moi. Quant à ma flamme jumelle, elle avait souhaité fondre son énergie dans la vibration d'une rivière. Des milliers d'années plus tard, j'avais reçu sa visite lorsqu'un violent orage s'était abattu au sommet de ma montagne. Toute la nuit, la pluie de son âme avait caressé ma cime desséchée par les rudes saisons de l'hémisphère austral. Son onde bienfaitrice avait gonflé mon cœur de bonheur. Nous fusionnions de nouveau...

Des millions d'années après, je l'avais repérée dans un pré où dansaient des fleurs multicolores sous la brise du vent. Je m'étais posé en douceur sur l'un de ses pétales et j'avais bu à la coupe de ses pistils, me rassasiant de son divin nectar. Je m'étais immergé langoureusement dans son calice, emmagasinant sa poudre d'or à la base de mon abdomen. Je tourbillonnai autour d'elle en zigzaguant dans la brise, lui chantant tout mon amour. Avant de repartir vers la ruche, j'effleurai sa corolle du bout de mes ailes et lui promis de revenir la voir. Jamais miel n'eut aussi bon goût.

Toutefois, notre séparation devint de plus en plus pénible à supporter, surtout depuis que je revêtais un corps humain. Incarnation après incarnation, je cherchais inlassablement mon autre partie, accumulant déboires amoureux et sensation de vide. Je ne parvenais plus à la ressentir. J'avais l'impression d'avoir perdu sa connexion. Le voile qui nous séparait semblait si opaque que, peu à peu, j'oubliai au fil des vies que quelqu'un m'attendait peut-être dans un coin de ciel bleu. Mais un jour, il y a 13 000 ans de cela, elle est venue me rendre visite. Deux jours. Je l'ai revue que deux jours seulement. Mais cela avait suffi à faire renaître notre amour éternel. À cette époque, je vivais sur le continent d'ATL, et elle, sur une autre planète. Après son départ, je n'avais plus qu'elle dans mon cœur. Mes vies sur Terre se succédèrent, cherchant dans les autres un peu de sa présence, mais la sensation de vide persistait.

Puis, alors que je n'y croyais plus, nos trajectoires se croisèrent de nouveau. Elle était jeune. Elle était belle. Stella était la femme de mes rêves. La femme de mes vies, si longtemps espérée. Elle était ma Fleur. J'étais son Étoile. « Dans le ciel de mon éternité, il n'y a qu'une étoile qui n'a jamais cessé de briller, et c'est toi », m'avait-elle avoué peu après nos retrouvailles. C'est dans cette vie-ci qu'aurait lieu notre réunification ultime, avais-je cru. Mais le conte de fées s'est abruptement évaporé lorsqu'elle m'a quitté. En fait, ce n'était pas sa décision. Mais la douleur de cette rupture fut tout aussi intolérable. Nous étions ensemble depuis trois ans, lorsqu'une nuit, alors qu'elle dormait paisiblement dans mes bras, une autre entité prit possession de son corps. Et au matin, c'est Océane qui s'était réveillée à mes côtés. Celle qui avait été ma femme lors de ma vie sur le continent d'ATL. Elle ne m'avait jamais pardonné d'être tombé amoureux de cet être à la peau de neige. Deux jours en compagnie de ma Fleur retrouvée avaient suffi à faire basculer notre univers paisible. Océane en voulait à cette femme venue d'ailleurs, elle lui avait volé le cœur de son homme. Mais elle ne comprenait pas la profondeur de notre lien, et moi non plus à cette époque, je n'avais pas compris ce qui m'arrivait réellement. Si bien que, des milliers d'années plus tard, Océane était revenue se venger, en revêtant le corps de Stella, pour être auprès de moi.

Depuis cette nuit-là, Stella errait dans les limbes, attendant une occasion de réintégrer son corps. Et moi, je ne reconnaissais plus la femme qui vivait à mes côtés. Un beau matin, Océane est partie. J'avais tout perdu. D'abord l'âme de Stella, et ensuite son vêtement de chair, auquel je m'étais attaché en désespoir de cause. J'entrepris alors ma dernière quête en cette vie. Je devais retrouver Océane, c'était mon seul espoir de revoir peut-être Stella un jour. Ma quête me conduisit sur l'île de Pâ. Les survivants d'ATL, le continent englouti, y avaient trouvé refuge dans un lointain passé. Des indices me laissaient croire qu'Océane s'était réfugiée sur cette île perdue dans le Pacifique. L'île de Pâ était unique. Elle recelait un trésor convoité par les Z, ces dieux généticiens venus de la constellation du Zeta Reticuli. Ces derniers cherchaient à mettre la main sur le plus puissant portail interdimensionnel de la Terre. Mon arrivée sur l'île de Pâ coïncida avec le retour des Z. J'avais réussi à repérer Océane, mais ces derniers la retenaient prisonnière. Toutefois, une grande bataille céleste éclata, et j'ai dû fuir en catastrophe, en empruntant le portail. J'ai alors déambulé dans les corridors du temps, cherchant un moyen de revenir dans la dimension que j'avais quittée.

Puis, après des jours d'errance, comme par miracle, elle m'apparut dans toute sa splendeur. L'âme de Stella m'avait rejoint dans l'éther sidéral et mon cœur bondissait de joie. Nos âmes fusionnèrent sur un autre plan, sur une autre longueur d'onde. Nos êtres de lumière s'entrelacèrent pour ne faire plus qu'un seul être. Sans nos vêtements de chair, nous nous sommes aimés dans l'Instant Éternel. Et Stella a conçu. Oh, je ne parle pas ici d'une Immaculée Conception, mais de quelque chose d'encore plus incroyable. Je parle d'une conception dans l'union de nos corps de lumière. L'enfant de notre création germait en elle. J'étais au paradis, et je ne souhaitais qu'une chose : y rester pour toujours. Mais, j'avais une vie sur Terre, et le destin me ramena cruellement sur cette petite boule bleue, sans Stella, qui était condamnée à errer dans les limbes. Dès mon retour sur Terre, je poursuivis ma quête à la recherche d'Océane. Toutefois, mes jours étaient comptés. Un poison insidieux coulait dans mes veines, impossible à éradiquer : le venin des Z.

Un matin de décembre, je me suis réveillé en ayant le vif pressentiment que Stella était de retour sur Terre. Je tentai d'entrer en contact avec son âme afin de savoir où elle était, mais mes appels n'eurent pas d'écho. Une pensée me traversa l'esprit : peut-être était-elle en train de mourir? Je ne pouvais me faire à l'idée de la perdre à tout jamais. Nous nous étions revus en cette vie pour accomplir notre ultime réunification, alors tout cela ne pouvait s'achever bêtement, après une si longue attente… 45 millions d'années à espérer ce moment…

Pendant ce temps, à l'autre bout du monde, là où la Terre épouse le Ciel, Stella se réveilla en sursaut, trempée de sueur. Elle reconnut dans la pénombre la petite chambre que Sonoma avait mise à sa disposition. Elle avait eu des nausées toute la journée et les contractions avaient commencé. Il y avait de la vie en elle. Sonoma l'avait priée de se reposer. Soudain, une brise froide fit valser les rideaux qui obstruaient l'étroite fente taillée dans le mur devant elle. Elle sentit une présence.
- Y'a quelqu'un?
Seul l'écho de sa voix lui répondit.

Tout à coup, elle s'est mise à trembler de la tête aux pieds. Il faisait de plus en plus froid dans la chambre. Elle avait l'impression que son cœur se déchirait dans sa poitrine. Prise de convulsions, sa vue se brouilla. Sa gorge se noua. Tout était noir autour. Elle se sentait écrasée par la pesanteur de l'obscurité. Elle suffoquait. Une douleur foudroyante lui broyait le ventre. Elle allait le perdre… Elle chercha son souffle, mais ne parvenait plus à respirer. Quelques instants plus tard, elle quittait son corps. Elle se sentit flotter, alors que la petite chambre disparaissait sous elle. Stella s'envola avec le vent, comme une feuille morte. Elle tourbillonna dans les airs. Elle voulut revenir, mais son cœur était déjà loin. Elle ne l'entendait plus. Il ne se battait plus. Il s'était éclipsé entre deux battements. À bout de souffle. Au bout de son sang. Un vol plané… Un saut de l'ange… Un silence en apesanteur… Simon… Simon…

L'idée de la perdre à tout jamais ne cessait de me hanter. Puis, en fin de journée, alors que je roulais sur l'autoroute, je l'entendis m'appeler dans mon esprit. Mon cœur bondit de joie. Stella était de retour. Je n'entendais plus la musique que diffusait la radio.

LA LISEUSE D'ÂME

Soudain, mes mains se mirent à trembler inexplicablement. Mon cœur se débattait dans ma poitrine. Je fus pris de convulsions. Ma gorge se noua. Ma vision se brouilla. Je ne voyais plus la route devant moi. Tout était noir autour. Je sentis la voiture déraper et quitter l'autoroute... Un vol plané... Un saut de l'ange... Un silence en apesanteur... Stella... Stella...

***

LA LISEUSE D'ÂME

L'Entre-Vie

Un tunnel de lumière bleutée m'apparut, d'où jaillit une entité rayonnante comme un arc-en-ciel. Elle s'avança vers moi en valsant dans le vide infini. Je n'avais pas peur. Au contraire, sa présence me procurait une sensation de plénitude indescriptible. En se rapprochant, sa silhouette se dessina plus distinctement. Une femme gracieuse, au visage intemporel, se tenait devant moi, drapée d'une robe diaphane d'une blancheur immaculée. Ses cheveux ondulaient comme les vagues de l'océan. Une nuée d'étoiles scintillait autour d'elle. Des fleurs dansaient à ses pieds. Elle sourit et me tendit la main.
- Stella, c'est toi? m'exclamai-je fébrile.
- Viens… Approche Simon, me souffla une voix dans les replis de mon âme.

Elle irradiait de lumière, alors que son aura m'enveloppait de ses vibrations.
- Stella! Mon amour… comme tu m'as manqué. Ça fait si longtemps…
- Simon, je suis si heureuse de te retrouver… enfin mon cœur respire.
- Est-ce que toi aussi tu es…
- Oui, Simon. J'ai quitté la Terre au même instant que toi. Ton dernier souffle fut le mien.
- Je t'ai cherchée si longtemps. Des nuits et des nuits à te rêver. Des jours et des jours à espérer que la vie nous réunisse de nouveau.
- Moi aussi, j'ai cherché à revenir vers toi...
- Comme la vie est mystérieuse… Nous voilà enfin réunis, mais nous sommes morts désormais!
- Pourtant, tu m'as l'air drôlement vivant pour un mort!
- Toi aussi! Tu es plus resplendissante que jamais.

LA LISEUSE D'ÂME

Elle resserra son étreinte et nos deux âmes fusionnèrent dans un tourbillon de couleurs au parfum d'étoiles. J'étais Amour et Lumière. J'étais en Paix. Nos esprits et nos cœurs se fondirent l'un dans l'autre, en une seule et unique vibration. Une nouvelle vibration. Une nouvelle lumière. De nouvelles couleurs, plus rayonnantes que jamais, se diffusaient dans notre être. Nous venions de réaliser notre ultime réunification. Nous ne faisions plus qu'UN. Qu'un seul être en harmonie avec l'Univers.

- Qu'allons-nous faire maintenant? demandai-je à Stella.
- Franchement, je ne sais pas plus que toi.
- Et on ne peut même plus compter sur Saint-Pierre pour nous accueillir aux portes du Ciel!
- Ce n'est plus comme dans le bon vieux temps!

Une présence familière s'immisça subtilement entre nous.
- Je peux vous guider, si vous voulez!
Une voix féminine et mélodieuse venait de résonner dans l'éther.
- Ava! C'est bien toi? Dis-moi que je ne rêve pas?
- En lumière et en esprit! Pour vous servir!
- Ravi de t'entendre de nouveau! répondis-je, à la fois étonné et heureux de la savoir auprès de nous.
- J'arrive du toit du monde, là où la Terre épouse le Ciel... annonça Ava en suspendant sa phrase.
- Qu'est-il advenu de notre enfant? questionna Stella, en redoutant le pire.
- Votre enfant se porte bien...
- Dieu du Ciel! C'est merveilleux! s'exclama Stella.
- Est-ce qu'il y a quelqu'un qui s'en occupe? demandai-je inquiet.
- C'est Sonoma qui veille sur le nouveau-né en ce moment.

Ce nom me disait quelque chose. Je cherchais dans les dédales de mes souvenirs, quand soudain, un visage m'apparut. Celui d'un jeune enfant de douze ans, tout au plus. Il avait été mon premier

vrai copain, il y a de cela près de 2 000 ans, dans une autre vie. Comment était-ce possible?
- Je sais que cela peut te paraître invraisemblable, mais Sonoma est bel et bien vivant. Cette communauté de montagnards détient un secret bien particulier. Ils peuvent vivre des milliers d'années grâce à leur mode de vie et aux cristaux régénérateurs, extraits dans la montagne sacrée. C'est un héritage provenant des Atlantes. Enfin, c'est une longue histoire, conclut Ava. Pour l'heure, ce qui compte c'est qu'il soit présent avec l'enfant, comme il l'a été lors de l'accouchement de Stella.

J'étais sidéré. Mon copain d'enfance, d'une autre vie, avait aidé ma bien-aimée à mettre au monde notre enfant. Et en plus, c'est lui qui en avait désormais la garde...
- Surprenant, n'est-ce pas? lança Ava qui avait lu dans mes pensées.
- Pour une surprise, c'en est toute une!
- Et ce n'est pas tout... Je vous annonce que votre enfant sera le premier enfant « Violet ».
- Qu'est-ce que tu veux dire, Ava? demanda Stella, intriguée.
- Ce sera le premier enfant à voir couler dans ses veines le Rayon Violet, constitué du sang des humains, du sang des Z et du sang des Êtres de neige. Et c'est un enfant né de parents qui ont réussi leur réunification ultime, en l'occurrence, vous! Il a un avenir très prometteur. Il sera l'instigateur d'un nouveau courant de conscience sur Terre. Cet enfant, votre enfant, enfin, notre enfant vivra dans l'espace du cœur. Il sera un Maître sans le savoir, car il rayonnera d'une aura bienfaitrice. Il sera un rayon de soleil violet. Comme vous cherchiez à l'être dans cette vie. Simon, tu représentais le Rayon Bleu, et toi Stella, le Rayon Rouge. Et lorsque vous avez commencé à unir vos énergies, le rouge et le bleu se sont mélangés pour donner le violet. Rappelez-vous votre première incarnation, lorsque votre être de lumière s'est divisé pour s'individualiser, vous vous appeliez comment?

LA LISEUSE D'ÂME

SyBleu et SoRouge! Étrange coïncidence, n'est-ce pas? Qui, en fait, n'en est pas une, car vous arboriez alors les couleurs primaires issues de votre lumière d'origine.
- Ouf! C'est franchement incroyable tout ça… m'exclamai-je, stupéfait.
- C'est ce que vous aviez planifié comme destin! lança Ava.
- Ce qui m'attriste dans cette belle histoire, c'est que nous sommes de ce côté-ci du voile, alors que notre enfant est sur Terre en ce moment. J'aurais bien aimé être auprès de lui et pouvoir le prendre dans mes bras, nous confia Stella émue aux larmes.
- Je comprends… Mais ce qui vous attend sera encore plus merveilleux que tout ce que vous pourriez imaginer.
- Peut-être, mais ce n'est quand même pas évident de s'habituer à notre nouvelle forme de vie, surtout quand on ne s'y attend pas, c'est arrivé si soudainement cet accident de voiture, dis-je un peu perturbé.
- Un accident? Tu oublies que tu avais tout décidé, tout planifié, bien avant ta naissance. En fait, c'était une planification conjointe, car vous aviez tout orchestré ensemble, depuis le début.
- Hmm… marmonnai-je un brin septique.
- Vous avez même réussi l'exploit de quitter votre vêtement de chair au même instant, tout en étant l'un et l'autre aux antipodes de la Terre.
- Tout un timing! Je te l'accorde, répondis-je sur un ton sarcastique.
- Ce n'était pas une coïncidence! Je parle ici d'un synchronisme d'âmes, ajouta Ava sur un ton plus sérieux.
- Je vois… Si tu me permets, j'aimerais éclaircir un point, il y a quelque chose qui me tracasse dans tout ce qui nous arrive. Stella et moi avons réussi notre réunification ultime et nous ne formons qu'un seul être à présent, c'est bien ça?
- Tout à fait.
- Alors comment expliques-tu que nous ayons encore chacun notre esprit?

LA LISEUSE D'ÂME

- Excellente question, mon cher Simon!
- J'espère que tu as la réponse au moins!
- Si je l'ai, tu l'as toi aussi, car je suis toi, je te rappelle!
- Très marrant, Ava…
- En fait, vos vibrations et vos âmes sont fusionnées à présent. Toutefois, vos esprits conserveront, pour un certain temps, leur personnalité distincte, si je peux m'exprimer ainsi.
- Qu'est-ce que tu entends par… un certain temps?
- Le temps que je vous explique la suite de votre aventure, car j'ai besoin d'un accord venant de chacun de vous avant de tirer certaines ficelles.

Nous ne comprenions pas trop où Ava voulait en venir, mais Stella avait du mal à cacher son excitation.
- Alors Ava, tu nous racontes la suite de notre aventure! J'ai hâte de savoir ce qui nous attend.
- Bon, bon, j'y viens. Récapitulons, si vous le voulez bien. Vous êtes actuellement morts, au sens où la majorité des humains l'entendent sur Terre. Comme vous êtes à même de le constater, cela demeure une grande illusion. Débarrassés de votre vêtement de chair, qui vous enserrait, vous vous sentez dilatés et plus en vie que jamais, n'est-ce pas?

Sans attendre notre réponse, Ava poursuivit :
- Plusieurs choix s'offrent à vous présentement. Comme vous le savez, c'est la règle du libre arbitre qui prévaut. Et ça fonctionne de cette manière sur Terre comme au Ciel. C'est la base même de votre évolution : choisir les expériences que vous souhaitez vivre pour avancer dans la spirale de l'existence, en expansion infinie. Vous avez ascensionné un peu plus à chaque passage sur Terre, au fil de myriade de vies, ce qui vous a amenés à réaliser votre réunification ultime. Alors, vous avez plusieurs possibilités. Vous pouvez rester de ce côté-ci du voile et profiter de cette vie en tant qu'entités désincarnées, en prenant le temps que vous voulez pour explorer ce nouvel état d'être. Vous avez l'éternité devant vous! Vous expérimenterez alors le Paradis ou

l'Enfer, car il en sera fait selon votre volonté. Enfin, selon ce que votre conscience aura imaginé ou souhaité y vivre avant de traverser le voile. Vous savez que vos pensées créent sur Terre votre réalité. À partir de l'invisible, vous construisez votre monde visible, votre réalité de tous les jours. Il en est ainsi pour votre vie au Ciel, comme vous dites. Vous avez créé votre Au-delà par les pensées que vous avez entretenues et par les actions que vous avez faites sur Terre. Votre Ciel sera tel que vous l'aurez conçu en votre âme et conscience. Car comme vous pouvez le constater, celle-ci vous suit, et demeure votre véhicule d'expression après l'extinction de votre corps de chair.

- Alors, si je comprends bien, nous héritons de ce que nous avons fait et pensé. Donc, si j'ai fait beaucoup de mal autour de moi dans ma dernière vie, soit blesser profondément des personnes ou même tuer certains humains, je suppose que j'aurais accumulé un très lourd karma, et que ma vie au Ciel prendrait plutôt les couleurs de l'Enfer.
- Le karma est un concept très à la mode et mal compris sur Terre. Cette notion de devoir expier ses péchés en Enfer n'est rien d'autre qu'une invention humaine, que des lois conçues par vos dirigeants religieux pour soumettre les pauvres pécheurs à leur autorité. En réalité, ce n'est pas de cette façon que les lois universelles fonctionnent. Partez du principe que vous ne faites qu'UN avec tous les êtres humains, toutes les créatures vivantes, la Terre et même l'Univers entier.
- Difficile à concevoir…
- Si vous partez de ce principe universel où Tout est relié à Tout, bien des choses s'expliqueront. En fait, tous les êtres humains et toutes les créatures existant dans l'Univers sont issus d'une même et unique Source. Vous êtes tous de la même Essence, à la différence que vous vibrez sur des longueurs d'onde différentes et évoluez dans des mondes différents. Une roche n'a pas le même taux vibratoire qu'un humain, une plante ou un animal, car elle évolue dans le

règne minéral. Mais ce qui anime cette roche, et qui lui permet d'être ce qu'elle est, a la même origine que votre souffle de vie. À lui seul, votre corps physique en est la plus belle démonstration. Quand vous vous regardez dans la glace, vous voyez un tout, un être humain entier, un corps de chair. Mais si ce tout existe, c'est parce qu'il y a des milliards de cellules et de molécules qui le composent. Est-ce que vos cellules sont de la même essence que votre corps? Bien sûr que oui! La même loi s'applique dans l'Univers. Vos pieds ou vos mains sont de la même essence que votre cerveau. Il n'y a pas que lui qui a conscience. Toutes les cellules de votre corps ont conscience. Toutes ont conscience de ce qu'elles sont et de ce que vous êtes! Loin de moi l'idée de vous faire un sermon sur ces principes de base, mais ils vous seront utiles pour la compréhension de votre nouvel état d'être, c'est-à-dire d'être UN. J'aimerais toutefois revenir à ton exemple de la personne qui a fait beaucoup de mal autour d'elle dans sa vie. Si la Loi karmique ne s'applique pas, alors tout le monde est libre de faire le mal qu'il veut sans avoir à craindre des conséquences. Mais ce qui entre réellement en jeu, ce n'est pas la peur du châtiment éternel qu'éprouve la personne, mais la petite voix de sa conscience qui lui souffle ce que son âme sait de tout temps, à savoir que nous sommes qu'UN. C'est comme si une personne considérait sa propre main comme une ennemie, et qu'elle s'acharnait à lui briser les os. Quand cette personne prendra réellement conscience qu'il s'agit de sa propre main, elle cessera les coups et n'aura qu'une idée : réparer les dommages, rafistoler ses doigts, panser sa main et guérir ses blessures. Ce principe fonctionne tout seul, pas besoin d'élaborer des lois karmiques complexes. Tout est une question de prise de conscience, car l'âme sait déjà tout ça.

- Alors Ava, qu'elles sont ces fameuses options qui s'offrent à nous? Je suis impatiente de savoir, demanda Stella.

LA LISEUSE D'ÂME

- Comme je vous l'ai mentionné, vous pouvez demeurer de ce côté-ci du voile aussi longtemps que vous le désirez, des années, des siècles, voire des milliers d'années avant de reprendre une forme humaine sur Terre.
- A-t-on besoin de revenir toujours sur Terre? Est-ce un cycle infini de réincarnations?
- Bien sûr que non! Mais c'est une voie de passage pour votre âme. Celle-ci a choisi, il y a fort longtemps, d'expérimenter la vie sur Terre. Elle aurait pu faire d'autres choix et servir d'autres buts dans l'évolution de l'Univers. Le cycle des incarnations s'arrête quand l'âme n'a plus rien à y apprendre, quand elle est retournée à la Source de toutes choses en transcendant l'illusion de la dualité, de la séparation qui prévaut depuis des milliers d'années sur Terre.
- Et quand ce cycle est terminé qu'advient-il de l'âme?
- D'autres possibilités d'évolution s'offrent à elle dans la spirale de la vie sur d'autres plans, d'autres dimensions. La Création est en perpétuelle expansion. Et vous, qu'est-ce que votre âme désire profondément? Rester de ce côté-ci ou retourner sur Terre?
- Y retourner! répondîmes-nous en chœur.
- Et pourquoi donc?
- Quelle aventure ce serait de vivre notre première vie sur Terre dans la peau d'un être harmonisé, où il n'y aurait plus de séparation, de dualité entre les pôles féminin et masculin, et où la vie ne serait plus une course folle à la recherche de sa flamme jumelle, car nous serions déjà unifiés en un Tout.
- Ce serait assurément une très belle aventure remplie de nouveaux défis. Vous ne serez peut-être pas engagés dans une course contre la montre pour retrouver votre flamme jumelle, mais cela n'exclut pas une autre sorte de quête. Comme le désir de rencontrer une personne comme vous, qui a réunifié son être. Je ne vous cacherai pas que vous allez rencontrer de la résistance, très forte même, car ceux qui vous entoureront n'auront pas le même niveau de conscience. Certains vous craindront, vous repousseront, alors que

d'autres seront attirés par votre lumière et voudront s'approcher de vous, car vous les inspirerez. Vous allez représenter le nouveau genre d'humain à venir. Vous serez des précurseurs qui amorceront les bases du changement d'énergie en ce début du nouveau Cycle cosmique. L'Heure après le 12 : la 13e heure du 13e jour du 13e mois de la $13\,000^e$ année. N'allez pas croire que vous êtes les seuls! Des milliers de personnes comme vous ont atteint le niveau de conscience pour amorcer un changement en profondeur. Mais qu'est-ce que quelques milliers d'individus peuvent faire dans une mer de milliards de gens encore inconscients du pouvoir qui sommeille en eux? Eh bien, je vous le dis : toute la différence! Des personnes comme vous pourront en inspirer des milliers. Et qui, à leur tour, en inspireront d'autres. C'est une réaction en chaîne, et la conscience est en accélération en ce moment. Ce qui prenait des centaines d'années à se mettre en mouvement avant, va se faire en un temps record. Car vous n'êtes pas sans le savoir, le temps presse. Votre petite planète bleue et ses habitants sont rendus à un point de non-retour. Des changements drastiques doivent se produire dans la conscience de la collectivité humaine, renversant cette pulsion autodestructrice actuelle, ou la Terre prendra les grands moyens pour nettoyer toute cette négativité et tous ces poisons qui l'anéantissent jour après jour. Et les humains font de même avec leurs précieux corps, ils l'anéantissent. Le cancer est la meilleure preuve de cette autodestruction collective. Les gens se renient et n'acceptent pas leur lumière intérieure, alors les cellules les écoutent et viennent à se rejeter elles-mêmes, et elles s'entre-tuent. Vous voulez savoir ce que les humains ont su maîtriser le mieux depuis des millénaires : la guerre. Allez savoir pourquoi leur corps leur déclare la guerre. Je vous l'ai dit, vos cellules ont conscience de vos pensées. Vous êtes ce que vous pensez. Si je vous raconte tout cela, c'est parce que vous aller devoir aider la Terre et ses habitants à se guérir. En tant qu'être réunifié, vous avez la capacité de transcender la dualité et de voir au-delà des apparences. Cela vous sera utile afin d'apporter votre soutien au réalignement énergétique qu'exige cette guérison. Encore là, vous serez libre de participer aux changements qu'amène dans son sillage ce Nouveau Cycle Cosmique. La réponse réside dans votre cœur. Écoutez-le.

Nous laissâmes ses paroles se décanter en nous. Puis, Ava enchaîna :
- Maintenant, j'ai une autre question pour vous. Quand souhaitez-vous retourner sur Terre?
- Au plus vite! répondis-je.
- Moi aussi! rétorqua Stella du tac au tac.
- Mais pour ce faire, vous allez avoir besoin d'une forme physique, d'un corps pour vous accueillir. Et comme toutes les âmes qui s'incarnent sur Terre, vous allez devoir choisir vos parents, votre famille et votre environnement de vie qui correspondent à ce que vous souhaitez vivre comme expérience.
- Je pensais que c'était les parents qui choisissaient d'avoir un enfant, mais pas les enfants qui choisissaient leurs parents.
- En réalité, c'est un choix commun de part et d'autre. Les parents émettent l'intention d'avoir un enfant et certaines âmes se montrent intéressées. Vous saisissez... Il n'y a pas de hasard dans la vie, que de l'orchestration divine! Si vous aviez le choix de vous réincarner dans n'importe quel lieu de la Terre et dans n'importe quelle situation, que choisiriez-vous?
- Peu importe, pourvu que ce soit le plus près possible de notre enfant qui vient de naître, clama Stella.
- Vos désirs sont des ordres! répliqua Ava sur un ton enjoué. Et pour les parents, avez-vous une idée sur quelle base vous les choisirez?
- J'aimerais bien naître d'une relation basée sur l'amour, où les parents s'aiment follement, comme lorsque l'on a conçu notre enfant, Stella et moi.

LA LISEUSE D'ÂME

- Et toi Stella, qu'est-ce que tu souhaites?
- La même chose évidemment, ce serait le contexte idéal pour démarrer notre nouvelle vie.
- J'ai peut-être trouvé le couple qu'il vous faut…
- Comment ça? Tu as déjà commencé les recherches pour nous! m'exclamai-je, étonné.
- C'est que le couple en question, je le connais très bien. Et je vous jure qu'ils s'aimaient éperdument lorsqu'ils ont conçu leur enfant. Et en plus, il est tellement mignon et adorable.
- Je ne comprends pas… Il est trop tard, l'enfant est déjà né, alors il est habité par une âme…
- Oh, vous savez, les âmes qui s'incarnent sur Terre ne le font pas toujours à la naissance de l'enfant. Parfois certains détails doivent être réglés avant qu'une âme habite son futur vêtement de chair. Certaines ententes sont prises dans l'entre-vie, et lorsqu'un accord survient, l'âme a alors l'autorisation de s'incarner.
- Alors, est-ce qu'on l'a cet accord pour pouvoir s'incarner dans ce nouveau-né? demanda Stella, impatiente.
- C'est que les parents ont déjà choisi l'âme qu'ils désirent voir grandir dans leur enfant.
- Mais tantôt tu nous disais que c'était l'âme désirant s'incarner qui choisissait ses parents.
- C'est vrai, c'est toujours le cas!
- Je n'y comprends plus rien… soupira Stella.
- Et si je vous disais que vous vous êtes choisis, est-ce plus clair?

Un long silence plana, et notre âme comprit instinctivement de quoi il en retournait, car c'était inscrit en nous.
- C'est génial, n'est-ca pas? lança fièrement Ava.
- Pour être original, on ne pouvait pas faire mieux! répondis-je stupéfait.
- Alors, vous êtes d'accord? demanda Ava.
- Oh que oui! claironnâmes-nous en chœur.

LA LISEUSE D'ÂME

Stella était encore sous le choc de cette extraordinaire révélation.
- Tu imagines Simon, nous habiterons le corps de l'enfant que l'on a conçu ensemble! Nous serons nos propres parents...
- Oui, biologiquement, mais dans la réalité vous aurez besoin de vrais parents pour vous élever, pour vous nourrir et vous faire grandir. Je connais une personne qui n'attend que ça en son âme, mais elle ne le réalise pas encore, car elle est encore jeune. Ce serait une expérience extraordinaire pour vous et pour elle aussi.
- Est-ce que nous la connaissons?
- Évidemment. Et très bien même!
- Est-ce que nous l'avons connue dans cette vie que nous venons de quitter? demandai-je intrigué.
- Oui, et dans d'autres vies également. Cette personne a été un jour ton grand-père, une autre fois ton amie, et même ton frère à une certaine époque!
- Quoi? Tu veux dire que... Maude... ma filleule... serait...
- Tout à fait! Ce serait la mère idéale pour vous. De tout temps, elle a été votre âme sœur. Vous avez choisi d'évoluer ensemble au cours de plusieurs vies. C'était un de vos pactes secrets, vous vous souvenez?

Alors que ses paroles faisaient ressurgir de lointains souvenirs tatoués dans les replis de notre âme, l'idée d'avoir Maude comme mère nous enchanta. En fait, cela correspondait parfaitement aux attentes silencieuses de notre âme.
- Et alors, qu'est-ce que vous en pensez?
- C'est fantastique! répondîmes-nous d'une seule voix.
- C'est ce que vous aviez planifié ensemble, lors de votre dernier passage de ce côté-ci du voile. Mais la partie n'est pas encore gagnée...
- Qu'est-ce que tu insinues, Ava? questionnai-je, perplexe.
- Maude n'a que dix-huit ans, et elle n'est pas encore consciente de cette entente qu'elle a prise par-delà le voile. Et qu'est-ce que ses parents vont en penser, si elle manifeste soudainement l'intention d'adopter un enfant? Et, de surcroît,

un enfant qui est présentement au Népal, sous la garde d'un vieux sage. Qui, soit dit en passant, est le seul à savoir présentement que l'enfant est de vous deux.
- Ouais, ça commence à être compliquée comme aventure... marmonna Stella, un peu dépitée.
- Effectivement, c'est une situation assez complexe, car il y a beaucoup de personnes impliquées. Et chacune d'elles doit prendre des décisions inspirées par son âme, pour que le plan fonctionne. Toutes ces personnes doivent y contribuer et y donner leur accord intérieurement. Il suffit de l'entêtement d'une seule personne qui n'écoute pas son cœur, en commençant par Maude, pour que vos vies à tous prennent une autre direction.
- Mais je pensais qu'une entente prise par-delà le voile était toujours respectée, répondis-je étonné.
- Pas du tout! Beaucoup de gens sur Terre ne sont pas encore connectés avec leur âme. Ils n'écoutent que la voix de la raison, mais pas celle de l'intuition par laquelle l'âme s'exprime.
- Peut-on influencer les décisions des personnes impliquées pour que l'entente se concrétise?
- Je n'aime pas le mot influencer, car cela laisse sous-entendre que l'on interfère dans le libre choix des gens. Mais, effectivement, on peut inspirer la conscience des êtres pour qu'ils se souviennent des ententes prises dans l'entre-vie.
- Comment y arrive-t-on? s'enquit Stella.
- En étant cette petite voix intérieure qui souffle dans le cœur des gens : « Souvenez-vous, souvenez-vous de notre entente... ». Il faut parvenir à toucher le cœur des gens, car le cœur est le couloir donnant accès à l'âme. Et dans l'âme est encodée la Mémoire Ancestrale, la mémoire de toutes nos vies et de tous nos passages dans l'au-delà.
- Je veux bien, Ava, mais lorsqu'on s'incarnera dans le corps de l'enfant à l'autre bout du monde, quel moyen aura-t-on pour inspirer les gens à distance?

LA LISEUSE D'ÂME

- Excellente question! Sachez que durant les six premiers mois de votre nouvelle vie, vous ne serez dans ce petit corps qu'à temps partiel.
- Et l'autre partie du temps, où serons-nous?
- Où il vous plaira! Vous aurez le pouvoir de voyager à travers le temps et l'espace et d'entrer en contact avec l'énergie des gens. Mais plus le temps s'écoulera, plus vous prendrez forme dans la matière et dans cette vie à trois dimensions qui prévaut actuellement sur Terre. Et de ce fait, l'existence de ce qui se passe de ce côté-ci se voilera, pour n'être plus qu'un lointain souvenir après l'âge de cinq ans. L'aventure vous tente encore?
- Oh que oui!

***

LA LISEUSE D'ÂME

Retour sur Terre

Un vieil homme se recueillait dans un coin d'une pièce où filtraient les rayons de la lune. Une femme était étendue sur un lit, enroulée dans un drap de lin blanc. Elle avait les yeux clos et son visage rayonnait d'une sérénité céleste. L'homme s'agenouilla près d'elle et posa une main sur son cœur et l'autre au creux de la poitrine de la femme.

Il récita une prière à voix basse, et ensuite recouvrit le visage de la femme en rabattant le drap méticuleusement, comme on emmitoufle une précieuse porcelaine que l'on ne veut pas abîmer.

***

Le hurlement des sirènes déchirait en lambeaux le manteau silencieux dans lequel s'était blottie l'aube naissante. Des pompiers extirpaient d'une voiture le corps inerte d'un homme maculé de sang. On déposa le corps sur un brancard, et les ambulanciers tentèrent de réanimer l'homme qui avait rendu l'âme. Le sourire paisible qu'affichait l'homme contrastait parmi la foule de visages crispés qui s'affairaient autour de lui. Le mort semblait aux anges, alors que les vivants qui s'agitaient frénétiquement dans le ravin paraissaient avoir été précipités directement en enfer. Au bout d'un certain temps, l'équipe médicale se résigna et cessa les manœuvres de réanimation. Un long silence résonna dans la vallée. Puis, l'attroupement se dissipa et le cortège de véhicules d'urgence repartit avec la dépouille de l'homme.

***

Sonoma s'était organisé pour obtenir les papiers d'extradition de la dépouille de Stella en un temps record, et avait fait pression sur les autorités tibétaines pour qu'elle soit rapatriée au Canada dans les plus brefs délais. Il avait expédié une lettre expliquant aux parents les circonstances entourant la mort de Stella et mentionné qu'elle avait donné naissance à un enfant en parfaite santé. Il avait obtenu la permission des autorités d'en assurer la garde jusqu'à ce que les membres de la famille viennent le récupérer.

Il suggérait fortement à la famille de faire prélever des échantillons d'ADN sur le corps de Simon avant la mise en terre. Ce qui avait laissé la famille perplexe, mais il terminait sa lettre en disant :
« Je vous expliquerai lorsque vous viendrez, faites-moi confiance, procédez aux prélèvements ».

***

Dix jours plus tard.

À vol d'oiseau, le spectacle était saisissant. Au sommet d'une colline enneigée, surplombant l'Étang aux Cerises, une foule nombreuse, tout habillée de blanc, se recueillait en silence autour d'un majestueux pin blanc d'Amérique. Au pied du grand arbre, deux êtres étaient soigneusement enveloppés dans des draps de soie blanche. Ce boisé odorant, tapissé de feuilles mortes, fut le creuset de leur amour. Le havre de paix où leurs cœurs se rencontrèrent pour la première fois. Cet endroit sacré s'imposait par lui-même comme site pour leur dernier repos. Le maître de cérémonie prit la parole et souligna, à juste titre, l'amour incomparable que se vouaient, l'un envers l'autre, Stella et Simon :

> *« Ils étaient des êtres d'exception, comme on n'en rencontre rarement dans une vie. Ils s'aimaient éperdument... À un point tel, qu'ils se croyaient unis par les liens de l'amour pour l'éternité. Leur amour était pur, authentique, généreux, inaltérable, sans frontières et sans limites. Ils étaient à l'image de cette nature qui nous entoure en ce moment. Regardez ce beau soleil! Ces chauds rayons dorés qui filtrent à travers les branches des arbres. Admirez cette colline immaculée! Prêtez l'oreille aux*

murmures des cascades qui dévalent dans les ravins en contrebas. Tout respire l'amour et l'harmonie. Ils sont chez eux, ici. Sur ce linceul de neige fraîche, ils reposent en paix l'un auprès l'autre. Puissiez-vous, Stella et Simon, être de nouveau réunis par-delà le voile de la mort, comme vous l'espériez tant... Amen. »

L'officiant alluma un grand feu, aménagé pour les circonstances sur un plateau rocheux face au Mont Orford. Maude avait disposé dans un joli vase en cristal une brassée de pétales de fleurs blanches, roses et bleues. Parents et amis des défunts s'approchèrent tour à tour en prenant une poignée de pétales qu'ils lancèrent dans les langues de feu qui s'élevaient vers le bleu du ciel. La cérémonie terminée, chacun avait rempli son flacon de cendres, et le reste fut jeté dans le vent, du haut de la colline.

Étrange sensation que d'assister à ses propres obsèques, et de voir les vivants pleurer leurs morts... qui les observent plus pétillants de vie que jamais!

***

Népal. Un mois plus tard.

Raymonde, la mère de Simon, et Maria, la mère de Stella, attendaient à l'entrée du temple.
- Entrez, je vous en prie, ne restez pas là, vous allez prendre froid. Puis-je prendre vos manteaux? Vous désirez un thé ou un café?
- Un thé, volontiers, répondit Maria.
- Ce sera la même chose pour moi, enchaîna Raymonde.

Sonoma, qui préparait l'infusion, s'enquit si elles avaient fait bon voyage.
- Nous sommes épuisées, bredouilla Raymonde.

LA LISEUSE D'ÂME

- Vingt et une heures de vol, trois escales, en plus du décalage horaire, ça rentre dans le corps! renchérit Maria.
- Effectivement, et c'est sans compter les trois heures de taxi de brousse pour se rendre jusqu'ici, rajouta Raymonde.

Sonoma esquissa un sourire, puis leur révéla la vérité.

- En temps normal, pour venir jusqu'ici, dans cette région reculée du Tibet, il faut compter cinq à six jours de route depuis l'aéroport. Tout dépend des conditions climatiques, et si l'on ne perd pas son chemin à travers le dédale de vallées, leur confia-t-il.

Interloquées, Raymonde et Maria se regardèrent, cherchant à comprendre ce qui leur était arrivé, car elles n'avaient aucun souvenir d'un tel périple en montagne.

- Permettez-moi de vous éclairer, si vous le voulez bien, dit-il en nous faisant un clin d'oeil.
- Certainement, j'aimerais bien savoir comment votre chauffeur a réussi à faire la route en moins de trois heures! s'étonna Raymonde.
- Frère Wesa, celui qui vous a conduites ici, connaît un raccourci…
- Vous parlez d'un raccourci! s'exclama Maria.
- En réalité, il vous a menées de l'aéroport jusqu'au pied de la première chaîne de montagnes. Ensuite, j'ai fait le reste.
- C'est-à-dire…
- Je vous ai téléportées jusqu'à l'entrée du temple, si je puis m'exprimer ainsi.
- Téléportées? répondîmes-nous estomaquées.
- En fait, ce n'est pas le mot juste. Car j'ai simplement ouvert le portail et vous avez été aspirées dans un vortex interdimensionnel, où le temps et l'espace s'effacent. Bon, je cesse de vous importuner avec nos moyens de transport un peu rustiques, car là n'est pas le but de notre rencontre, conclut-il sur un ton ironique.

LA LISEUSE D'ÂME

Sonoma nous servit le thé, que nous dégustâmes en silence. Le vieil homme avait très certainement lut dans nos pensées, puisqu'il se leva subitement et nous invita à le suivre.
- Venez avec moi que je vous montre ce bel enfant! Vous devez être impatientes de le voir, n'est-ce pas?
- Oh que oui!

Une douce lumière éclairait la petite chambre. La pièce était sobre et rustique. Seuls un lit, une chaise et une petite table en bois ornaient l'espace. Mais l'énergie que cette pièce recelait était fabuleuse. On aurait cru que tout dansait, que tout pétillait de vie dans l'air ambiant. Nous avions la sensation de flotter dans une oasis de paix hors du temps. Maria me saisit la main. Nous nous approchâmes lentement du lit où dormait paisiblement le nouveau-né. Son visage était radieux et serein. Il avait l'air aux anges, ou plus exactement, il avait l'air d'un ange. Une chose nous frappa tout de suite. Cet enfant n'était pas comme les autres. Son visage était intemporel et l'énergie qu'il dégageait nous donnait le frisson. Subjuguées, nous l'admirions en silence, suspendues entre deux mondes. Puis, comme s'il avait deviné notre présence, il ouvrit les yeux. Et quels yeux! D'une brillance incomparable. Une grande sagesse émanait de son regard violet, profond et intense. Tout son petit être paraissait nous sourire. Les mères ressentent ces choses-là, et nous savions toutes les deux que cet enfant n'était pas comme les autres. Il était d'essence divine, avions-nous cru...

- C'est le nouveau genre humain! nous lança Sonoma, comme s'il lisait encore dans nos pensées.
- Je n'en doute pas un instant. Il est divin! C'est un vrai petit ange, renchérit Maria.
- Vous avez raison... Cet enfant n'a pas été conçu sur Terre...
- Qu'est-ce que vous racontez? intervint Raymonde, pressée d'en savoir plus.
- Avant de mettre au monde son enfant, Stella m'a confié son histoire. Elle a conçu cet enfant avec Simon, alors qu'ils étaient tous les deux par-delà le voile. Ensuite, ils sont

revenus sur Terre pour repartir ensemble, libérés de leurs enveloppes corporelles. Ils ont réussi ce que nous appelons la réunification ultime de leurs âmes. C'est la réunion de leurs flammes jumelles, après des milliers d'incarnations sur Terre. Ils ont unifié leurs pôles, féminin et masculin, en toute harmonie. Cette fusion de leurs âmes a engendré un des premiers enfants à naître ni homme, ni femme, mais un parfait équilibre des deux sexes. Un nouveau genre humain, vous comprenez! Pour cette incarnation, l'âme de l'enfant a choisi un vêtement de chair féminin. Au fil des générations, le corps physique, autant masculin que féminin, subira des transformations qui refléteront le nouveau genre humain.

Après cette surprenante révélation, un long silence plana dans la pièce, et les deux femmes posèrent un regard attendrissant et rempli d'admiration sur le petit être aux yeux zébrés de flammes violettes.
- Avez-vous décidé qui s'occupera de l'enfant? demanda Sonoma.
- Nous en avons discuté, mais nous n'avons personne dans notre cercle familial qui est en mesure de s'en occuper à long terme. Toutefois, mon mari et moi pouvons en prendre soin pour un certain temps, mais on se fait vieux, vous savez…
- Je comprends très bien votre situation, Raymonde. Maintenant, je dois vous confier quelque chose.

L'air solennel qu'il prit piqua la curiosité des deux femmes qui commençaient à s'inquiéter.
- Ne faites pas ces têtes-là, je comprends très bien que la situation vous dépasse, mais il n'y a pas de quoi vous faire du mauvais sang, bien au contraire. Vous devez savoir que l'enfant a déjà choisi ses parents adoptifs.
- Que voulez-vous dire? rétorqua Maria, encore plus déboussolée.
- J'y arrive. Les membres de cette Fraternité possèdent certains pouvoirs que nous avons développés au fil des âges.

LA LISEUSE D'ÂME

Comme celui de lire l'âme des gens. Et je peux vous confirmer que l'âme de cet enfant sait déjà qui sera sa future mère. Elles ont conclu une entente par-delà le voile. Reste à savoir si elles verront assez clair en leur cœur pour que se matérialise leur souhait.

Les deux femmes restèrent stupéfaites.

- Et comment ferons-nous pour savoir qui sera sa future mère? s'enquit Raymonde.
- Surveillez les signes… Lorsqu'elles seront en présence l'une de l'autre, des choses étonnantes surviendront assurément.
- Et si elles ne se rencontrent pas, qu'adviendra-t-il alors? demanda Maria.
- Soyez confiantes, et laissez la vie suivre son cours, elle trouve toujours son chemin. Bon, il se fait tard, vous devez être exténuées. Venez que je vous montre vos chambres. Vous pourrez vous rafraîchir, manger un morceau et prendre un peu de repos.

***

Dans un coin de la pièce, nous observions, Stella et moi, nos mères respectives nous faire un câlin, avant de regagner leur chambre. Cela faisait chaud au cœur de ressentir de nouveau tout leur amour.

Si seulement elles avaient su…

***

Depuis qu'Ava nous avait révélé en quoi consistait notre nouvelle aventure, nous passions beaucoup de temps auprès du nourrisson, lui prodiguant tout notre amour. Nous nous glissions plusieurs fois par jour dans notre nouveau temple de chair, pour ensuite revenir par-delà le voile s'enquérir de l'avancement concernant notre entente. Est-ce que Maude accepterait de devenir notre mère? Nous le souhaitions ardemment…

LA LISEUSE D'ÂME

Puis un jour, Ava nous annonça qu'il était temps de fusionner nos esprits. Stella et moi ne formerions plus qu'un seul et unique être. Une même âme, un même cœur, un même esprit et un même corps. Et pour ne faire absolument qu'UN, Ava nous déclara qu'elle fusionnerait ses énergies à notre nouvelle forme de vie. Elle rentrait à la « maison » pour de bon! C'est ainsi que nous nous incarnâmes dans ce petit vêtement de chair.

***

Quelques jours avant notre départ, Sonoma s'informa si nous avions pris les précautions pour confirmer la paternité de Simon. Nous comprîmes alors pourquoi il nous avait conseillé de prélever des échantillons d'ADN avant la mise en terre. Comment aurait-on pu croire qu'un disparu avait pu concevoir un enfant pendant son séjour dans l'autre dimension avec Stella? Nous ne cherchions même plus à comprendre, tellement tout ce qui nous avait été révélé ici dépassait notre entendement.

***

Vol de retour.

Le bébé était installé sur un banc d'appoint, entre nous deux, et nous ne cessions de le regarder en nous imaginant quel pourrait être son avenir. Une hôtesse vint déposer nos repas devant nous, et l'enfant se réveilla en ouvrant grand les yeux.

- Oh, mon Dieu! C'est incroyable! Vous avez vu ses yeux! s'exclama l'hôtesse.

Nous esquissâmes un sourire entendu qui parlait de lui-même.

***

LA LISEUSE D'ÂME

Comme nous avait prévenues Sonoma, le nourrisson refusait systématiquement tous les biberons de lait qu'on lui donnait. En revanche, il semblait apprécier le lait de soya et le kéfir au goût suret. Vraiment, cet enfant n'était pas comme les autres, s'étonnait à chaque fois Raymonde.

On sonna à la porte. Maude faisait des simagrées derrière la baie vitrée. Elle avait le don de nous faire rire dans sa façon théâtrale de débarquer chez les gens. En sa présence, on se croyait en permanence dans un vaudeville burlesque aux envolées oratoires flamboyantes. Pour ses dix-huit ans, elle s'était payée des cours de conduite automobile. Aujourd'hui, c'était sa première balade en solitaire dans le 4X4 de son père. Elle avait roulé, cheveux au vent, tout le trajet de Québec à Sherbrooke. Les premières chaleurs du printemps avaient les effets d'une poussée d'hormones sur notre adolescente déjà hyperactive.

Raymonde l'accueillit chaleureusement et la serra dans ses bras, visiblement enchantée par cette visite surprise. Maude enleva son manteau et supplia Raymonde de lui présenter le bébé, elle ne se pouvait plus d'attendre. Elle avait dû patienter plus d'un mois avant d'obtenir son congé de la base militaire de Val-Cartier, où elle travaillait les week-ends.
- Pas tout de suite, Maude... Il dort présentement. Tu devras prendre ton mal en patience, il en a pour une bonne heure encore.

Maude fit mine de ne pas l'entendre et répondit sur un ton enjoué :
- Merci grand-maman, c'est super! s'exclama-t-elle en poussant la porte de la chambre des invités.
- Maude, reviens ici! Tu vas le réveiller...

Les jérémiades de grand-mère retentirent et se perdirent dans la cuisine. Penchée au-dessus du berceau, Maude contemplait le visage radieux du petit ange qui se prélassait dans les bras de Morphée. Elle s'accroupit sur le parquet pour mieux le voir. Une aura lumineuse les enveloppa instantanément. Raymonde, qui se

LA LISEUSE D'ÂME

tenait dans l'embrasure de la porte, marmonnait : « Oh, mon Dieu! Oh, mon Dieu... Qu'ils sont beaux! » Elle referma silencieusement la porte pour les laisser à leurs retrouvailles. Un enfant venait de trouver sa mère, et une mère son enfant, avait-elle cru...

Une demi-heure plus tard, Maude entra dans la cuisine avec le poupon dans les bras, emmitouflé dans une couverture de laine à l'effigie des Penguins de Pittsburgh, son équipe de hockey préférée.
- Comme il est mignon! Ne trouves-tu pas grand-maman qu'il a l'air d'un ange tombé du paradis?
- Si, c'est un vrai petit ange. Si tu savais comme il est...
- Différent...
- Oui, tu as tout à fait raison, Maude. Cet enfant est spécial...
- On dirait qu'il n'est pas de ce monde, lâcha-t-elle en le couvrant de baisers.

Raymonde sourit, et les regarda tendrement en se disant à elle-même, comme ils sont beaux, ils rayonnent de bonheur.
- Je peux l'emmener faire une promenade en poussette? Dis oui? S'il te plaît, grand-maman.

Elle allait répondre... c'est un peu frisquet, tu n'as pas peur qu'il prenne froid? Mais, elle répondit :
- Bien sûr que oui, ça vous fera le plus grand bien!

En revenant de sa promenade, Maude enleva les vêtements du bébé et les lança à Raymonde. Puis suivirent la tuque et les moufles.
- Il va falloir lui trouver un prénom au petit, claironna Maude.
- Tu as raison, un enfant ne peut rester sans nom. Il lui faut une identité. Habituellement, ce sont les parents qui trouvent le prénom, alors que là...
- Pas besoin de retourner le fer dans la plaie, grand-maman...
- Désolée, je ne voulais pas te blesser. Alors dis-moi, qui serait le mieux placé pour lui trouver un prénom?
- Tu veux dire la mieux placée!
- Euh...

LA LISEUSE D'ÂME

- Eh bien, figure-toi, grand-maman, que tu l'as juste en face de toi!

Raymonde la serra dans ses bras en levant les yeux au ciel... Merci mon Dieu! Elle se ressaisit et ajusta sa robe.

- Alors, dis-moi pourquoi tu es la personne la mieux placée pour lui trouver un prénom?
- Parce que je le connais!
- Quelqu'un l'a déjà baptisé! répondit Raymonde, un peu moqueuse.
- Mais non! Ce n'est pas ça!
- Alors comment connais-tu son prénom?
- Parce qu'il me l'a soufflé à l'esprit tout à l'heure... SoMauve, c'est original, n'est-ce pas ?
- SoMauve? balbutia Raymonde, décontenancée.

***

Ainsi, au fil des mois, Maude passa voir SoMauve aussi souvent que le permettait son horaire. Entre elle et l'enfant s'était développé un art de communiquer hors du commun. Mêlant le langage des signes aux pitreries habituelles de Maude, ils s'entendaient comme larrons en foire. Ce qui était remarquable, c'est qu'ils semblaient se parler avec les yeux. Ils se lisaient du regard, comme l'aurait fait un médium. Un étrange lien, indéfinissable, les unissait. À chaque fois que Maude devait repartir pour Québec, SoMauve le devinait, et son regard se teintait de mélancolie.

Toutefois, un samedi de juillet, alors que Maude franchissait le seuil d'entrée, le regard de l'enfant s'embruma d'une tristesse insondable. Pourtant, leurs retrouvailles donnaient lieu habituellement à une explosion de joie. Mais, cette journée-là, l'enfant avait senti l'état d'âme de Maude dès qu'elle était entrée dans la maison. Après avoir serré longuement SoMauve dans ses bras, Maude se tourna vers Raymonde en fixant le plancher, comme si elle portait un lourd fardeau sur ses épaules.

LA LISEUSE D'ÂME

- Grand-maman, je vais devoir partir…
- Déjà? Tu viens juste d'arriver! s'étonna-t-elle.
- Je dois partir pour très longtemps… Tu t'occuperas de SoMauve, n'est-ce pas?
- Qu'est-ce que c'est que cette histoire? s'énerva Raymonde.
- J'ai été mutée dans la Marine. Tu sais, le poste sur lequel j'avais appliqué il y a un an… Eh bien, je l'ai obtenu.
- Mais, mais… Tu ne peux pas nous quitter comme ça. L'enfant a besoin de toi, tu le sais très bien.
- Grand-maman, je n'ai pas le choix. C'est l'armée qui décide, je ne peux pas refuser, tu comprends...

Un épais silence les avait enveloppées dans son linceul. Leurs cœurs avaient cessé de battre.

***

LA LISEUSE D'ÂME

Un carré d'espoir

Islande, 2027.

Battue par des vents furieux et dévorée par des vagues aussi tranchantes que des lames de rasoir, mon île bravait les intempéries en se dressant fièrement comme le dernier bastion. Après elle, c'était la fin de la terre. Il n'y avait plus que l'immensité de l'océan et l'infinité de l'horizon.

Notre maison, blottie contre un éperon rocheux, était abandonnée depuis des années, mais je m'y rendais rituellement tous les jours. Assise sur le balcon de bois, délavé par l'usure du temps, je contemplais le soleil s'évanouir dans une mer en fusion. C'est là que je rejoignais les miens. C'est là que remontaient à la surface les souvenirs douloureux que la mer, dans sa folie, avait tétanisés en mon âme. Je me souviendrai de cette journée le restant de mon existence.

J'avais sept ans à l'époque. J'étais assise sur ce même balcon donnant sur la mer, fixant, anxieuse, l'horizon déchaîné. Ils allaient bientôt rentrer... répétais-je comme un mantra dans ma solitude. Mais, jamais je ne les ai revus. Jamais ils ne sont rentrés. Mon père, ma mère et mon petit frère. J'ai attendu sur ce balcon des jours et des nuits, espérant voir apparaître au loin le bateau de pêche de mon père. Cette coque bleue, qui était notre deuxième chez nous, n'est jamais revenue au quai. Grand-père m'avait trouvée livide comme un cadavre, les yeux grands ouverts sur la mer, telles des fenêtres d'espoir dans un horizon plombé d'orages. Aujourd'hui encore, j'espère secrètement apercevoir notre bateau, là-bas au loin. Grand-père m'a dit que la mer les avait avalés dans ses entrailles, mais peut-être qu'ils ne sont que perdus et qu'ils vont un jour retrouver leur chemin. En tout cas, moi, je les attendrai, assise là, sur notre balcon...

LA LISEUSE D'ÂME

Aujourd'hui, j'ai fêté mes seize ans. Grand-père m'a préparé mon repas préféré, des accras de morue bien croustillants. Il m'a même offert un présent qui a dû liquider toutes ses économies : un stylo à bille en argent, deux crayons de plomb, des bâtonnets de fusain et un livre à la couverture de cuir buriné par les âges. J'ai été surprise en feuilletant le livre de découvrir que des pages blanches. Voyant mon étonnement, grand-père m'avait soufflé à l'oreille : « Pour que tu cesses de revivre chaque jour ton passé. Tu devras maintenant écrire ton avenir, tel que tu le conçois ».

L'avenir. Je ne connaissais pas ce concept. Je ne voyais rien devant. Tout était derrière. Que pouvais-je espérer? Isolée sur cette île perdue du bout du monde. Grand-père avait fait de son mieux pour m'élever, mais je n'avais jamais été à l'école. Il n'y en avait pas par ici. Sur la grosse île, là-bas, il y en avait une, maman me l'avait dit. Elle avait prévu m'y inscrire un jour. Je ne sais même pas lire, ni écrire. Ah, grand-père m'a bien montré ce qu'il savait, mais lui aussi, comme papa, était pêcheur. Il se fichait bien de ça. Mon père disait que ce qui était important dans la vie, c'était de savoir lire les gens et la nature, le reste n'était qu'illusion sur des bouts de papier. Pourquoi grand-père m'a-t-il offert ce présent? Je ne sais pas quoi en faire. Et si je me décidais à écrire, je ne pourrai plus revivre mon passé, qui me tient en vie.

Je levai les yeux et contemplai la mer. Ce soir, je n'avais qu'une envie : me fondre en elle et rejoindre les miens.

***

Avant, j'aimais la mer. Parfois j'accompagnais mon père sur son bateau et nous glissions sur l'étendue bleutée à la recherche de bancs de poissons. Je pouvais passer des heures à fixer l'horizon, qui ne cessait de me fasciner. C'était le bout du monde. Derrière cette ligne où le soleil allait se cacher le soir, c'était l'infini. C'était là où les rêves naissaient. C'était derrière cette ligne où d'immenses continents rayonnaient de splendeur. À l'époque, je

LA LISEUSE D'ÂME

rêvais d'avoir un jour mon propre bateau pour aller à la découverte de ces mondes mystérieux. Mais, hélas, depuis ce jour fatidique, la mer qui m'en sépare me fait peur. Elle avait mangé ma famille, et ne ferait qu'une bouchée de moi. Je ne suis plus jamais allée en mer, et cette île est devenue ma prison, mon unique refuge. Je n'ai pas d'amis sur cette île. Il n'y en a pas. À part mon grand-père, tous sont partis il y a longtemps. Seul un vieux couple, près de l'ancien port, défie encore le temps. Mais on les voit rarement. Grand-père dit qu'ils vivent la nuit et que se sont des gens bizarres. Des artistes, m'a-t-il dit. Il valait mieux que je ne m'approche pas trop d'eux, car ils étaient des gens de mœurs légères, me répétait-il. Mais j'avais fait fit plusieurs fois de ses mises en garde.

À la tombée de la nuit, je me rendais sur la colline derrière leur grande maison en pierre, et je fermais les yeux pour écouter la musique qui en émanait. C'était si beau à entendre. Je crois que c'était elle, ma meilleure amie. Enfin, c'était grâce à elle que mon cœur vibrait et que mon âme s'élevait dans la nuit. Parfois, ses airs tristes me rendaient mélancolique. À d'autres occasions, mon être se dilatait à l'infini et parcourait les étoiles en sa joyeuse compagnie. Avec elle, je partageais tous mes états d'âme. La musique était ma seule confidente. Elle savait m'écouter. Et elle me murmurait souvent des mots doux qui m'apaisaient. Mais, depuis des mois, elle s'est tue. Mon amie s'est faite silencieuse. Elle me manque cruellement. Je ne sais pas si je reverrai un jour ses mélopées danser dans mon esprit. Est-ce que la musique, ça meurt aussi? Peut-être mon amie s'est-elle envolée par-delà l'horizon, pour se faire de nouveaux amis?

Aujourd'hui, assise sur cette galerie, il ne me restait que l'effroyable fracas des vagues venant s'échouer sur les rochers comme compagnon d'infortune. Le soleil avait disparu derrière la mer et je ne souhaitais qu'à le suivre pour qu'il me guide vers mon amie. À moins qu'elle se fût élevée vers le champ d'étoiles qui s'allumait dans le firmament. Grand-père m'avait dit que ma famille demeurait dorénavant dans les cieux pour l'éternité. Mais moi, je guettais leur retour à l'horizon. L'horizon, était-ce cette ligne de démarcation qui sépare le monde des vivants de celui des morts? Si mon amie s'était envolée derrière cette ligne, je ne la reverrais jamais plus...

J'ouvris le cahier à la reliure de cuir et pris un crayon. J'hésitai un long moment devant la page vierge. Face à mon avenir, ma main tremblait. Si je traçais des formes sur cette page, mon passé allait s'évanouir avec mes souvenirs. Le bout de mon crayon effleura le papier assoiffé. Les fibres s'abreuvèrent à l'encre de mon cœur. Et je traçai mon avenir sur la blancheur d'un carré d'espoir.

***

L'aube s'était faufilée sur la pointe des pieds pour ne pas m'effrayer. J'étais recroquevillée en boule sur la galerie. Le vent faisait danser les pages de mon livre. Je le pris dans mes mains, et c'est là que je le vis, mon bateau. Pareil à celui que j'avais dessiné dans mon cahier!

LA LISEUSE D'ÂME

Par-delà l'horizon

Mon avenir m'apparut... À l'horizon, voguait ma liberté. S'arrêterait-elle dans mon port? Ou poursuivrait-elle sa course sur la courbure des flots, me laissant prisonnière de cet îlot de souvenirs maudits? La silhouette d'un voilier se découpait dans la brume matinale, tel un fantôme émergeant de la nuit des temps. Je fermai les yeux pour ne pas le voir se dérober, emportant dans son sillage toutes mes espérances.

Une brise s'était levée et les embruns de la mer me transportaient dans ses voluptés. Je divaguais d'une berge à l'autre de ma conscience, rêvant d'un avenir à créer. Après un temps qui me parut une éternité, j'ouvris les yeux sur mon futur. Il était là, tout près. Devant moi. Imposant et majestueux. Il était venu me chercher...

***

Je lus en elle une tristesse indicible. Elle se tenait sur le quai, fixant le voilier qui accostait, comme si l'ombre de la mort venait la chercher pour son dernier voyage. Elle était seule, comme une épave oubliée. C'était la première fois que je la voyais sans son mari. Tout de suite, j'ai compris. Mes pas me guidèrent instinctivement en direction du vieux port.

Je m'approchai doucement de la vieille dame, et lui demandai :
- Est-ce que ça va, Madame?
- Oh, ma chouette, si tu savais... J'ai perdu ce que j'avais de plus précieux en ce monde.
- C'est votre mari, n'est-ce pas?
- Oui, ma belle, il est parti par-delà le voile. Nous nous étions promis de partir ensemble...
- Je ressens votre douleur, Madame.

LA LISEUSE D'ÂME

- Tu es une jeune fille très sensible... Je m'appelle Katrina et toi ma grande, comment t'appelles-tu?
- Madame... Euh, Madame Katrina, je m'appelle SoMauve.

La vieille dame esquissa un délicieux sourire et mit sa main tremblante sur mon épaule.

- Joli prénom! Je crois que nous sommes faites pour nous entendre ma chérie.

Mon cœur se serrait un peu plus dans ma poitrine à chaque fois qu'elle m'affublait de doux sobriquets, comme si elle me connaissait depuis toujours. Je l'aimai instantanément.

***

- Où étais-tu passée la nuit dernière? Ne me dis pas que tu es retournée t'apitoyer sur ton passé à la maison au bord de mer? s'inquiéta grand-père en me voyant franchir le pas de la porte.
- Si, une dernière fois.
- Ça, c'est une excellente nouvelle! Tu as décidé d'écrire ton avenir?
- Non, de le dessiner...

Je lui tendis mon cahier en cuir. Il l'ouvrit à la première page.

- Mais c'est une page blanche?
- Je sais. C'est pour faire le vide et y laisser tomber tous mes douloureux souvenirs.
- C'est aussi un terrain vierge où tu pourras te recréer à neuf.
- J'aimerais bien le croire... en lui montrant mon dessin à la page suivante.

Grand-père me serra dans ses bras, fier de sa petite fille.

- Tu es très douée, c'est un magnifique dessin!

Je baissai les yeux, submergée par l'émotion.

- Il y a autre chose que tu ne me dis pas. Je te connais trop bien. Tu n'as pas à avoir peur, tu peux tout me dire, tu le sais très bien, ma belle.
- Je vais partir...

LA LISEUSE D'ÂME

- C'est vrai? s'étonna-t-il, un trémolo dans la gorge.

Grand-père essuya une larme du revers de la main.

- Tu vas me manquer, mais je suis si content que tu voles enfin de tes propres ailes, mon ange. Il est temps que tu te libères de ton passé et te tournes vers l'avenir.
- Tu vas me manquer aussi, grand-père. Je t'aime.
- Mois aussi je t'aime, ma belle.

***

Le lendemain matin, grand-père et moi nous faisions nos adieux sur le quai nimbé de brouillard. J'avais promis de revenir le voir. Mais à ce moment là, je ne savais pas que le vent du large allait me souffler aux confins du monde.

***

Cheveux au vent, sur le pont du voilier, nous bavardions comme de vieilles copines.

- Madame Katrina, pourquoi vous êtes-vous installée sur cette île perdue qu'était la nôtre?
- Appelle-moi Katrina, et laisse tomber ce Madame, très chère. On est d'accord?
- Oui, oui… répondis-je en rougissant.
- Ah, c'est une longue histoire, je tenterai d'être brève. Mon mari et moi sommes nés en Russie, avant la deuxième guerre. Vladislav, mon cher époux, était un grand musicien, une sommité dans notre pays. Il était un génie capable d'interpréter les répertoires de tous les grands noms de la musique classique. Beethoven, Mozart, Vivaldi, Bach, Chopin, et j'en passe. J'étais là, à Moscou, lors de la grande première à l'Opéra sur la place du Kremlin. Je m'en souviens comme si c'était hier…

LA LISEUSE D'ÂME

Elle fit une pause, et une larme perla au coin de ses yeux. Je cueillis son regard telle une rose resplendissante. Elle semblait si heureuse, perdue dans ses souvenirs, l'œil brillant et humide.

- C'était le 24 décembre 1952, des flocons dansaient dans le ciel de cette soirée mémorable. Une foule de dignitaires, hommes d'État et hauts gradés de l'Armée Rouge faisaient la file devant l'entrée de l'Opéra. J'étais au bras de mon père, chef de la Brigade des renseignements. Ma mère n'était plus de ce monde depuis Noël de l'an dernier. Une pneumonie l'avait emportée dans ses bras. J'avais dix-huit ans. C'était ma première sortie mondaine. Il y avait de la magie dans l'air. Tous ces balcons et ces sièges de velours rouges, baignant dans une lumière tamisée que diffusaient de gros lustres en cristal. C'était grandiose et magnifique, mais je n'avais encore rien vu. Quand l'orchestre symphonique prit place au centre de la scène, un long silence plongea l'assistance dans un moment de recueillement. Un faisceau de lumière balaya l'orchestre qui entamait les premières notes de l'hymne national russe. Soudain, je l'aperçus. Beau comme un dieu. Jeune virtuose au violon blanc. Il occupait toute la place. Tous les yeux étaient rivés sur le talentueux violoniste, alors que moi, j'avais fermé les yeux devant la brillance d'une telle apparition. Je l'aimais déjà...

À la fin du concert, je suppliai mon père d'attendre à la sortie des artistes. Je rêvais de le voir de plus près, même si c'était pour la dernière fois. Je savais que jamais ce souvenir ne s'effacerait de ma mémoire. Une foule s'était massée devant la sortie. Journalistes, reporters et admirateurs grouillaient d'impatience dans l'attente qu'une porte s'ouvre. Mon père et moi n'avions pu trouver mieux qu'un banc de neige, tout au fond de la cour arrière, pour espérer apercevoir celui qui faisait tressaillir mon cœur de bonheur. Les musiciens se mirent à sortir en petits groupes, emmitouflés dans leur parka gris au collet rouge. Dieu qu'ils étaient élégants! Une demi-

heure plus tard, les derniers musiciens sortaient au compte-gouttes. Puis, la porte resta close une heure durant. La fête était finie. Journalistes et reporters quittèrent les lieux. Seuls quelques fans poirotaient encore devant la sortie, mais bientôt ils se dispersèrent dans la nuit. Mon père me prit par la main. Rentrons Katrina, il ne viendra pas, avait-il dit. Je le suppliai d'attendre encore cinq minutes. La neige s'était remise à tomber de plus belle, ajoutant une touche féerique au décor qui semblait sortir tout droit de l'époque florissante des Tsars. J'imaginais les valeureux cavaliers Cosaques, de l'Armée Impériale, défilés dans la cour sur leur étalon noir. Mon père me sortit de ma rêverie en m'empoignant par l'épaule. Je compris que le délai de grâce était expiré. Tristement triste, j'ajustai mon bonnet. Quitte à me geler la tête, j'avais espéré qu'il me voit sans ma tuque, la chevelure blonde ondulant dans la brise. C'était tellement plus romantique. Soudain, un rai de lumière jaillit. Une porte s'entrouvrit. Je le reconnus aussitôt. Il regardait par terre. Aucune chance qu'il m'aperçoive, perchée au loin, sur un tas de neige. Puis, juste avant de contourner l'enceinte, il releva la tête en notre direction. Le temps se figea. J'enlevai mon bonnet et le lançai dans les airs. Je ne sais pas ce qui m'a pris, mais j'accourus en sa direction et je me jetai dans ses bras. Sidéré, il ne me repoussa pas. Il m'a simplement demandé : « Qui êtes-vous, jeune demoiselle? »
Et d'un trait, j'avais répliqué : « Votre future femme! »
Il m'avait dévisagé pendant au moins une minute, qui me parut une éternité. Puis, il me souffla à l'oreille :
« Dieu que tu es belle! Comment t'appelles-tu? »
« Katrina. »

***

- Maude, tu ne peux pas partir sans ton petit ange. Tu vois bien qu'il n'a d'yeux que pour toi!
- Je sais, c'est cruel, mais c'est ça la vie, Raymonde!

LA LISEUSE D'ÂME

- Demande à ce qu'on t'affecte à une autre division, un poste qui te permettra de rester au Québec, plutôt que de sillonner les mers...
- Grand-maman! Ça suffit comme ça! C'est mon rêve la Marine, je ne veux plus en entendre parler, suis-je assez claire? Et puis, je n'ai que dix-huit ans, je ne suis pas prête à m'engager dans un rôle de mère à temps plein, tu comprends?
- Je sais tout cela, mais vous êtes faits l'un pour l'autre...

Maude demeura silencieuse et sortit en claquant la porte.

Et Raymonde qui implorait tous les dieux du ciel : « Pourvu que je n'aie pas fait une bêtise... »

***

Katrina avait remonté le col de son manteau, glissant sa main dans sa belle chevelure blanche, le regard perdu à l'horizon, le sourire accroché à ses souvenirs. Puis, elle enchaîna :

- Six mois plus tard, nous nous sommes mariés à la cathédrale de Saint-Pétersbourg, ma ville natale, surnommée la Venise du Nord. Nous étions follement amoureux l'un de l'autre, mais je devais composer avec ses fréquentes absences lorsqu'il partait en tournée avec l'Orchestre Symphonique de Russie. Mais jamais je ne me suis sentie triste ou abandonnée, car mon bien-aimé mari m'écrivait une lettre ou un joli mot tous les jours. Malgré la distance qui nous séparait, il n'y avait pas d'espace entre nous. Nous étions unis par les liens du cœur. Le lire ou l'entendre me raconter ses voyages me ravissait à chaque fois. Vladislav, qui me savait passionnée de littérature, m'incita à m'inscrire au conservatoire d'Art et Lettres. J'y fis mes études, et cela m'aida à combler les vides en son absence.

LA LISEUSE D'ÂME

Elle marque une pause. J'étais pendue à ses lèvres, rêvant de vivre un jour, moi aussi, une si belle histoire d'amour.
- Et qu'avez-vous fait après vos études? lui demandai-je, curieuse d'en savoir plus.
- Je devins l'une des premières femmes poètes à être acceptées dans le cercle hermétique de mes compatriotes masculins. Au début, je ne l'ai pas eu facile, mais je crois que mon talent les a séduits. Et l'influence de la renommée de Vladislav ne m'a pas nui, bien au contraire.
- Vous écrivez encore des poèmes?
- Ça fait bien longtemps que j'ai délaissé la plume. Dans les dernières années, je m'étais mise à la peinture. Mon mari disait que je peignais mes tableaux avec la même émotion qui émanait de mes poèmes. En réalité, lorsqu'il sortait son violon ou se mettait au piano, c'est sa musique que j'étalais en couleurs sur la toile. C'est lui qui m'inspirait. Il était l'inspiration de ma vie. Mais à la fin de sa vie, Vladislav avait cessé de jouer... Il était très malade et avait des problèmes de motricité. Il avait perdu l'usage de ses mains. Il avait donc dû renoncer à la musique avec regrets.

La musique, ma seule amie, était donc partie avec son créateur, par-delà le voile. Maintenant je comprenais pourquoi mon amie m'avait quittée si soudainement.
- Et toi, ma belle, qu'est-ce que tu voudrais faire dans la vie?
- Je ne sais pas trop... Je ne suis jamais allée à l'école. J'aimerais bien savoir écrire et peindre comme vous.

Je sortis de la poche de mon parka le cahier en cuir que m'avais donné grand-père, et lui montrai le dessin que j'avais fait.
- Ma foi! C'est toi qui as dessiné ce tableau?
- Si, Madame... euh pardon, Katrina.

Elle scruta mon œuvre minutieusement sans dire un mot. Son regard interrogateur me laissait perplexe.
- Vous aimez ce que j'ai fait? demandai-je curieuse.
- C'est fantastique! Il est splendide ce voilier! Il ressemble franchement au mien, n'est-ce pas?

LA LISEUSE D'ÂME

- C'est vrai... c'est un drôle de hasard.
- Je ne crois pas au hasard... dit-elle mystérieusement.

Puis elle tourna la page.

- C'est toi la petite fille assise sur la galerie, n'est-ce pas?
- Oui, c'est moi. Comment avez-vous fait pour me reconnaître, elle ne me ressemble pas vraiment? demandai-je, étonnée.
- C'est ce qu'elle dégage au-delà de la forme...
- Qu'est-ce que vous voulez dire?
- La petite fille semble fixer l'horizon et elle est triste. Elle se sent seule.
- Comment savez-vous tout cela?
- C'est ce que je ressens en regardant ton dessin. Tu es très douée! Toi aussi tu manies les émotions au bout de ton crayon. C'est magnifique des œuvres vivantes, vibrantes de vie, tu sais. C'est de cette façon que l'on parvient à toucher le cœur des gens. C'est ce qui fait la différence entre une œuvre et un chef-d'œuvre. Dis-moi, comment savais-tu pour le voilier?
- Je l'ai vu m'apparaître en rêve. Il venait me chercher. Il venait me délivrer de ma prison...

Mes yeux s'embuèrent, et je fus submergée d'émotions. La vieille dame se rapprocha et me serra dans ses bras.
- Tu n'es plus seule à présent. Je suis là, ma belle. Pleure, laisse-toi aller, ça fait grand bien, tu sais.

***

La vieille dame s'était installée confortablement dans une chaise longue et, les yeux fermés, semblait savourer les caresses des rayons du soleil. Je m'étais rendue à l'avant du bateau. Je regardais la coque fendre les eaux bleutées et les mouettes tournoyer dans le lointain. Cela faisait si longtemps que je n'étais pas retournée en mer. Comme les années s'étaient écoulées lentement depuis la dernière fois que mon père m'avait amenée à la pêche à la morue. Je le revois encore étaler ses filets à l'arrière de l'embarcation, alors que moi je me tenais à l'avant, canne à pêche à la main, prête à ferrer les monstres marins qui s'aventureraient autour de mon appât. Ces sorties en mer avec mon père me ravissaient toujours.

Je rentrais à la maison avec une tonne d'histoires à raconter à mère, qui levait les yeux au ciel en disant : « C'est ton père qui t'a raconté des sornettes pareilles… » Puis je montais sur un banc dans la cuisine et j'aidais maman à apprêter les poissons, sous le regard curieux de mon petit frère qui fixait les yeux des merlans en marmonnant : « Eh, maman, les poissons ne ferment jamais les yeux, même morts ? » Rien ne me comblait plus que ces soirées passées en famille à préparer les fruits de notre pêche. Par la fenêtre, je pouvais voir mon père qui bûchait du bois pour alimenter la cuisinière. Quand il craquait une allumette pour enflammer les copeaux de bois, je descendais de mon banc en dévalant la pièce jusqu'au four en fonte, pour entendre le concert de crépitements et humer l'odeur du feu dévorant les bûches d'érable. Toute la maisonnée embaumait le bois qui brûle et le poisson frit de maman. La magie de ces moments me manquait cruellement.

Le soleil déclinait à l'horizon, alors que mes pensées dérivaient vers ma famille engloutie, quelque part dans les entrailles de l'océan. Katrina était venue me rejoindre à l'avant du bateau. Comme si la vieille dame avait lu mes pensées, elle me souffla tendrement :
- Eh, petite, ça ne sert à rien de déterrer le passé. Il faut regarder droit devant, derrière on ne peut plus rien n'y faire.
- Je ne vois rien devant Madame, je n'ai aucun avenir…

J'éclatai en sanglots, la gorge nouée de tristesse et d'amertume. Et dans ma tête des questions se bousculaient : « Pourquoi êtes-vous partis ? Pourquoi m'avez-vous abandonnée ? Pourquoi ? »

Katrina s'était levée et avait mis une couverture de laine sur mes épaules.

LA LISEUSE D'ÂME

- C'est bien de laisser sortir tes émotions. Pour chaque larme versée, on se déleste d'un océan de tourments. Un jour, ton cœur volera, léger et serein, comme la brise du soir. Tu verras ma belle, accroche-toi, la vie est si magnifique.

***

Le Capitaine du navire venait de débarquer sur le pont de grosses caisses en bois et nous fit un signe de la main.

- Venez Mesdames, le souper est servi. Une bonne chaudrée de palourdes vous attend à la cuisine.

J'avais le cœur lourd et je n'étais pas très en appétit. Mais l'odeur qui flottait dans l'air me rappelait les casseroles de moules marinières que ma mère nous concoctait les soirs d'automne, pour nous réchauffer la panse, comme mon père disait affectueusement. Tout au long du repas, le Capitaine nous raconta les péripéties de ses traversées océaniques. On se serait cru dans l'Odyssée d'Ulysse. En bon raconteur, on ne parvenait plus à distinguer les faits réels des chimères qui fusaient de son imagination débordante. Mais peu importait, les histoires savoureuses de ce vieux loup de mer me faisaient oublier mon douloureux passé et m'ouvraient un horizon inconnu sur le monde.

À la fin du souper, il servit à Katrina son meilleur Porto, ainsi qu'à ses moussaillons, au nombre de quatre.
- Je lève un toast à Madame Katrina et à la mémoire de son très estimé mari, Vladislav. Merci, très chère dame, de m'avoir offert un jour le plus beau cadeau du monde en me faisant Capitaine de votre magnifique voilier. Jamais on n'aurait cru qu'un jour ce joyau de la Renaissance retrouverait tous ses galons d'une époque révolue. Maintenant que toute la flottille moderne est au rancart – paquebots, navires marchands, yachts luxueux, sous-marins nucléaires, moto-marines et navires de guerre – je suis

redevenu Capitaine de voilier, sachant dompter les vents pour transporter les gens autour du globe. Et cela vaut tout l'or du monde. Du fond du cœur, merci Katrina!

Elle leva son verre et entrechoqua celui du Capitaine dans un léger tintement. L'humeur était à la fête, mais un truc me chiffonnait. Je ne comprenais toujours pas ce à quoi il avait fait allusion en parlant de la flottille moderne mise au rancart. Katrina, qui avait lu dans mes yeux mon étonnement, se chargea de m'offrir un éclairage sur un pan de notre histoire qui ne s'était pas rendu jusqu'à moi. Était-ce parce que nous vivions en reclus sur cette île minuscule d'Islande? Ou bien était-ce moi qui ne s'intéressait plus à rien depuis que la tragédie avait hypothéqué ma vie d'enfant? Je n'en savais trop rien, mais ce soir j'avais le goût de savoir, de comprendre ce qui se passait à l'extérieur de mon univers, aussi hermétique qu'une huître perdue à mille lieues sous les mers.

- Ce voilier est vraiment à vous, Katrina?

***

Ce qui aurait dû être un moment de réjouissances, car ce n'est pas tous les jours qu'on réalise un rêve, prenait plutôt l'allure d'une tragédie grecque, version moderne. La frégate, battant pavillon de la Marine canadienne, venait de lever l'ancre dans le port d'Halifax, en Nouvelle-Écosse. Sur le pont, vêtue de son costume de parade militaire, Maude envoyait timidement la main à sa famille et ses grands-parents, rassemblés sur le quai pour lui souhaiter bon voyage. Une aventure qui durerait plus de deux ans à sillonner les mers du monde. Les yeux dans l'eau et la gorge nouée, Maude fixait le petit être que tenait dans ses bras Raymonde, sans réellement comprendre pourquoi son cœur semblait s'écarteler et se fissurer un peu plus à chaque mètre de distance que prenait le navire. Du coup, elle se sentit comme un vaisseau fantôme, sans amarres, plongeant dans le brouillard du large en laissant derrière le plus beau des trésors. La corne de brume retentit bruyamment en guise d'adieu. Prostrée comme une statue de sel, Maude ne voyait plus que des formes diffuses sur le quai.

Le navire s'éloigna dans le lointain, alors que son âme nageait en sens contraire vers le port...

***

- Oui, très chère, ce voilier appartient à mon mari et moi.
- Il est magnifique! On croirait que ce bateau a une âme.
- Tu as vu juste.
- Non, madame, je l'ai simplement ressenti.

Katrina esquissa son plus beau sourire.
- SoMauve, vous êtes très douée, et sensible de surcroît. Laissez-moi vous raconter l'histoire de ce navire.

Le Capitaine baissa l'éclairage de la lampe à l'huile et resservit une ration de Porto aux convives.
- Alberto, c'est un vrai petit bijou ce Porto! claironna Katrina.
- Je l'ai conservé dans la cale des années, attendant impatiemment ces retrouvailles...
- J'aurais tellement aimé que Vladislav soit là avec nous pour partager ce divin nectar. Vous vous souvenez comme moi comment il savourait chaque gorgée en fermant les yeux, à la découverte des senteurs et des arômes. C'était son petit péché mignon.
- Oh que oui, je m'en souviens! répondit le Capitaine en levant son verre. À Vladislav!

Katrina s'était recueillie quelques instants à la mémoire de son bien-aimé. Puis, d'une voix brisée, elle poursuivit son histoire.
- Ce voilier fut notre résidence, notre maison flottante, pendant plus de trente ans. Mon mari chérissait le désir d'aller jouer un jour en Amérique. C'était son rêve, partir pour la Terre de liberté. Mais la guerre froide s'installa, et il a dû museler son

rêve. Ne cachant pas son attirance pour les États-Unis, les autorités russes firent pression sur lui en le menaçant de l'évincer de l'Orchestre Symphonique. Sachant très bien que la musique était toute sa vie. Mais sur ce point, ils se trompaient. Car un soir, il rentra le regard lumineux comme j'en espérais plus. Il avait déposé son violon sur la table de cuisine et s'était servi un verre de Porto qu'il avait levé au ciel en déclarant : « Katrina, j'aime ce que je fais, j'aime la musique, mais jamais comme je t'aime. »

Ce soir-là, il me confia son intention de fuir le pays et de s'exiler, avec moi, en Amérique. Le plan ne fonctionna pas comme prévu, mais nous réussîmes tout de même à quitter le pays par l'intervention de plusieurs relations qu'il avait dans la confrérie des musiciens. C'est grâce à Sergio que nous avons réussi à fuir quelques mois plus tard. Ce dernier était luthier. C'est lui qui fabriquait les Stradivarius de mon mari. Ils étaient comme les deux doigts de la main. Mon mari se plaisait souvent à dire : « Que serait un musicien sans son instrument! » Et que serait devenu Vladislav sans Sergio? Il aurait probablement pourri dans une cellule en Union Soviétique ou esclave en Sibérie. Tel était le sort réservé aux dissidents à cette époque. Et plus le statut social était élevé, plus la peine pour outrage à la nation était élevée.

Si bien que nous débarquâmes à Venise le 16 mai 1962. Sergio nous hébergea le temps de nous procurer de nouveaux papiers. C'est ainsi que, sous une nouvelle identité, nous reprîmes nos activités en Italie. Mon mari et moi sommes tombés en amour avec cette ville. Tout était si beau, et en même temps, si irréel. Toutes les époques semblaient y exister simultanément. Il suffisait de se balader par un bel après-midi pour entendre des airs de Vivaldi jaillirent des volets entrouverts. Il suffisait d'ouvrir les yeux pour tomber sur une sculpture de Michael-Angelo ou sur un concert de Puccini en plein air. Et en prenant un verre sur la Place St-

LA LISEUSE D'ÂME

Marc, on avait l'impression que la Piazza n'avait pas changé depuis l'époque où Marco Polo y accostait, déchargeant ses caisses remplies d'épices et de trésors ramenés d'Orient. Venise c'était toutes les époques à la fois. Venise c'était les arts, la musique et toute la beauté du monde réunie à un seul endroit.

Nous l'écoutâmes jusqu'à tard dans la nuit nous raconter l'histoire de sa vie, de leur vie. Le Capitaine et ses acolytes desservirent la table et ramassèrent les verres et la bouteille de Porto.
- Venez que je vous montre vos quartiers ma belle, me murmura Katrina en me prenant par la main.

Je lui emboîtai le pas en me laissant guider dans l'étroit couloir où étaient suspendues au mur des photos de leurs voyages à travers le monde. Sur la multitude de clichés d'eux qui tapissaient les murs, tous avaient un point commun : ils rayonnaient. Ensemble, ils dégageaient une joie de vivre, une sérénité, un je ne sais trop quoi qui illuminait leur visage.
- Voilà ta chambre! me lança-t-elle en prenant des couvertures au fond d'un vieux placard jauni par le temps.

Je m'assis sur le lit et m'imprégnai de la tranquillité des lieux. La décoration était harmonieuse et semblait surgir d'une autre époque. J'aimai instantanément ce havre de paix.
- Bonne nuit, ma belle, et fais de beaux rêves.
- Madame… euh pardon, Katrina, est-ce qu'être en amour est toujours aussi beau que ce que j'ai vu sur les photos?

La vieille dame eut un sublime sourire qui illumina son visage.
- L'amour… c'est ce qu'il y a de plus beau au monde, ma petite. C'est la seule raison de vivre. Sans l'amour, tout perd son sens, tout perd ses couleurs.
- Je ne connais pas ce qu'est l'amour… Enfin, il ne me reste que de lointains souvenirs d'enfance. Pensez-vous que je pourrai connaître l'amour comme vous?

LA LISEUSE D'ÂME

- Et comment! Tu trouveras un jour la personne qui fera battre ton cœur, et là, tu sauras que tu es en amour.
- Pour moi, l'amour est un concept flou. Je ne sais pas vraiment ce que c'est et comment on se sent quand on est en amour.
- Je vois. Vivre recluse sur cette île perdue ne t'a pas donné d'occasions de rencontrer les différents visages de l'amour. Tu n'as tout simplement pas eu d'expériences ou d'exemples autour de toi, à part l'affection de ton grand-père. Mais rassure-toi, rien n'est perdu, tu as toute la vie devant toi!

Elle hésita un moment, comme si elle venait d'avoir une idée, puis elle tourna les talons en disant :
- Attends-moi, je reviens tout de suite.

La lampe de chevet diffusait une lumière tamisée sur la couverture du journal intime que m'avait remis Katrina. Elle avait précisé : « Ceci est le récit de notre histoire d'amour, l'autobiographie des émotions que j'ai vécues. » Je m'étais d'abord opposée à faire une incursion dans sa vie privée, mais elle avait rajouté : « Tu as le droit de savoir ce que l'on vit quand on est en amour. Vois-la comme une histoire parmi tant d'autres… »

J'ouvris le journal à la première page et lus le titre à voix haute : *Traversée de deux cœurs sur l'océan de la vie*. Je brûlais d'envie de lire la suite, mais j'avais du mal à déchiffrer les textes. Je parcourus des dizaines de pages sans m'arrêter, jusqu'à ce que le sommeil m'avale dans son antre. Épuisée par l'effort qu'exigeait la lecture pour une illettrée comme moi.

***

Le bateau tanguait sur une mer houleuse, à l'instar des sentiments qui ballottaient son cœur en tous sens. L'aube se pointait. Les yeux ouverts et les traits tirés, Maude fixait le plafond à la recherche d'une explication rationnelle. Pourquoi était-elle si à l'envers? N'était-elle pas en train de réaliser son rêve? Pourquoi celui-ci prenait-il la forme d'un cauchemar depuis qu'elle avait quitté le port?

Un signal sonore retentit dans le couloir, c'était l'heure de se lever. La journée débutait à cinq heures. Une douche d'à peine deux minutes n'avait pas suffi à laver l'ombre qui s'était installée dans son âme perdue. Elle enfila son uniforme et grimpa à l'étage pour rejoindre la cafétéria. Le cuisinier en service l'accueillit avec un grand sourire en lui proposant une omelette au bacon et asperges. Elle fronça les sourcils et se contenta d'un muffin aux bleuets et d'un grand bol de café au lait. Elle n'avait pas le cœur à manger. Elle prit quelques bouchées et quitta la table pour se diriger vers le pont. Une voix ferme retentit dans son dos.
- Hé, la recrue! Ce n'est pas en mangeant comme un oiseau que tu réussiras à tenir toute la journée. On n'est pas au collège ici, le travail est dur physiquement. Il faut prendre des forces.
- Désolée Sergent, mais j'ai mal au cœur ce matin.
- Ne me dis pas que tu as le mal de mer à ta première journée?
- Non, ce n'est pas ça...
- C'est quoi, alors?
- Je ne sais pas... Je me suis levée le cœur à l'envers.
- Tu es triste d'avoir quitté les tiens, c'est ça?
- Peut-être...
- Bon, je te laisse, mais que je ne t'y reprenne plus. Ici, on doit manger pour tenir le coup. C'est compris?
- Oui, Sergent.

Elle se rendit à l'avant du bateau pour prendre un peu d'air frais. Le regard perdu dans le lointain, elle laissa dériver ses pensées d'une rive à l'autre. Elle crut entendre une voix l'appeler à l'horizon, comme l'appel d'une sirène. Ressaisis-toi Maude, se dit-elle à elle-même. Tu es une Marine maintenant, tu ne peux plus t'apitoyer sur ton sort. Elle se souvint des paroles de l'officier qui l'avait recrutée : « Dans la Marine, la solitude est notre fidèle compagne de voyage. »

Cette fois-ci, elle ne pouvait plus en douter, une voix l'interpellait dans son âme :
  « Maude, c'est moi, SoMauve... Je suis là, à tes côtés... »
Tout son être se crispa et elle chancela sur ses jambes.
  « Ne sois pas si réfractaire. Laisse-moi te parler... Je suis là avec toi, Maude... »
Une onde bienfaisante lui parcourut l'échine.
  « Reste avec moi, SoMauve, je me sens si loin, si seule... »

***

Je me réveillai en sursaut, tremblante de la tête aux pieds. J'avais un insoutenable mal de cœur. J'avais l'impression qu'il allait éclater dans ma poitrine. Une succession d'images défila dans mon esprit, incapable d'endiguer le flot des scènes qui se projetaient sur l'écran de ma conscience. Je vis mon père affolé qui tentait de ramener son bateau dans l'axe en dévissant son gouvernail à tribord. Maude, accroupie dans un coin, essayait de calmer Karl, mon petit frère, qui était terrorisé. Des vagues d'une hauteur démentielle surgirent droit devant. Je vis une terreur indescriptible envahir le visage de mon père. Il délaissa brusquement son poste derrière la barre et se précipita vers Maude et son fils, les entourant de ses larges bras. J'entends le son de sa voix retentir dans la tempête :
  « Je vous aime tant... »
  « Moi aussi Carlos, je t'aime tellement... »

Puis, un bruit effroyable retentit... La mer en furie venait d'avaler ma famille. Le bateau s'était refermé sur eux comme une mâchoire de bois, les broyant vifs. Je voyais leurs corps démembrés tourbillonnés vers les profondeurs abyssales. Je hurlai de toute mon âme.
  « Noooon! Vous ne pouvez pas me quitter comme ça... Revenez! Ne partez pas! Moi aussi je vous aime tellement... »

LA LISEUSE D'ÂME

***

Voilà bientôt une semaine que j'étais en mer, et pas un jour ne passait sans que le visage de SoMauve ne vienne me hanter. J'avais le cœur en lambeaux, sans parvenir à savoir ce qui me mettait dans un si triste état. Je vivais mon rêve, mais en même temps, un immense vide se creusait en moi plus je m'éloignais des miens.

Puis les mois défilèrent lentement, cruellement. Je n'étais plus qu'une automate réagissant aux ordres sans rouspéter. Travailler, travailler pour oublier. Travailler à m'épuiser, pour être certaine de pouvoir dormir au moins quelques heures sans me faire réveiller par mes tourments. Si j'ai pu tenir debout ces douze derniers mois, c'est uniquement parce que je conversais avec SoMauve toutes les nuits. Ce dialogue intérieur que je m'inventais me donnait l'impression de ne pas être seule au monde, loin de tout et de tous. Je n'étais plus que l'ombre de moi-même. Toutes ces nuits à parler avec mon fantôme me laissaient croire que la folie était devenue ma meilleure amie. Jusqu'au jour où nous accostâmes dans une île battue par les vents.

***

Affolée, Katrina entra dans la chambre en allumant la lampe à l'huile.
- Bon Dieu! Qu'est-ce qu'il y a ma petite?
- Ils sont ici!
- De qui parles-tu?

Katrina me prit dans ses bras et me souffla à l'oreille :
- Ça va aller ma belle, je suis là, je suis là.

Nous restâmes enlacées dans le silence de la nuit. Je ressentais leurs présences autour de moi. Je crus même voir mon père me faire un clin d'œil, ce petit geste complice qu'il me faisait jadis pour me signifier qu'il était de mon côté. Une vague de bonheur m'envahit soudainement, je les savais avec moi en ce moment même. Puis, ce fut au tour de mon petit frère de venir me tirer la couette de cheveux de sa main invisible. Geste d'affection qu'il se plaisait à me faire pour attirer mon attention. Je me laissai dériver allégrement dans cet océan d'amour retrouvé. Une main douce et au parfum sans pareil me caressa tendrement le visage, comme ma mère le faisait à l'époque. C'était bien elle. Je pouvais sentir sa vibration m'envelopper de son amour inconditionnel. Elle me chuchota à l'oreille :

« SoMauve, ma grande fille, merci d'être venue à notre rencontre. Nous attendions ce jour depuis si longtemps. Si tu savais comme tu nous as manqué... Pas un jour ne s'est passé sans que l'on ne pense à toi, ma belle. Maintenant que tu as brisé les chaînes de ton isolement, tu dois regarder loin devant, très loin. Une mission t'attend. C'était le souhait de ton âme avant de s'incarner sur Terre. Ouvre tes yeux, qui ne sont pas de chair, et regarde toujours loin devant... Tu trouveras toujours ton chemin. Un horizon sans fin s'ouvre à toi, ma belle. Nous t'aimons et nous serons toujours à tes côtés... »

Je ne puis retenir mes larmes. Je pleurai des rivières. Je pleurai de joie pour la première fois depuis ce jour fatidique. Ils étaient vivants. Ils m'avaient attendue tout ce temps. Et ils m'aimaient... Et ils ne m'avaient pas abandonnée...

Je croyais Katrina assoupie à côté de moi, mais elle me caressa les cheveux en murmurant :
- Tu vois ma belle, les choses ne sont pas toujours ce qu'elles paraissent être. À présent, tu sais ce qu'est l'amour... Il faut voir au-delà des apparences...

Je ne saisis pas clairement le sens de sa dernière phrase, mais cela m'importait peu, j'étais si heureuse. J'avais encore une famille auprès de moi.

***

LA LISEUSE D'ÂME

La tempête avait été violente. Notre frégate s'était abîmée contre un récif. Il fallait trouver rapidement un endroit pour accoster et réparer la coque fissurée. Dans l'aube naissante, une petite île se dessinait à l'horizon. Nous y avions mis le cap sans perdre un instant. Coup de chance, l'île était dotée d'un petit port, tout juste assez grand pour accueillir notre navire. Ainsi, nous mîmes les pieds sur ce petit bout de terre battu par les vents du large.

***

Katrina était restée auprès de moi. Je ne parvenais pas à fermer l'œil, savourant ces instants magiques et ce bonheur tout neuf. Comme une brise venue de nulle part, Katrina rompit le silence de sa voix mélodieuse.
- Si tu me permets, je vais te raconter une histoire, une très belle histoire.
- Oh, j'aimerais bien. Racontez-moi…
- Il y a dix-huit ans de cela, mon mari et moi avons quitté l'Italie pour un voyage en Islande. Nous avions besoin de grands espaces et d'air pur pour ressourcer nos êtres vieillissants. Notre séjour ne devait durer que trois semaines, mais nous avons succombé à la beauté sauvage de ce coin de pays, loin de l'agitation de plus en plus touristique de Venise. Ainsi, Vladislav acheta la petite maison en pierre sur l'île des vents pour en faire notre havre de paix. Nous y sommes demeurés six mois, pour réaliser que c'était là que nous voulions vivre notre amour de fin de vie. Mon mari loua notre résidence de Venise à une cousine, et nous nous établîmes pour de bon dans cette île du bout du monde. Nous y vivions paisiblement, laissant libre cours à nos passions. Vladislav composa plusieurs chefs-d'œuvre qu'il me jouait selon l'humeur de son cœur. Et moi j'écrivais et peignais des tableaux, me laissant bercer par sa musique inspirante.

Elle fit une pause et glissa sa main dans la mienne.

LA LISEUSE D'ÂME

- Puis, un matin d'après tempête, un navire militaire battant pavillon canadien s'échoua dans notre port.

***

Tout de suite, j'ai aimé ce paysage paisible et sauvage à la fois. Un vieux monsieur, violon à la main, vint à notre rencontre. Il s'appelait Vladislav. Il invita notre équipage dans son humble demeure, et fit un feu pour réchauffer nos corps transis par la pluie glaciale de la tempête qui s'était abattue sur nous hier soir. Sa femme, Katrina, était aux fourneaux faisant braiser un gigot d'agneau. L'odeur du feu et d'un bon repas chaud illumina nos visages burinés par les vents du large. Vladislav sortit un vieux Porto et en servit une bonne rasade à chacun de nous. Il leva son verre et nous souhaita la bienvenue dans l'île aux vents. Cette visite inattendue semblait les ravir au plus haut point. Katrina nous servit son succulent gigot avec des pommes de terre et des haricots verts, que nous avalâmes avec un appétit d'ogre. En soirée, Vladislav entonna de vieilles chansons russes accompagnées de son violon. Ce soir-là, il y avait de la magie dans l'air, et nos esprits voyagèrent en imagination dans les vastes steppes septentrionales soviétiques. On aurait souhaité y passer la nuit, mais notre Sergent nous rappela à l'ordre, et nous regagnâmes notre navire après avoir chaleureusement remercié nos hôtes.

Au petit matin, alors que je m'affairais sur le pont, une barque de pêcheur accosta dans le port près de nous. L'homme déchargea les fruits de sa pêche sur le quai et s'avança vers moi, l'air intrigué par notre présence.
- You need some help? me demanda-t-il.

Je restai sans voix. Son regard m'avait touché droit au cœur.
- My name is Carlos. If you need anything, I'm your man…

Il n'aurait su mieux dire. C'est à cet instant que ma vie bascula.

***

LA LISEUSE D'ÂME

Katrina poursuivit son récit.

- Leur navire était passablement amoché, si bien qu'ils mirent une quinzaine de jours à le rafistoler pour être en mesure de reprendre la mer. Un jeune chilien, qui vivait sur l'île avec son père, s'est amouraché d'une Marine canadienne, à peine majeure. Ils ne se lâchaient pas d'une semelle. À chacune de ses pauses, il l'emmenait faire un tour de bateau, au grand dam des officiers qui la rappelaient continuellement à l'ordre. Leur amour était sincère et ils semblaient si heureux qu'on leur laissa vivre ces moments de grâce sans trop les importuner. Le moment du départ allait venir bien assez vite.

La vieille dame s'interrompit, faisant durer le suspense.

- Comme il fallait s'y attendre, la veille du départ de l'équipage canadien, nos deux tourtereaux étaient inséparables. Nous avions convié tous les membres de l'équipage à souper. Un festin de poissons et de fruits de mer, que nous avait péchés le jeune chilien, ravi de pouvoir impressionner sa douce, avait fait le régal des convives. Après le repas, la jeune Marine était venue se confier à moi. Elle ne voulait pas repartir, comme je m'y attendais. Elle me demanda d'intercéder en sa faveur auprès du Capitaine, mais je la dissuadai de déserter, ce n'était pas la meilleure chose à faire. Toutefois, nous avions convenu d'un plan qui sembla apaiser son cœur déchiré.

***

Ces dernières semaines, j'avais vécu dans un rêve dont je ne souhaitais pas me réveiller. Mais ce matin, debout sur le pont, le réveil était brutal. J'allais devoir quitter ce bel inconnu qui était entré dans ma vie en bourrasque et dont je ne voulais plus me séparer. J'avais trouvé, sur ce minuscule îlot du bout du monde, l'homme de ma vie. Ma vue s'embrouilla. Des larmes que je ne pus retenir perlèrent sur mes joues, alors que mon amoureux m'envoyait la main, un sourire triste au coin des lèvres. Le cœur brisé, je m'étais jurée de revenir un jour vers lui. La corne de brume retentit et notre navire quitta cette île magique, en fendant le brouillard qui nous enveloppait dans son linceul.

***

- En cette matinée brumeuse, Vladislav et moi étions venus faire nos adieux à l'équipage. J'étais triste de la voir partir, mais j'étais persuadée qu'elle allait revenir, et qu'un jour Maude et Carlos pourraient être de nouveau réunis pour vivre leur amour.

Je me relevai brusquement et regardai Katrina avec étonnement.

- Cette histoire… C'est l'histoire de ma mère et de mon père! balbutiai-je, les yeux pleins d'eau.
- Oui, ma belle… C'est ainsi qu'avait débuté leur histoire d'amour.

***

À l'autre bout de la planète, on fêtait un anniversaire. En fait, deux. Un triste. Et un plus joyeux. Raymonde, Jean-Guy, Dany, Alain et SoMauve s'étaient rassemblés sous le grand pin surplombant l'Étang aux Cerises pour commémorer la mort de Simon, il y avait de cela exactement un an. Une demi-heure plus tard, les parents de Stella vinrent se joindre au groupe de parents et amis qui s'étaient massés autour des sépultures. Des lys blancs ornaient les deux stèles de bois, alors qu'au sol un tapis de fleurs multicolores scintillait sur la couche de neige fraîchement tombée. Un épais silence enveloppait l'assemblée qui se recueillait pour l'occasion. Soudain, un cri strident déchira la torpeur du moment, tel un cri du cœur. Tel un cri de l'âme s'adressant à l'assistance. Sidérés, les gens s'étaient tous retournés vers SoMauve, qui était à l'origine de ce hurlement énigmatique. Alors que toute l'attention était focalisée sur SoMauve, un évènement extraordinaire se produisit sous les regards médusés de l'assemblée. Les deux stèles en bois s'enflammèrent subitement et leurs cendres se dissipèrent dans le vent qui s'était levé. Les lys blancs, quant à eux, n'avaient subi aucun dommage. Bien au contraire, ils semblaient irradier une lumière dorée. Les fleurs multicolores paraissaient danser sur le tapis de neige au pied du grand pin. Puis, une voix... En fait, deux voix au diapason résonnèrent dans l'espace :

> « Cessez de pleurer notre mort! Nous sommes ici avec vous, bien vivants et plus resplendissants que jamais! Non pas seulement en esprit, mais en chair et en os. Célébrez le miracle de la Vie plutôt que la mort, qui n'est qu'une voie de passage vers d'autres vies. Nous vous aimons... Allez en paix. »

Chacun avait entendu clairement ce message résonner au fond de son âme. Et tous les regards convergeaient en direction de SoMauve qui rayonnait, un sourire radieux dessiné sur ses lèvres. Les questions fusaient dans la tête des gens... Ce pouvait-il que...

Raymonde serra SoMauve dans ses bras et déclara :
- Réjouissons-nous, aujourd'hui c'est le premier anniversaire de notre petit ange!

Et l'assemblée d'entonner en chœur :
- C'est à ton tour, ma chère SoMauve, de te laisser parler d'amour...

***

Étendue sur ma couche, je ne parvenais pas à dormir. Notre bateau tanguait de tous côtés, mais ce n'était pas la raison de mon insomnie. Mes pensées étaient ailleurs, à l'autre bout du monde. Aujourd'hui, cela faisait un an que Simon nous avait quittés. J'aurais tellement aimé être avec ma famille pour assister à la cérémonie commémorative. Et en plus, c'était l'anniversaire de naissance de SoMauve, son premier, et je m'en voulais de ne pas être là auprès d'elle pour fêter cet évènement d'une vie. Je sanglotais en silence, en réalisant la bêtise que j'avais faite en m'enrôlant dans la Marine, pour fuir les miens et mon avenir. Je sentis soudain une présence dans la cabine. L'air ambiant s'était réchauffé, telle une brise des mers du Sud. Une voix lointaine s'infiltra en moi.

« Maude, c'est moi… »
« SoMauve! C'est toi, mon petit ange! »
« Oui, c'est moi… Et toi, ne sois pas si triste. Tu as fait les choix que tu avais à faire, ne t'en fais pas. Si tu n'avais pas pris la mer et quitté les tiens, jamais tu n'aurais rencontré l'amour de ta vie. Quand on écoute son cœur, on fait toujours les bons choix. Tu sais, Maude, tu m'as beaucoup manqué, mais je t'attendrai, peu importe le temps que tu prendras, car je t'aime… »

J'éclatai en sanglots. Des larmes de joie m'inondèrent, et mon cœur se gonfla d'espoir.

« Moi aussi, je t'aime SoMauve… Si tu savais…
« Je sais… »

***

Katrina était demeurée silencieuse à mes côtés, après m'avoir révélé comment ma mère avait fait la rencontre de mon père. Une question me brûlait les lèvres, et je ne pus m'empêcher de la questionner.
- Dites-moi, Katrina, quel était ce plan que vous aviez convenu avec ma mère?
- En réalité, ce n'était pas un plan. J'ai plutôt fait réaliser certaines choses à ta mère. Car l'amour rend aveugle, et ça je peux te le confirmer. Je me souviens encore, comme si c'était hier, de cette fameuse soirée à l'Opéra où j'ai vu Vladislav entrer sur scène avec son violon blanc. Plus rien autour n'existait, que lui et moi seulement. Enfin, je lui ai demandé pourquoi elle avait choisi de faire ce long séjour en mer et si elle avait des attaches quelque part, des gens qu'elle aimait et

dont elle ne pourrait se passer. Et elle me confia qu'elle tenait beaucoup à son père, Dany, mais que lui aussi était dans l'armée et qu'il était souvent en déplacement ou en mission pour plusieurs mois. Elle avait décidé de suivre les traces de son père, et elle en assumait les conséquences. Mais, je sentais bien qu'il y avait autre chose ou quelqu'un d'autre qui semblait lui manquer cruellement. C'est là, qu'elle me révéla qu'elle avait abandonné un enfant derrière et que cela la faisait souffrir énormément. Elle s'en voulait tellement. Je lui ai demandé, si ce n'était pas trop indiscret, pourquoi elle avait abandonné son enfant. Elle me répondit brusquement que ce n'était pas son enfant. Je ne comprenais pas trop pourquoi alors elle se sentait si coupable. Mais elle rajouta que c'était l'enfant de son oncle Simon, son deuxième père, comme elle se plaisait à le surnommer, et que l'enfant était né le même jour qu'il était décédé dans un accident de voiture. Et que la mère de l'enfant, Stella, était morte en le mettant au monde, le laissant orphelin, sans père ni mère pour s'occuper de lui. Elle m'avoua que, sans trop savoir pourquoi, elle ressentait que cet enfant avait besoin d'elle, autant qu'elle de lui, mais qu'elle n'avait pas su faire face à ses sentiments envers l'enfant. Ainsi, elle avait fui ses émotions pour oublier… Toutefois, elle ne pensait qu'à lui. Et plus le temps et la distance se creusaient, plus elle se sentait torturée, plus elle voulait revenir vers lui et le serrer dans ses bras. Alors, nous avons fait un pacte. Je lui ai suggéré de retourner auprès de l'enfant et de laisser libre cours à ses sentiments, et ensuite, de décider ce qu'elle voulait faire, sans remords, ni culpabilité. Lorsqu'elle aurait réglé cette situation, elle pourrait ensuite penser revenir auprès de son Carlos, pas avant.

Carlos… son nom résonna dans ma tête et mon cœur se serra sous le coup de l'émotion. Katrina me prit dans ses bras.

LA LISEUSE D'ÂME

- Désolée, je ne voulais pas te blesser, mais je pensais que tu avais le droit de savoir la vérité. Peut-être cela t'aidera à comprendre certaines choses en toi…

J'encaissai le choc de cette révélation avec une étonnante sérénité. Maude n'était pas ma mère biologique et Carlos n'était mon vrai père… et je n'en avais rien su. Les pensées se bousculaient dans ma tête lorsque Katrina passa sa main dans mes cheveux.
- Tu sais, ma belle, Maude et Carlos ont été des parents fantastiques pour toi. Tu n'aurais pu tomber sur mieux qu'eux. Bon, il se fait tard, je vais te laisser dormir, je pense que j'en ai assez dit comme ça.
- Katrina…
- Oui, SoMauve.
- Elle vous a dit Maude… Elle vous a dit pourquoi elle avait choisi de devenir ma mère, c'est important pour moi de le savoir.
- Je comprends très bien. Bon, finissons l'histoire, alors! Six mois plus tard, la mission fut écourtée, et Maude rentra au pays. Elle était si heureuse de te revoir, quoiqu'elle ne sût pas si elle avait l'étoffe d'une bonne mère, elle en doutait. Quatre mois plus tard, Maude débarqua à Reykjavik, en Islande, avec toi sous le bras. Carlos était si heureux de revoir sa chérie, et en plus d'avoir un enfant. Il t'aima instantanément. Le soir de son arrivée, Maude est venue me voir pour me dire qu'elle était revenue s'établir ici avec l'enfant. Quand je l'ai questionnée à savoir ce qui l'avait décidée à prendre l'enfant avec elle, elle m'avait répondu : « Ce n'est pas moi… C'est l'enfant qui m'a choisie, il me l'a dit, et j'ai su en mon cœur que c'était vrai. Et j'ai compris aussi que nous en avions convenu ainsi par-delà le voile, avant notre venue sur Terre. »

Une vague de paix me submergea, et des souvenirs enfouis très profondément refirent surface. Je me revoyais dans l'âme de Simon, flottant au-dessus du corps du bébé naissant, en compagnie de Stella qui scintillait dans son corps de lumière. Nous venions de franchir le voile. Nous nous sourîmes, car nous savions que le moment était venu de ne faire qu'Un, de fusionner avec notre autre partie que nous avions quittée depuis des éons. Nous avions décidé, d'un commun accord, de nous incarner dans le corps de l'enfant de notre création, pour y vivre notre première vie ensemble sur Terre, en tant que flammes jumelles réunies à tout jamais. Nous souhaitions ardemment que Maude, notre âme sœur, soit notre mère pour cette nouvelle vie. C'est ce que nous avions convenu avant de nous réincarner tous ensemble, mais nous savions aussi que chaque âme était libre de faire ses propres choix une fois sur Terre. Mes pensées s'envolèrent vers Maude, et je la remerciai d'avoir ouvert son cœur et de s'être rappelée notre pacte commun.

- Ça va aller, ma belle? me murmura Katrina à l'oreille.
- Oui, ça va. Je me sens même très bien. Je me sens en paix maintenant, pour la première véritable fois de ma vie. Merci Katrina. Merci de m'avoir raconté notre histoire, tout est dorénavant plus clair. Merci pour tout…
- De rien, ma belle… Fais de beaux rêves.

Je fermai les yeux en repensant à toutes ces années de solitude à les attendre, assise sur la galerie, alors que c'étaient eux qui m'attendaient depuis tout ce temps. J'avais l'impression de flotter comme une plume, légère et libérée de mon passé, avec qui je venais de me réconcilier. Je me laissai glisser dans un sommeil nouveau, sans démons…

***

L'odeur des œufs et du pain grillé me chatouilla les narines. Cela me mit en appétit. Je fis ma toilette et sortis sur le pont. Un soleil radieux trônait à l'horizon. Quelques traînées de nuages rosâtres, vestiges d'une aube trépassée, peinturaient le bleu du ciel. Accoudée au bastingage, je devinais presque les contours de mon avenir, là-bas, droit devant. Enfin, ce mot semblait prendre une tout autre dimension. Il n'était plus un concept abstrait, mais l'espoir d'une vie à découvrir le monde, ailleurs que sur mon île perdue. J'allais à la rencontre du monde et, à cette seule idée, mon cœur se gonflait de joie.

Je n'avais pas entendu Katrina qui arrivait les mains chargées d'un plateau à l'odeur irrésistible.
- Sandwich aux œufs et bacon, ça te tente?
- Mmm… Ça sent drôlement bon! Et ça m'a l'air savoureux. Merci Katrina, dis-je en dévorant ma première bouchée.
- Tu as eu une bonne nuit? demanda-t-elle, un peu inquiète.
- Merveilleuse, pour tout vous dire.
- Excellent! J'ai eu peur d'avoir troublé ton sommeil avec toutes mes histoires.
- Au contraire, elles m'ont apaisée. Aujourd'hui, je me sens renaître. J'ai l'impression de voler comme ces oiseaux de mer, là-bas. L'Italie, c'est beau?
- Plus que tu ne pourrais l'imaginer. La mer est chaude, il y a des fleurs partout, des champs de vignes et d'oliviers. La musique est omniprésente et on peut admirer des sculptures, des toiles et des œuvres magnifiques. Par contre, il ne subsiste plus aucune église et cathédrale qui faisaient la fierté de l'Italie.
- Ah bon, pourquoi? questionnai-je, en avalant une autre bouchée.
- C'est une longue histoire… soupira-t-elle.
- Encore une autre…
- Si ça ne te plaît pas, je peux…
- Non, non, allez-y, je vous en prie.
- J'avais l'intention de t'en parler un jour ou l'autre, alors aussi bien maintenant.

Katrina prit un air grave et fixa le lointain. Elle marqua une pause, comme pour mieux peser ses mots.

LA LISEUSE D'ÂME

- Remontons au solstice de l'hiver 2011, jour de ta naissance. Un évènement d'envergure galactique s'est produit sur Terre.
- Ne me faites pas croire que ma naissance a eu un tel impact!

Katrina ria de bon cœur, puis elle reprit sa narration.
- Non, mais elle en est une conséquence, en quelque sorte, lâcha-t-elle mystérieusement.
- Je ne vous suis pas du tout...
- Laisse-moi finir, si tu veux connaître la suite.
- Désolée, vous pouvez poursuivre, je me tairai, je crève d'envie de savoir.
- Alors voilà, le 21 décembre 2011 fut la date d'entrée officielle de la Nouvelle Énergie sur Terre.
- La Nouvelle Énergie? m'étonnai-je.
- Oui, nouvelle en ce sens qu'elle contrastait avec l'ancienne énergie qui a prévalu pendant des milliers d'années sur Terre. L'ancienne énergie était de polarité masculine, alors que la nouvelle est de polarité féminine. Son entrée sur Terre amena dans son sillage la fin d'un monde...
- Quoi? La fin du monde? m'exclamai-je, inquiète.
- Non, j'ai bien dit la fin d'un monde, pas la fin du monde. Toutes les vieilles structures, les vieilles institutions émanant du principe masculin ont commencé, à partir de cette date, à se fissurer, à s'effriter pour faire place à un système opérant sur de nouvelles bases aux vibrations plus élevées. En clair, les gouvernements, les institutions financières, les religions, l'éducation, enfin, tous les systèmes en place furent ébranlés fortement. Comme il fallait s'y attendre, au tournant de 2012, les acteurs de l'ancienne énergie se sont rebellés et ont offert de plus en plus de résistance au vent de renouveau qui s'installait, petit à petit, à tous les niveaux sur la planète. Cette résistance créa une longue période de chaos et de noirceur sur Terre. Deux forces phénoménales s'opposaient, plutôt que de s'harmoniser. Les grandes dictatures en place partout autour du globe furent rasées, l'une après l'autre, car elles étaient les plus résistants foyers de l'ancienne énergie,

de même que les religions basées sur le contrôle des peuples. À la fin 2016, il ne subsistait plus aucun régime totalitaire ou système politique ayant à sa tête un dictateur. Toutes les têtes fortes sont tombées, emportées par le flux de la Nouvelle Énergie. Dans les années qui suivirent, tout le système financier mondial s'est effondré, et l'argent qui menait le monde perdit sa place d'honneur, créant un immense chaos social partout sur la planète. Déboussolés et choqués, les gens se révoltèrent contre le système en place, et tous les courants religieux furent la cible de leur mécontentement. Le Dieu qui était censé les sauver, comme l'affirmaient les prêtres et autres gourous, les avait plutôt abandonnés à leur sort. Un mouvement planétaire de rébellion s'est alors emparé des gens, et partout à travers le monde, les églises, les cathédrales, les croix, les statues religieuses furent brûlées et détruites. À toute cette agitation venaient s'ajouter de grandes catastrophes naturelles : tremblements de terre, tsunamis, éruptions volcaniques, sécheresses, feux de forêts, et j'en passe. On assista à un dérèglement climatique mondial, et aucun endroit sur Terre ne fut épargné. La Nouvelle Énergie poursuivait son épuration, et partout où il y avait de la résistance, elle soufflait les murs, les barricades, les enceintes, comme on souffle un château de cartes.

- Vous me permettez de vous interrompre, Katrina?
- Bien sûr. Je t'ai assommée d'une tonne d'informations, je peux comprendre tes interrogations.
- Pourquoi cette Nouvelle Énergie a fait tant de dégâts? C'est qu'elle n'est pas bonne...
- En réalité, cette Nouvelle Énergie est à la base d'un renouveau sur Terre. Une renaissance du cœur de la Terre et de ses habitants apportée par l'élévation de la conscience des gens. Toutes ces douleurs, toutes ces souffrance auraient pu être évitées si les gens avaient ouvert leur cœur et leur conscience, plutôt que de se refermer sur eux-mêmes et de s'agripper à leurs vieilles croyances. L'arrivée de la Nouvelle

Énergie nécessitait une seule condition de base : l'ouverture. La douleur est venue du fait que les gens ont verrouillé la porte de leur cœur, et l'énergie a dû emprunter d'autres voies pour atteindre son but. Imagine-toi un déversement phénoménal d'énergie cherchant à s'infiltrer en toi, si tu lui fais obstacle, cela créera une pression incroyable sur toute ta structure, dans tout ton corps. Tu auras l'impression que tout ton être va éclater en mille morceaux. Alors que si tu lui ouvres la porte, la pression cède la place à l'élévation.
- Pour s'élever où? Au Ciel?

Un large sourire se dessina sur le visage de Katrina.
- En quelque sorte... mais un Ciel sur Terre! Ça fait beaucoup d'informations d'un seul coup, mais je sais que tu es en mesure de comprendre. Je vais te résumer toute cette histoire de Nouvelle Énergie par un exemple très simple. Imagine que l'humanité ait passé des milliers d'années dans un endroit qui ressemble à la cale de ce bateau. Un lieu faiblement éclairé par de simples bougies. Un endroit sans fenêtre. Un monde de jeux d'ombres où les hommes jouaient aux cartes, buvaient et riaient forts, alors que les femmes, soumises, préparaient les repas et faisaient la lessive et le ménage.

Un jour, les femmes en eurent assez et rêvèrent d'un monde différent où elles auraient aussi leur place. Un monde plus lumineux, sans jeux de pouvoir, où l'homme et la femme vivraient en harmonie, d'égal à égal. Puis un matin, une femme se risqua à grimper l'échelle menant sur le pont pendant que les hommes dormaient, cuvant leur vin. Quel spectacle grandiose s'offrit à la vue de cette femme. Un magnifique soleil rayonnait à l'horizon. Un ciel d'azur et une mer turquoise s'étendaient à l'infini, alors que des oiseaux tourbillonnaient joyeusement dans les airs. Un vent du large lui caressait le visage et l'odeur des embruns l'enivrait. Elle se croyait au Paradis, loin de cette cale sombre et poussiéreuse. La vie avait pris une tout autre dimension, infiniment plus vaste et plus belle. Soudain, un homme débarqua sur le pont et fut aveuglé par la brillance du soleil. Choqué et hors de lui, il ordonna à la femme de redescendre dans la cale et verrouilla la trappe menant au pont. La femme raconta aux autres ce qu'elle avait vécu sur le pont. Certaines personnes la crurent et rêvèrent elles aussi de s'y rendre, alors que beaucoup d'autres la prirent pour une menteuse qui cherchait à avoir l'attention des hommes. Et ce qui devait arriver, arriva. L'humanité se divisa en deux clans : ceux qui voulaient gagner le pont et ceux qui souhaitaient rester dans l'ombre de la cale.

Quelques jours plus tard, des gens forcèrent la trappe et se rendirent sur le pont. C'était par une nuit noire, nuageuse et sans lune. On n'y voyait pas à un mètre devant. Lorsqu'ils redescendirent dans la cale, ils accusèrent la femme de les avoir trompés, de leur avoir fait miroiter un faux rêve. Ils se concertèrent et décidèrent de lui infliger le châtiment réservé aux traîtres. Demain, ils la balanceraient dans la mer avec ses chimères. Au petit jour, ils ouvrirent la trappe, et quel ne fut pas leur étonnement de voir une boule de lumière qui brillait de tous ses feux. Certains se précipitèrent à l'extérieur et crièrent de joie devant la beauté d'un tel spectacle, alors que d'autres rebroussaient chemin, croyant qu'ils seraient brûlés vifs. Tu comprends maintenant, ma belle, ce que l'humanité a eu à traverser ces dernières années.
- Oui… Et qu'est-il arrivé après?
- Le coup de grâce a eu lieu il y a de cela neuf ans, en 2018.
- Mais c'est l'année où ma famille a péri en mer!
- C'est exact.
- Que s'est-il passé en 2018?
- Laisse-moi continuer mon histoire… Un groupe de personnes décida de s'installer en permanence sur le pont du bateau. Ils dansaient, riaient et chantaient leur bonheur d'être enfin libres comme le vent. Ce qui augmenta la colère de

ceux restés cloîtrés dans la cale. Ces derniers fomentèrent alors un plan diabolique pour se débarrasser des illuminés qui dansaient sur le pont et qui perturbaient leur nuit. Le jour J arriva, et ils allaient mettre à exécution leur plan de destruction, lorsque soudain, dans un fracas terrifiant, la coque du navire éclata en mille morceaux. Le bateau fut réduit en poussière par un immense iceberg qui venait de les percuter, et le navire sombra dans les profondeurs abyssales. Ceux qui étaient sur le pont avaient vu venir l'iceberg et s'étaient enfuis en empruntant les canots de sauvetage. Ces derniers échouèrent sur une île paradisiaque où ils débutèrent une nouvelle vie.

- C'est un iceberg qui a été le coup de grâce?
- Disons que c'est une image que je t'ai donnée. En réalité, le bateau et sa cale représentaient les vieilles structures de l'ancienne énergie, et celles-ci ont été pulvérisées par le souffle de la Nouvelle Énergie. En 2018, de puissants rayons Gamma provenant du centre de l'Univers ont frappé la Terre. L'amplitude de cette tempête électromagnétique a été prodigieuse. À un point tel, que toutes les installations électriques et nucléaires de la planète furent détruites. Tout ce qui était technologie - Internet, Web, téléviseur, radio, téléphonie, télécommunications - s'éteignit à tout jamais. Tout ce qui était mécanique - machines, moteurs, aqueducs, centrales d'épuration, industries, moyens de transport - fut rendu inopérant. Tout ce qui fonctionnait à l'électricité a grillé. Voilà ce qui est réellement arrivé… Ce fut la fin d'un monde.
- C'est cette terrible tempête cosmique qui causa le naufrage de ma famille?
- Je ne peux te l'affirmer, mais cette tempête a provoqué de violentes perturbations climatiques qui ont peut-être été à l'origine de leur perdition en mer. Tu sais, cette entrée massive d'énergie a causé la perte de millions de personnes partout sur la planète. Plus du tiers de la population mondiale a été rayée de la carte en moins de 24 heures.

LA LISEUSE D'ÂME

- Mais c'est affreux!
- Je sais, mais c'était le seul moyen de rebâtir sur de nouvelles bases. S'il n'y avait pas eu cet événement galactique, c'est l'humanité entière qui ce serait autodétruite. Une 3e guerre mondiale, avec des armes nucléaires et biologiques, était sur le point d'éclater. Les dégâts que cette guerre aurait engendrés auraient été encore plus dramatiques. C'est donc une bénédiction en soit que l'Univers nous ait donné cette opportunité de nous renouveler, afin de préserver la vie sur Terre pour des siècles à venir.
- Comment savez-vous tout cela? Vous qui étiez à l'écart dans notre île perdue!
- C'est mon mari…
- Votre mari?
- Oui, Vladislav était clairvoyant. Il pressentait les événements. C'est une des raisons pour lesquelles nous avions quitté l'Italie. Il avait eu des visions de ce qui allait se passer là-bas, et il avait déniché un coin de terre qui serait à l'abri durant cette période chaotique. Il avait vraiment un don extraordinaire. Il m'a dit un jour : « Tu sais, la petite qui vient écouter la musique derrière notre maison le soir, eh bien, elle sera une grande liseuse… »
- Mais Katrina, vous savez très bien que je ne sais à peu près pas lire une ligne correctement!
- Ce n'était pas ce genre de lecture dont il parlait…
- Ah bon, de quelle lecture, alors?
- Ça, c'est à toi de me le dire…

***

Les côtes de l'Italie se dessinaient dans le lointain, et mon cœur bondissait d'impatience. Je ne rêvais que de mettre les pieds sur cette nouvelle terre. Le Capitaine décida de se rapprocher du littoral pour nous permettre de mieux apprécier le panorama.

LA LISEUSE D'ÂME

J'aperçus les premiers villages, hauts perchés sur des éperons rocheux, et je me demandais comment les habitants avaient réussi à s'établir à cet endroit précaire. Des maisons aux couleurs vives scintillaient dans le soleil couchant, tels des colliers de perles multicolores. Au bas des falaises, des pêcheurs rangeaient leurs filets et nous envoyèrent la main lorsqu'ils aperçurent notre grand voilier blanc. Je leur rendis la pareille, souriante comme si l'on m'avait préparé un comité d'accueil. Sur le quai, un jeune homme basané, coiffé d'une casquette rouge, pêchait en ne me lâchant pas des yeux. Je croisai son regard et je rougis instantanément. Il leva sa casquette pour me saluer et mon cœur s'accéléra inexplicablement. Il me suivait toujours des yeux, comme s'il ne voulait pas me laisser partir. Au moment où le voilier contourna la falaise, il tendit la paume de sa main vers moi et me souffla un baiser à la volée. J'ai cru recevoir une flèche en plein cœur. Mon pouls battait dans mes tempes, et j'avais les jambes en guenilles. Le quai disparut derrière la falaise. Mon cœur battait à tout rompre. J'avais les mains moites. Qu'est-ce qu'il m'arrivait? Je les essuyai sur un pan de ma robe en tentant de reprendre mes esprits.

Un peu plus loin, alors que nous longions la côte, un autre village suspendu entre ciel et terre surgit comme par enchantement. J'étais sous le charme de ce décor féerique lorsque Katrina s'approcha en me tapotant l'épaule.
- C'est beau, n'est-ce pas?
- Comme je n'aurais jamais pu l'imaginer...
- Cinque Terre! annonça-t-elle fièrement.
- Qu'est-ce que vous voulez dire?
- Cinque Terre, c'est le nom de cette partie de la côte de la Riviera italienne. Son nom fait référence aux cinq villages perchés sur les falaises. On dit que ce sont les plus pittoresques villages du monde.
- Je n'ai pas de misère à le croire... On dirait que toutes les maisons ont été peintes à la craie de couleur. Ce sont de véritables petits bijoux.

LA LISEUSE D'ÂME

- On dit aussi que ces bourgs sont les plus romantiques du monde. Ces petits villages de pêcheurs penchés sur la mer, enserrés par des murailles vétustes, sont un monde de fables marines riches d'histoire et de beauté. Ces bourgs ont défié une nature rebelle et sauvage. Ces paysages dessinés dans un cadre si exceptionnel et merveilleux ont été dédiés par les anciens à Vénus, déesse de l'amour et de la beauté, sortie de l'écume de mer. Tu vois ce village, il se nomme Riomaggiore. Du Mont Capri, son sommet le plus haut, un chemin entièrement creusé dans la paroi rocheuse relie plusieurs villages jusqu'à Manarola. C'est la romantique « Via Dell'Amore », le Chemin de l'Amour que parcourent des milliers de gens chaque année à la recherche de l'âme sœur. C'est sur ce chemin que les cœurs expriment leurs souhaits.
- C'est vraiment beau, j'en ai le souffle coupé. Comment s'appelle le premier village que l'on a croisé tout à l'heure où il y avait des pêcheurs sur le quai?
- Portovenere. C'est la perle des Cinque Terre!

Mon esprit vagabonda. Je ressentais encore cette incroyable émotion qui m'avait donné la chair de poule en voyant ce jeune pêcheur me souffler un baiser.

- C'est le garçon qui t'a mise dans cet état? s'enquit Katrina, un petit sourire aux lèvres.
- De quoi parlez-vous, Madame?
- Tout d'abord, cesse de m'appeler Madame. Katrina c'est bien plus jolie. Et faut pas me prendre pour une débutante! Je t'ai vue rougir tout à l'heure, c'est un signe qui ne trompe pas.
- Ça signifie quoi alors toutes ces chaleurs que j'ai ressenties en croisant le regard de ce garçon?
- Ton premier vrai coup de cœur pour la gent masculine! Et puis?
- Et puis quoi?
- Comment on se sent?

LA LISEUSE D'ÂME

- Chavirée. Un peu décontenancée. On aurait dit que mon cœur voulait sortir de ma poitrine.
- Ah l'amour!
- L'amour? Vous pensez vraiment que je suis tombée en amour?
- Je ne sais pas, mais chose sûre, il t'a fait un sacré effet!
- Ça se voit tant que ça?
- Tu en trembles encore, ma belle...

***

Posté sur les flancs du Muzzerone, une montagne escarpée recouverte de pins et d'oliviers, Marco scrute le lointain dans la douceur du crépuscule. Bercé par le mantra des vagues qui se fracassent aux pieds des falaises de la Spezia, ses pensées dérivent dans le sillage d'une apparition inespérée. Ce soir, pour la première fois de sa vie, son esprit est hanté par une étrangère. Hanté par le visage d'une jeune femme. Comme un mirage, une oasis de fraîcheur est apparue dans le désert de sa vie. Il avait mémorisé chaque trait de cette femme au visage angélique, qui avait défilée devant lui sur un grand voilier blanc. Ne sachant plus s'il avait rêvé cette scène, que son cœur avait secrètement espérée dans la noirceur de ses nuits, il s'accrocha à un nom : Katrina. Ces lettres peintes en bleu sur la coque du voilier s'étaient imprimées à tout jamais sur l'écran de sa conscience. Le nom du navire était encerclé de notes de musique qui résonnaient dans sa tête comme le chant des sirènes.

Les premières étoiles scintillaient dans le miroir de la Méditerranée, lui renvoyant les souvenirs douloureux de cette nuit où il avait perdu toute sa famille. Voilà bientôt neuf ans qu'il se rendait chaque soir au sommet du Mont Muzzerone pour pleurer les siens, emportés pas une gigantesque vague venue de nulle part. Le 16 août 2018, une date qui restera à jamais gravée dans son âme. Ce soir-là, il s'était rendu à son endroit fétiche pour admirer la mer, lorsqu'il vit au loin une muraille d'eau dantesque avaler les trois quarts du village. De son point d'observation, impuissant, il avait vu les maisons pastel de son hameau s'éventrer dans un vacarme assourdissant. Puis la mer furieuse, jonchée de débris et de corps des villageois, se retira pour digérer son macabre festin. Prostré sur son rocher, Marco avait passé des jours et des nuits à gémir sans pouvoir bouger. À l'aube du troisième matin, un berger l'avait trouvé agonisant. Ce berger devint sa seule famille. Vivant seul, il avait pris Marco sous son aile, et l'avait élevé de son mieux. Depuis cette soirée fatidique, Marco avait cessé de rêver, cessé de vivre. Il survivait. Dévoré par ses cauchemars, il traversait la vie comme un fantôme, comme une ombre du passé.

Mais ce soir, c'était différent. Une lumière s'était rallumée dans son être. Une étincelle avait fait battre son cœur à nouveau. Il s'étendit sur son rocher, les yeux plongés dans la mer étoilée. Il sembla voir se dessiner dans le firmament des lettres et des notes de musique. Il entendit une mélodie céleste lui chanter : Katrina, Katrina, Katrina…

***

Le voilier obliqua vers la droite, et au détour d'une abrupte falaise, un village portuaire aux maisons colorées, avec sa vieille tour plantée sur un éperon rocheux, nous apparut dans toute sa splendeur. On aurait dit une perle enchâssée dans le diadème d'un superbe panorama. Le village commençait à s'illuminer dans le crépuscule lorsque nous accostâmes dans le vieux port.
- Voici Vernazza! lança joyeusement Katrina.
- Que c'est beau! marmonnai-je, éblouie par l'harmonie des lieux.
- Nous ferons escale ici quelques jours, avant de reprendre notre route vers Venise, ajouta Katrina.

Le Capitaine et son équipage s'affairaient à décharger nos bagages sur le quai, alors qu'un attroupement de villageois venaient à notre rencontre, intrigués par notre arrivée. Katrina salua la foule et s'adressa à un vieil homme qui la serra dans ses bras. Après qu'elle ce soit dégagée de son étreinte, un peu trop familière à mon goût, elle leva la tête vers la colline et envoya la main à un homme qui se tenait à la fenêtre d'une belle résidence, aux teintes d'ocres et d'orangées, bordée de pins.

Quelques instants plus tard, l'homme en question dévalait le pavé de pierre en notre direction.
- Katrina, comme je suis heureux de vous voir, ça fait si longtemps!
- Oh, moi aussi, je suis si heureuse de constater que vous vous portez à merveille!

Et ils se jetèrent dans les bras l'un de l'autre.
- Serguei, voici SoMauve, ma protégée adorée!
- Ravi de faire votre connaissance, Mademoiselle.
- Enchantée, Monsieur Serguei, répondis-je en tendant la main maladroitement.
- Allez, ne restez pas plantées là, suivez-moi! claironna-t-il en prenant nos lourds bagages.

Un marin qui vit le vieil homme chargé comme une mule s'approcha pour lui prêter main-forte.
- Merci Alberto, c'est gentil.
- De rien, Monsieur Kovack.

Nous grimpâmes la ruelle jusqu'à la demeure de Serguei. Il nous fit ensuite entrer dans le vaste vestibule orné de sublimes toiles, représentant le village sous différents aspects.
- Vous pouvez déposer les bagages derrière cette porte. Encore merci, Alberto.

Ce denier s'éclipsa et Serguei proposa de nous servir le thé, que nous acceptâmes volontiers.
- Qu'est-ce qui vous amène en Italie après toutes ces années, ma très chère Katrina?
- Disons que je dois me refaire une nouvelle vie... Vladislav est mort il y a peu de temps.
- Je suis désolé, quelle triste nouvelle...

LA LISEUSE D'ÂME

L'émotion se lisait sur son visage. Il prit un mouchoir dans la poche de sa veste et s'essuya les yeux.
- Vous n'avez pas à être désolé Serguei, notre Vladislav est heureux là où il est maintenant.
- Quel type merveilleux et généreux que ce Vladislav! J'ai souvent pensé à vous ces dernières années, me demandant si vous aviez survécu aux grands bouleversements.
- Notre refuge du bout du monde a été heureusement épargné.
- Il n'a jamais cessé de jouer, hein?
- Bien sûr que non, la musique c'était toute sa vie. J'aurais bien aimé que vous entendiez ces dernières œuvres.
- De vrais chefs-d'œuvre! intervins-je dans un élan d'excitation.
- Vous êtes musicienne vous aussi, Mademoiselle?
- Oh non! Mais le soir, j'avais pris l'habitude de me réfugier sur la colline derrière leur maison pour entendre cette musique venue du ciel. C'était ma meilleure amie...
- Qui était votre meilleure amie?
- Mais la musique!
- Ah, je vois, vous étiez tombée sous le charme vous aussi. Mademoiselle, sachez que Vladislav était le meilleur de son époque. Il était incomparable.
- Vous avez déjà assisté à un de ses concerts?
- J'ai été encore plus chanceux que ça! Je faisais partie du même Orchestre Symphonique, du temps où nous vivions en Russie. Les gens se déplaçaient par milliers pour l'entendre jouer de son violon magique. Ah, que de beaux souvenirs...
- Vous aussi avez quitté la Russie?
- Oui, et c'est grâce à ce généreux Vladislav qui, quelque temps après être venu s'établir en Italie, a organisé ma fuite. Devenu rapidement célèbre en Italie, et il m'a fait venir pour jouer auprès de lui. Quel honneur, vous imaginez!
- C'est un beau geste de sa part, effectivement.
- Cette demeure de Vernazza était la résidence secondaire de Vladislav et Katrina. Ils m'en ont fait cadeau avant de partir

pour l'Islande. Je leur en serai éternellement reconnaissant pour leur si grand cœur.

Je me tournai vers Katrina qui acquiesçât de la tête.
- Ne soyez pas si humble Serguei, sans vous mon mari serait mort depuis des lustres.
- Ah oui? répondis-je, surprise.
- Mais c'était la moindre des choses, qui n'aurait pas secouru son meilleur ami.
- Avouez tout de même qu'aucun marin sensé n'aurait sauté dans cette mer démontée pour tenter de sauver un homme d'une noyade assurée.
- Ah, que voulez-vous, les dieux étaient de mon côté cette journée-là! Bon, vous devez avoir faim, laissez-moi vous préparer ma spécialité.

Nous proposâmes de l'aider, mais il s'y opposa férocement.
- Non, non, faites-moi le plaisir de vous resservir du thé et de vous détendre pendant que je jouerai au cuistot. Des occasions comme celles-ci sont si rares, si vous saviez.

Tasse à la main, je m'étais dirigée vers la fenêtre du salon. Le village en contrebas scintillait de cette lumière chaude que dégage la lueur des bougies filtrant par les volets entrouverts. Les étoiles brillaient dans le ciel et se reflétaient dans les eaux calmes de l'anse portuaire. Mes pensées s'envolèrent vers le jeune homme à la casquette rouge. Que faisait-il ce soir? Était-il en train de souper avec sa famille? Pensait-il encore à moi?

***

Marco admira encore un peu le ciel étoilé avant de se lever pour regagner la chaumière du berger, se demandant si l'Ange qu'il avait vu sur le voilier pensait encore à lui...

***

LA LISEUSE D'ÂME

Une odeur de mon enfance me tira de ma rêverie. Des effluves de beignets de morue frits me rappelèrent ces moments savoureux où ma mère me concoctait mon plat préféré.
- À table! ordonna Serguei, sur un ton victorieux.
- Comment avez-vous su? demandai-je impressionnée.
- Su quoi? répondit Serguei, étonné par la question.
- Pour les accras de morue! C'est mon met favori, celui que ma mère nous faisait tous les dimanches soirs.
- Ravi de l'entendre, car c'est aussi mon plat préféré. Mais ne vous bourrez pas trop, car ce n'est que l'entrée. Des calmars de l'enfer sont au four ainsi que des maquereaux grillés.

Serguei se leva d'un bond en criant :
- Où avais-je la tête, Bon Dieu?

Il revint de la cuisine avec une bouteille de vin blanc et trois coupes.
- Goûtez-moi ça! On ne fait pas mieux à des lieues à la ronde. Un vin typique des Cinque Terre.

Je pris une gorgée du bout des lèvres. Serguei me lança un regard malicieux.
- Vous n'aimez pas, Mademoiselle?
- Oui, oui, mais c'est que je n'ai pas vraiment l'habitude...
- Ah, vous verrez, finissez votre coupe et plus jamais vous ne pourrez vous en passer! me lança-t-il en riant de bon cœur.

Je me sentais incroyablement bien dans cette chaleureuse maison. J'avais l'impression d'un souper en famille avec mes grands-parents. Après le repas, Serguei nous raconta l'histoire de ce petit bourg fondé par la famille romaine Vulnetia, vers l'an mille, autour d'une chapelle mythique construite sur la colline di Reggio. Ce fameux sanctuaire s'est par la suite étendu vers la mer avec son petit port établi au XIIe siècle. Ce fut alors au tour des Seigneurs de Val di Vara d'en faire une base fortifiée, afin de repousser avec l'aide des navires de Gênes l'impitoyable invasion des Sarrasins. De cette ancienne base ne reste plus que la forteresse et les décombres de la vieille tour. Le village est dominé par une belle cathédrale gothique-ligurienne, fondée en 1318, dédiée à Sainte-

LA LISEUSE D'ÂME

Marguerite d'Antioche, avec un clocher à dôme octogonal. Serguei promit de nous y amener faire une visite demain.

- Bon, il se fait tard, je monte à l'étage préparer vos chambres. Vous pouvez utiliser la salle de bain au fond du couloir, il y a des serviettes dans le placard et du savon sous l'évier.

Après avoir fait notre toilette pour la nuit, nous montâmes à l'étage où Serguei nous montra nos chambres.
- Mais vous n'auriez pas dû faire ça! s'exclama Katrina en regardant la chambre qu'il lui désignait.
- Très chère Katrina, sachez que la chambre des maîtres n'a jamais été utilisée depuis votre départ. Elle vous attend. Maintenant, allez-vous mettre au lit.
- Mais Serguei… soupira Katrina.
- On ne discute pas. Au lit tout le monde!
- Toi aussi ma petite, me lança-t-il, en me faisant un clin d'œil.

J'entrai dans ma chambre et j'eus tout de suite un pincement au cœur. Mon regard se posa sur un tableau de Léonard de Vinci et des larmes coulèrent sur mes joues. Inexplicablement, l'endroit me semblait si familier. Je m'approchai de la fenêtre et j'ouvris les volets pour découvrir la chaîne de montagnes au loin qui plongeait dans la mer. Je défis les couvertures et m'allongeai sur le lit avec cette nette sensation de déjà-vu. Je fixai le plafond, hypnotisée par la valse des ombres que dessinait la flamme vacillante de la bougie posée sur la table de chevet. Je balayai du regard la chambre, détaillant chaque recoin. Un étrange courant me parcourut l'échine. Je connaissais cet endroit. J'y étais déjà venue. Je me souvenais d'avoir étendu mon corps nu sur ce même lit. J'avais l'impression de lire ce que l'âme de cette chambre avait à me confier. Je n'étais pas seule. Une autre personne dormait dans mes bras, celle que j'aimais plus que tout au monde…

***

LA LISEUSE D'ÂME

Au petit matin, je m'étais juré de la retrouver, où qu'elle soit. Je fouillai les tiroirs de ma commode, pris quelques vêtements que je fourrai dans un sac à dos et descendis faire du café. Je me lavai le visage et me rasai. En me regardant dans la glace, je constatai avec dépit le fantôme que j'étais devenu depuis des années. Des années à errer sans rêver. Aujourd'hui, je ne rêvais qu'à une seule chose : retrouver mon Ange.
Je déboulai dans la cuisine avec mon sac sur l'épaule, alors qu'Alfonzo servait le café.
- Dis donc, où vas-tu comme ça mon garçon, de sitôt matin?
- Je vais me trouver du travail.
- Mais tu travailles déjà avec moi aux champs!
- Je sais, mais je rêve de découvrir la mer.
- Tiens, c'est nouveau! Tu rêves de quelque chose maintenant. C'est très bien, Marco.

Je mangeai en silence. Alfonzo me dévisageait sans dire un mot. Puis, au bout d'un moment, il s'adressa à moi.
- Tu vas partir longtemps?
- Je ne sais pas, jusqu'à ce que je trouve…
- Qu'est-ce que tu cherches d'ailleurs?
- Une raison… Une raison d'exister.
- Dis plutôt que tu cherches une femme!
- Pourquoi chercherais-je une femme?
- C'est la seule raison pour laquelle un homme est prêt à tout quitter, répondit-il un sourire en coin.
- Je ne quitte pas tout!
- Et ces bagages, c'est pourquoi faire?
- Au cas où…
- Au cas où tu partirais pour longtemps…
- Je n'en ai pas la moindre idée. Je n'ai jamais quitté ce village de ma vie. Je ne connais rien d'autre. Peut-être qu'ailleurs il y a autre chose qui m'attend…
- C'est une femme, je le savais!
Je ne répondis pas.

LA LISEUSE D'ÂME

- Je l'ai vue dans tes yeux. J'ai vu cette étincelle quand tu parles.
- C'est bon, tu as gagné, Alfonzo, répondis-je résigné.
- Et cette femme, c'est une sirène, si je comprends bien! C'est pour ça que tu veux prendre le large.
- Arrêtez avec vos sarcasmes! Ce n'est pas drôle.
- Oh la la, c'est du sérieux!

Je me levai brusquement et empoignai mon sac.
- Viens dans mes bras, mon grand. Je suis fier de toi. Je suis heureux que la passion se rallume en toi. Tu mérites le bonheur, je te laisse partir avec joie… et avec un peu de tristesse aussi. Tu vas me manquer, Marco.
- Tu vas me manquer aussi, Alfonzo.
- Si tu cherches à te faire engager, va voir Nico, c'est le Capitaine du Galion génois, je le connais bien. Son navire fait la navette sur la côte, entre Portovenere et Gênes. Allez, maintenant file avant que tu me voies pleurer.
- Merci pour tout, Alfonzo. Je t'aime énormément, tu sais.
- Moi aussi, mon grand. Et n'oublie pas, ma porte sera toujours ouverte pour toi.

Je l'embrassai sur le front et sortis sans me retourner. J'avais le cœur lourd. Et en même temps, un élan d'excitation me transportait à l'idée de revoir mon Ange un jour. Je regardai la mer en contrebas qui semblait m'appeler, et je courus à sa rencontre.

***

Ma nuit avait été ponctuée de rêves aussi réels qu'insensés. Dans le corps d'un homme, je m'étais revu dans cette chambre avec cette femme au visage énigmatique et à la peau de neige. Elle me faisait signe de la rejoindre dans le lit. Les volets étaient ouverts et je pouvais distinguer la chaîne de montagnes bleutées qui plongeait dans la mer. Mon regard s'était arrêté sur un tableau de Léonard de Vinci. Je m'étais étendu auprès d'elle, son corps nu contre le mien.

LA LISEUSE D'ÂME

Des airs de violon paraissaient flotter dans toute la maison. Je la regardai intensément, et lui murmurai à l'oreille : « Alors, on le fait notre enfant… » Elle m'avait serré très fort dans ses bras et avait pleuré à chaudes larmes en me disant : « Simon, je t'aime. » « Je t'aime aussi, Stella. » Nos corps de lumière s'enflammèrent et nous conçûmes.

- Hé, les filles! Vous n'allez pas rester au lit toute la journée! Le petit déjeuner est servi.

C'était Serguei qui nous réclamait au bas de l'escalier. Je m'habillai en vitesse, quand soudain, je m'entendis dire à haute voix : « J'en ai pour une minute Stella, je reviens avec le café. »

Serguei me regardait manger, l'air interrogateur.
- Vous avez l'esprit ailleurs, mon enfant.

Gênée, je réalisai que ma tartine de confiture dégoulinait sur la nappe de la table.
- C'est pas grave, ne fais pas cette tête, ce n'est que de la confiture après tout.
- Pardon, excusez ma maladresse, je suis encore endormie.
- Vous n'avez pas bien dormi?
- Non, non, le lit était très confortable, mais j'ai rêvé toute la nuit.
- Ah oui, à quoi avez-vous rêvé? demanda Serguei.
- À ton prince charmant qui pêchait sur le quai, répliqua Katrina d'un air espiègle.
- Pas du tout, répondis-je, un peu contrariée.
- Qu'est-ce qui ne va pas? Vous êtes pâle comme un linge, s'inquiéta Serguei.
- Je vous l'ai dit, j'ai rêvé toute la nuit.
- Vous avez fait de mauvais cauchemars?
- Non, au contraire, c'était très beau, même trop beau.
- Rien n'est jamais trop beau, ma belle, renchérit Katrina.
- Eh bien, pour tout vous dire, c'était trop vrai, si réel… si…
- Si quoi?

LA LISEUSE D'ÂME

- C'est difficile à expliquer... Je ne sais pas quoi vous dire...
- Alors, on va la faire cette balade au village? avait enchaîné Serguei pour changer de sujet. Vous continuerez votre discussion entre femmes sur le perron de l'église, comme le veut la tradition des Cinque Terre.

Katrina, qui avait tout de suite vu mon étonnement, enchaîna :
- C'est vrai, je t'ai mentionné que toutes les églises avaient été rasées, mais celle de ce village a été épargnée.
- Et pourquoi donc?
- En raison du mythique sanctuaire sur lequel la cathédrale a été érigée. Les légendes racontent que cet ancien sanctuaire était autrefois une porte vers les étoiles.
- Qu'est-ce que vous voulez dire?
- Un corridor permettant de se déplacer à travers l'espace et le temps s'ouvrait au-delà de cette porte.
- C'est pour ça qu'ils n'ont pas détruit l'église?
- À vrai dire, les habitants du village vous diront qu'elle a été rasée lors de la grande révolution, précisa Serguei.
- Et elle a été reconstruite après, c'est ça?
- Non, pas exactement. Deux ans plus tard, elle est réapparue telle qu'elle était avant la grande révolution. Du jour au lendemain, c'est fou, hein?
- Réapparue comme par magie? demandai-je intriguée.
- C'est un mystère qu'on n'a jamais pu élucider, et qui fait la fierté des villageois, je vous le concède.

Nous arpentions la ruelle pentue menant à l'église lorsque je vis des fleurs immensément belles. Je m'approchai pour les sentir quand j'entendis Katrina me souffler à l'oreille : « Ce sont des rosiers ». Je n'avais jamais vu autant de fleurs. Il devait bien y en avoir des centaines qui se balançaient dans la brise matinale. Je m'apprêtais à en cueillir une lorsqu'une vision fulgurante me traversa l'esprit. Je me vis sentir les roses, puis cueillir la plus grosse que je cachai dans mon dos. Je m'avançai vers un vieux puits où elle m'attendait dans sa belle robe rose pastel : « C'est pour toi Stella, puisse notre amour ne jamais se faner ».

Sous le choc, mes jambes se dérobèrent. Je fis quelques pas maladroits, et m'assis sur la margelle du vieux puits, cherchant à reprendre mes esprits.
- Ça va ma chérie! cria Katrina qui accourait vers moi. Qu'est-ce qui ne va pas, ma belle?
- Ce sont encore ces visions qui me hantent depuis hier soir.
- Est-ce que tu veux en parler?
- Oui, mais pas tout de suite. Allons visiter cette église fantôme d'abord, répondis-je encore sous le choc.

***

Je repérai le gros navire marchand accosté dans le port, et me dirigeai vers le quai. Je grimpai la passerelle menant sur le pont. Un marin vint à ma rencontre.
- On peut vous aider, jeune homme?
- J'aimerais parler au Capitaine, s'il vous plaît.
- Le Capitaine est dans sa cabine, il sera à son poste de commandement dans une heure. Est-ce que vous voulez lui transmettre un message?
- Oui, mon nom est Marco, je suis le fils d'Alfonzo, je cherche du travail. J'ai tout mon bagage avec moi, je suis prêt à m'embarquer dès aujourd'hui.
- Attendez-moi ici, je reviens dans une minute.

Quelques instants plus tard, un fier Capitaine au visage buriné et à l'uniforme bleu ciel apparut sur le pont.
- Comme ça c'est toi, le fils d'Alfonzo!
- Oui, Monsieur Nico, répondis-je en feignant un garde-à-vous.
- Vous n'êtes pas dans l'armée ici, mon gars, cessez vos simagrées. Je connais bien Alfonzo, c'est un ami d'enfance. Je ne pensais jamais qu'il se marierait et aurait des enfants. Il

était si solitaire à l'époque. Faut dire qu'on allait bien ensemble...
- Il n'est toujours pas marié, et il vit seul en haut de la colline. Il m'a adopté quand j'ai perdu toute ma famille lors de la grande catastrophe.
- Je reconnais son grand cœur. Comme ça, tu cherches du travail sur un bateau?
- Oui, n'importe quoi fera l'affaire.
- Ça tombe bien, un de mes marins s'est blessé hier, et je suis à court d'hommes pour la prochaine expédition. Tu es engagé. Tu n'as pas le mal de mer, j'espère?
- Je ne sais pas, je n'ai jamais pris la mer.
- Parfait! Ce sera ton baptême dès aujourd'hui. Va aider les hommes que tu vois là-bas. Plus vite la cargaison sera chargée à bord, plus vite on mettra les voiles. Bienvenue parmi nous, mon garçon!

Sans perdre un instant, j'allai rejoindre mes nouveaux compagnons, excité à l'idée de prendre la mer et à la perspective de voir apparaître un beau voilier blanc à l'horizon. Une nouvelle vie s'ouvrait devant moi, aussi immense que l'océan...

***

Je me tenais sur le parvis de l'église Ste-Marguerite d'Antioche. La vue sur la mer était imprenable. Serguei nous ouvrit l'immense porte en bronze qui donnait accès à l'intérieur. Je m'attendais à voir brûler de l'encens et des cierges un peu partout, mais rien de tout cela n'y était. Pas de croix, pas de statues, pas d'autel, et même aucun banc d'église. L'endroit était désert, sauf la présence de la lumière du jour qui filtrait par les vitraux colorés. Je m'avançai au centre de la pièce et, au moment où je passais sous le dôme de l'église, un fort courant électrique me parcourut de la tête aux pieds. Je figeai sur place. J'avais l'impression d'être dans l'œil d'un cyclone qui tourbillonnait autour de moi. Soudain, je fus happée dans un foudroyant vortex d'énergie...

LA LISEUSE D'ÂME

Des images défilèrent dans ma conscience : des gens se tenaient par la main, formant un grand cercle autour du sanctuaire, où brûlait sur un bûcher un être agonisant. Son corps était petit et gris. Il avait une grosse tête et d'énormes yeux noirs. En revanche, il n'avait pas de bouche, ni d'oreilles. Un prêtre psalmodiait des litanies incompréhensibles, alors que les gens rassemblés s'agenouillaient. Les images s'accélèrent. Je vis un Seigneur et son armée enterrer le sanctuaire et bâtir une église par-dessus. Par une nuit noire, je vis défiler une procession aux flambeaux. Une foule habillée de noir encercla l'église pour y mettre le feu, mais les flammes léchaient les murs sans parvenir à la faire brûler. Une tempête terrible éclata et les murs de la cathédrale se fissurèrent. Des éclairs illuminaient les vitraux, quand soudain, je vis deux êtres resplendissants apparaître devant moi, au centre de l'église. Ils souriaient en se tenant par la main. Il y avait beaucoup d'amour entre eux, car des milliers de flammes bleutées les enveloppaient dans une danse frénétique. Il s'agissait bien des mêmes personnes que j'avais vues hier dans ma chambre, et tout à l'heure, près du vieux puits.

Katrina me toucha l'épaule et les visions s'évaporèrent subitement. Elle me prit la main et m'amena à l'extérieur. Je plissai les yeux, aveuglée par la lumière du jour. Elle me pria de m'asseoir auprès d'elle sur les marches du parvis.
- Si tu veux que je t'aide, tu dois me raconter ce qui se passe ma belle, dit-elle en me tapotant la main.

Je lui racontai mes visions depuis le début, sans omettre aucune scène. Elle m'écouta attentivement sans m'interrompre, hochant parfois la tête pour me faire signe de poursuivre lorsque je faisais une pause. À la fin de mon récit, elle me regarda dans les yeux intensément et me confia :
- Tu sais, ma belle, Vladislav avait raison… Tu seras une grande liseuse, une très grande même…

Un frisson me parcourut. Je crus comprendre, pour la première fois, ce à quoi elle faisait allusion.

LA LISEUSE D'ÂME

***

Nous quittâmes le port de Portovenere en début d'après-midi pour nous rendre à Riomaggiore. Le temps était clément et le vent suffisamment fort pour ouvrir toutes grandes les voiles du Galion. Après avoir dépassé les rochers rouges de la Scoglio Ferale, Riomaggiore fut la première des Cinque Terre à nous dévoiler son charme vierge et sauvage. Nico s'était approché de moi pour s'enquérir comment son nouveau protégé vivait son baptême de la mer. Sceau d'eau et moppe à la main, j'avais haussé les épaules en répondant : « C'est le paradis! » Il avait éclaté de rire et m'avait donné une petite claque dans le dos en disant : « Tant mieux que la mer te plaise! Aujourd'hui, elle est bien docile, mais parfois elle n'est pas commode du tout. » Puis il s'était plu à me raconter l'histoire des Cinque Terre qu'il avait parcourus de long en large au fil des années.

- Marco, tu vois ce village, c'est Riomaggiore, il a été éternisé dans les toiles du célèbre peintre Telemaco Signorini. Son nom dérive du torrent Rivus Major qui le traverse. La tradition veut qu'il ait été fondé au VIIe siècle par des réfugiés grecs. Après avoir subi l'influence de plusieurs Seigneurs féodaux, cette terre fut acquise par la République de Gênes au XIIIe siècle, comme toutes les Cinque Terre. La plupart de ces villages ont deux facettes : celle du bourg de pêcheurs dans la partie donnant sur la mer et celle du village paysan dans la zone tournée vers les monts.

Le navire obliqua vers la crique où était blotti le village. Les maisons empilées les unes sur les autres, en rangées parallèles, étaient extrêmement pittoresques, entrecoupées d'escaliers raides et de ruelles exiguës.
- Tu vois là-haut, le sentier creusé à même le roc? Eh bien, c'est le fameux Chemin de l'Amour qui relie ce village jusqu'à Manarola, notre prochaine destination.
- Capitaine, prêts pour l'accostage! avait crié un marin derrière nous.

LA LISEUSE D'ÂME

- Bon, je file à mon poste, on se revoit plus tard.
- À plus tard, répondis-je, le regard encore accroché au Chemin de l'Amour. Pourvu qu'il y en ait un de tracé sur la mer, m'étais-je dit tout bas.

Le soleil déclinait, annonciateur d'un splendide coucher, comme on en voit souvent en bordure de la Méditerranée en cette période de l'année. Nous avions terminé de décharger la marchandise sur le quai et les commerçants du village s'affairaient à récupérer leurs commandes. Parmi la cargaison, il y avait des caisses de tomates et d'agrumes, des saucissons séchés, des fougasses à l'huile d'olive, des tonneaux de bière et de vin, et bien d'autres caisses de produits du terroir. Les affaires conclues, Nico nous avait donné congé le reste de la journée, jusqu'à vingt heures, heure à laquelle le souper serait servi.

J'en profitai pour aller découvrir le petit village en serpentant à travers les ruelles en pierres usées par les âges. À mi-colline, un panneau indiquait le départ du Chemin de l'Amour. Je l'empruntai en me demandant combien d'âmes esseulées l'avaient parcouru à la recherche de l'âme sœur. Le chemin, taillé à même la paroi rocheuse, s'étalait entre ciel et mer comme un long ruban de soie teinté par les rosées du soleil couchant. Je fus saisi par la beauté du panorama qui m'émerveillait à chaque tournant. Le chemin portait bien son nom, car au fil de mon avancée je sentais mon cœur se gonfler d'amour pour cette passagère du voilier blanc. Je m'imaginais marcher à ses côtés sur le Chemin de l'Amour. C'était sans doute la plus romantique balade que l'on puisse espérer, suspendus entre les étoiles et les vagues de la mer. Partout où mon regard se posait, je voyais des assemblages de petits cadenas maillés ensemble, entortillés autour de fils de fer ou attachés aux rampes métalliques qui bordaient le chemin. Curieux, je m'approchai d'un assemblage en forme de cœur, pour découvrir qu'il y avait un mot d'inscrit sur chacun des cadenas. On pouvait y lire les cris du cœur de chaque pèlerin amoureux.
« Reviens-moi Francesca, je t'aime. Luigi. 2021-01-06. »

LA LISEUSE D'ÂME

« Mon cœur est à toi pour l'éternité. Maria. 2019. »
« Je t'attendrai toujours mon amour. Bianca Zano. »

Aussi loin que mon regard puisse s'étendre, je voyais scintiller des milliers de petits cadenas qui illuminaient le chemin, comme autant de promesses d'amour offertes aux bons soins de la Providence. Étrange et touchant rituel, me suis-je dit, en faisant demi-tour pour ne pas me faire surprendre par l'obscurité. En arrivant dans le port, je vis dans la vitrine d'un commerçant des dizaines de cadenas de toutes les couleurs suspendus à une corde. J'entrai dans la boutique et demandai à voir la collection de cadenas. N'arrivant pas à faire un choix, je pris les deux qui m'inspiraient le plus. Un beau bleu cobalt et un autre rouge feu que je glissai dans la poche de ma veste. Je regagnai le navire alors que le Capitaine faisait irruption sur le pont.
- T'as vu l'heure, mon gars! Vingt heures quinze. Aucun retard n'est toléré dans mon équipage, suis-je assez clair?
- Oui, Capitaine. Bien reçu!
- Allez, va rejoindre tes compagnons à la cuisine.

Je filai en vitesse et m'éclipsai dans la cuisine.

- Viens par ici! me lança Alfredo. Voici ta place!

Je dévorai avec appétit la soupe de poisson que le chef cuisinier venait de servir.
- Et puis, comment on s'y fait mon gars? m'interrogea Alfredo la bouche pleine.
- Jusqu'ici, je suis enchanté de m'être engagé sur ce bateau.
- Bravo! Bienvenue parmi les vieux loups de mer, répliqua-t-il.
- Vous connaissez cette tradition, vous savez, celle des cadenas que l'on retrouve partout sur le Chemin de l'Amour? demandai-je curieux.

J'entendis un marin soupirer au bout de la table.
- Ouais, qui ne la connaît pas? Enfin, qui d'entre nous n'a pas le sien qui pendouille quelque part au bord du chemin?

LA LISEUSE D'ÂME

Cette déclaration venant d'un dur à cuire m'avait surpris. Il n'avait pas la tête d'un romantique, loin de là. Comme s'il avait lu dans mes pensées, il enchaîna :
- Tu sais petit, la mer c'est bien beau, mais la mer ça rime aussi avec solitude. On peut avoir une femme dans chaque port, mais ça n'a rien à voir avec l'amour. L'amour ça s'entretient, ça se cultive, ça se soigne... Alors que nous...
- T'as bien raison Gino, trouver l'amour pour un loup de mer c'est comme chercher une perle au milieu du désert, avait renchéri Alfredo.

Je ne m'étais pas arrêté à ce que pouvait représenter le fait de vivre en mer, sans port d'attache pour prendre racine, sans famille à qui rendre visite.
- Et toi, mon gars, tu y crois à l'amour? m'avait lancé Gino sur un ton désabusé.
- Je pense que oui...
- Mauvaise réponse, petit! S'il faut que tu y penses, alors tu ne connais pas c'est quoi être en amour. Ah ça, non!
- Qu'est-ce que vous voulez dire?
- L'amour, ça ne passe pas par la tête. Si tu penses être en amour, alors tu ne l'es pas! L'amour ça vous frappe comme une bourrasque sans crier gare. Ça vous rentre dedans sans que vous ayez eu le temps de le voir venir. Puis le cœur se met à battre la chamade, et elle, la tête, s'affole, car elle n'y comprend rien. Je sais de quoi je parle, ça m'est arrivé quand j'avais à peu près ton âge. Des années plus tard, j'ai essayé de retrouver cette merveilleuse sensation en côtoyant d'autres femmes, mais jamais je n'ai pu revivre ce coup de foudre comme avec Iréna.

Il s'interrompit. On devinait une douleur enfouie profondément qui venait de refaire surface.
- Bon, je crois qu'il est l'heure de se mettre au lit, lança le Capitaine qui n'avait pas dit un mot du repas. Tout le monde sur le pont pour cinq heures tapantes.
- Oui mon Capitaine! entonnèrent en chœur les hommes.

LA LISEUSE D'ÂME

Je me retirai dans ma cabine et m'allongeai sur mon lit. L'autre occupant n'était pas en service, j'avais donc la chambre pour moi tout seul. Les reflets de la lune diffusaient une pâle lumière par la lucarne. Le navire tanguait doucement au gré des vagues. Je défis l'emballage et contemplai les deux cadenas. À la fin du repas, Alfredo m'avait expliqué en quoi consistait l'étrange rituel. Il fallait faire un vœu, un souhait du cœur, et le sceller dans le cadenas. Ensuite, on trouvait l'endroit pour exposer notre requête sur le Chemin de l'Amour et on verrouillait le cadenas en y mettant tout notre espoir. Si notre vœu se réalisait, on devait revenir avec l'amour de sa vie et enlacer les deux cadenas ensemble pour les sceller pour l'éternité. Et chacun devait alors remettre les clés de son cœur à l'autre en gage de son amour. Je me promis d'aller exposer ma requête sur le Chemin de l'Amour avant de partir demain. Je m'endormis, les deux cadenas dans la main, rêvant à mon Ange qui dormait quelque part sur un voilier ou dans un petit village côtier.

***

- Ils sont venus ici, n'est-ce pas? interrogeai-je Katrina qui était venue me border dans mon lit.
- De qui parles-tu?
- De mes parents... De mes parents biologiques.
- Oui, ma belle. J'étais certaine que tu m'en parlerais. Je m'en souviens encore comme si c'était hier. Nous ne recevions que très peu de visite. En fait, pratiquement jamais. Mais un soir d'avril, au printemps 2011, Vladislav était revenu à la maison accompagné d'un couple dans la fin trentaine ou début quarantaine. Il les avait vus s'embrasser sur la margelle du vieux puits où tu t'es assise ce matin. À leur accent, il avait déduit qu'ils étaient sûrement des Canadiens français en vacances. Quand il s'était approché d'eux, il avait vu autre chose... D'autre chose d'encore plus spectaculaire... Leurs corps rayonnaient d'une lumière qu'il n'avait jamais vue auparavant. Il constata avec stupéfaction que ces deux êtres

ne formaient en réalité qu'une seule âme. C'était du domaine de l'impossible. Il crut d'abord que ses dons de clairvoyance lui jouaient des tours et il voulut en avoir le cœur net. Si bien qu'il invita le couple à séjourner à la maison. Au cours du souper, Vladislav m'avait rejointe à la cuisine, et, fébrile, il n'avait cessé de me répéter : « Ces gens ne sont pas de ce monde... » J'avais ri et l'avait renvoyé dans la salle à dîner, en pensant qu'il délirait après avoir trop picolé. Mais j'eus un choc, quand je les vis monter l'escalier pour se rendre à leur chambre. On aurait dit qu'ils flottaient, qu'ils ne touchaient pas aux marches de l'escalier. J'avais l'impression de voir au travers d'eux, tellement ils semblaient si évanescents. Enfin, bref, je n'avais jamais rien vu de tel de toute ma vie. Vladislav avait raison, ils n'étaient pas de ce monde.

- Ils ont dormi dans cette chambre, n'est-ce pas?
- Oui, ma belle.
- Je le savais! Je les ai vus hier. Je les ai sentis dans mon lit, comme si j'y étais moi-même à cette époque.
- Peut-être est-ce le cas? conclut-elle mystérieusement.

***

Dans l'aube naissante, je grimpai la ruelle pentue en direction du Chemin de l'Amour. Quelques instants plus tôt, j'avais inscrit ma requête sur un papier collant que j'avais apposé sur le cadenas bleu. L'accès au chemin était fermé, la guérite n'ouvrait qu'à huit heures. J'étudiai les lieux attentivement, pour me rendre compte qu'un trou dans le grillage me permettrait de me faufiler par l'ouverture en me contorsionnant un peu. Je m'engouffrai par la fente et, au moment de me relever, je restai coincé et déchirai un pan de ma veste. Qu'à cela ne tienne, j'étais sur le Chemin de l'Amour et cela suffisait à me rendre joyeux. Je dévalai le sentier en vitesse. Je repérai le grand pin que j'avais vu lors de ma visite d'hier. Je me rendis jusqu'à sa hauteur. C'était manifestement le plus joli point de vue sur le golfe Monterosso. De là, on pouvait

voir la chaîne de montagnes bleutées plonger dans la mer au loin. J'avais apporté un vieux filet de pêche que j'enroulai autour de l'arbre. Je fis un nœud de marin, comme on me l'avait montré, et ouvris le cadenas. Je lus à voix haute le mot que j'y avais inscrit : « Je ne cesserai ma quête que lorsque je t'aurai retrouvée, mon Ange. Marco. »
Je verrouillai le cadenas en m'imaginant qu'elle m'attendait quelque part dans un village sur la côte. Le soleil venait de se lever, inondant de ses rayons dorés cette quête remplie d'espoir. Mon vœu était désormais formulé dans l'éternité. J'allais maintenant devoir me laisser guider par la Providence, en guettant les signes que celle-ci me ferait sur ma route. Je regardai une dernière fois le filet de pêche où pendouillait mon cadenas, et jurai en mon cœur qu'un jour sa solitude allait prendre fin. Je tournai les talons et détalai en courant vers le port.

***

Au petit matin, je me souvenais de tout. Comme si la dalle de mon tombeau avait cédé, laissant apparaître tous mes souvenirs d'une autre vie, enfouis dans les tréfonds de mon être. Je m'habillai et descendis à la cuisine. Katrina s'affairait à laver la vaisselle. Elle me salua chaleureusement, et m'informa que Serguei était sorti faire une course.
- Tu as bien dormi? Tu m'as l'air plus sereine ce matin.
- Oui, très bien même. J'ai compris ce que l'âme de cette chambre cherchait à me dire.
- Raconte-moi tout! s'exclama Katrina toute excitée.
- Vous n'allez pas me croire, c'est si... si...
- Si incroyable que ça?
- Le mot est faible, ça frise le délire.
- Ah, si tu savais tout ce que m'a raconté mon mari, je n'en suis plus à une surprise près!
- Katrina...
- Je t'écoute, ma belle.
- J'ai été conçue là-haut... dans cette chambre!!!

LA LISEUSE D'ÂME

Elle resta silencieuse un moment et me regarda intensément.
- Je m'en doutais… lâcha-t-elle en baissant la tête.
- Comment vous pouvez savoir ça?
- C'est Vladislav… La première fois qu'il t'a vue dans les bras de Maude sur l'île aux Vents, il a su qui tu étais.
- Mais c'est impossible! Il ne m'avait jamais vue auparavant. Et si vous croyez que c'est ici qu'il ait pu m'apercevoir, sachez que je n'étais qu'un embryon de quelques heures à l'époque!

Elle éclata d'un rire sonore qui résonna dans toute la cuisine.
- Comment expliquez-vous ce mystère, alors? demandai-je impatiente.
- Tu te souviens de ce qui avait attiré l'attention de mon mari lorsqu'il avait vu tes parents s'embrasser à l'ombre des rosiers, près du vieux puits.
- Une brillante lumière, comme il n'en avait jamais vue auparavant.
- C'est vrai. Mais ce qui l'avait impressionné au plus haut point, ce fut de voir pour la première fois deux êtres ne former qu'une seule âme.
- Oui, je me rappelle, mais quel est le rapport?
- Eh bien, c'était la même…
- La même quoi?
- La même âme que la tienne lorsqu'il t'avait vue sur l'île.
- Attendez Katrina! Je ne vous suis pas du tout.
- Si, très bien même. C'est plutôt difficile à croire, comme tu le disais tout à l'heure, mais c'est la réalité et tu le sais très bien.

Ces dernières paroles résonnèrent en moi comme un rappel lointain de mes origines célestes. La lumière se fit dans mon esprit et tout devint limpide. Si limpide que j'éclatai de rire. Le rideau venait de tomber.
- Vous imaginez, Katrina, je suis mon propre père et ma propre mère! L'enfant qui a été conçu dans cette chambre, en l'occurrence moi-même, était la fusion de l'âme de mon père

et de ma mère. Vous réalisez, mes parents se sont donné naissance! Ils ont accouché d'eux-mêmes! C'est chouette comme histoire, vous ne trouvez pas?
- Je dirais plutôt… originale! Et tu sais ce que mon cher mari avait prédit en te voyant la première fois?
- Que je serais une grande liseuse.
- C'est exact. Une liseuse d'âme…

***

Le navire appareilla à six heures, entouré d'une nuée de goélands, pour se diriger vers notre prochaine destination, Manarola. Selon les dires de Nico, il semblerait que le nom Manarola dériverait de « manium arula », le temple consacré aux âmes des morts. Ce village est situé sur un promontoire rocheux tombant abruptement dans la mer, où sont cultivés intensément les vignobles. Nico ajouta que si j'avais poursuivi ma promenade sur le Chemin de l'Amour ce matin, j'aurais croisé un vieux chemin de muletier, parmi les plus anciens de la côte. Et du sommet de ces contreforts, j'aurais eu une vue splendide sur la mer. Ce point d'observation est surnommé par les habitants le Corps de Vénus, pour sa beauté inégalable.

Moins d'une demi-heure plus tard, nous vîmes se profiler à l'horizon ce bourg enchanteur, perché sur une corniche rocheuse plongeant à pic dans la mer. Ses hautes maisons typiques, blotties les unes contre les autres et aux teintes vives, illuminaient la falaise de ses charmes. Nous accostâmes dans la petite baie qui faisait face au village. Nous n'y ferions qu'une brève escale, le temps d'embarquer cagettes de légumes et barils de vin. Ensuite, nous lèverons les voiles pour atteindre Vernazza en fin de journée, où Nico avait rendez-vous avec une ancienne connaissance. Les hommes m'avaient confié que Nico ne ratait jamais une occasion de s'arrêter à Vernazza, prétendant être tombé amoureux de l'endroit. Les hommes, eux, savaient pertinemment qu'il s'agissait plutôt d'une femme que d'un village, car il en revenait toujours chamboulé, l'esprit perdu dans ses pensées. Je me pris à rêver que mon ange m'attendait peut-être dans le prochain village. Comme le Capitaine, j'aurais toutes les raisons de m'y arrêter pour venir saluer mon Ange...

***

- Katrina, vous êtes certaine de vouloir partir aujourd'hui? avait demandé Serguei avec insistance.
- Oui, Serguei. Ce n'est pas que ta compagnie ne nous est pas agréable, mais mon cher mari m'a investie d'une importante mission que je dois poursuivre maintenant.
- Vous savez, le temps est à l'orage au large. C'est le boulanger qui me l'a dit, et s'il le dit, c'est que c'est vrai. Les marins ont l'habitude de le consulter chaque matin avant de prendre la mer.
- Bon, raison de plus pour boucler nos valises pendant qu'il est encore temps, trancha-t-elle.

Je regardais par la fenêtre de ma chambre les gros nuages noirs qui obscurcissaient l'horizon, et mes pensées s'envolèrent vers le jeune homme à la casquette rouge. Nous allions quitter les Cinque Terre et jamais plus je ne le reverrai. À cette seule pensée, mon cœur se mit à battre à tout rompre dans ma poitrine. Au même moment, Katrina frappa à la porte en entrant dans la chambre.
- Qu'est-ce qu'il y a, ma belle? Pourquoi cet air si triste?
- Portovenere...
- Ah, je vois...
- Ça me fait tout bizarre de partir sans l'avoir revu. C'est comme si je devais absolument lui faire mes adieux pour partir en paix.
- C'est une vraie rencontre que tu rêvais de faire, non? Pas des adieux, me lança-t-elle, un sourire espiègle au coin des lèvres.

- Oui, c'est vrai, mais comment expliquez-vous ça? Je ne connais pas ce jeune homme… et je ne suis pas encore partie qu'il me manque déjà.
- C'est ton premier coup de cœur, et ce ne sera pas le dernier!

J'encaissai mal sa dernière remarque. J'aurais souhaité que ce soit mon premier et dernier coup de cœur, mais je ne pouvais m'expliquer pourquoi.
- Je retire ma dernière phrase, ma chérie, dit Katrina qui avait lu sur mon visage mon air contrarié.
- Vous avez certainement raison Katrina, je n'y connais encore rien à l'amour, alors…
- C'est vrai, mais en revanche tu es une grande liseuse, alors peut-être que tu as raison…

Je ne savais pas si elle avait dit ça pour me réconforter ou si elle y croyait vraiment, pensai-je en fermant mes valises. Toutefois, une chose était sûre : je l'aimais.

***

- J'espère que nous arriverons à Vernazza avant que la tempête nous frappe, avait maugréé le Capitaine en scrutant l'horizon menaçant.

À la hauteur de Punta Palma, des vents violents soufflaient si forts que la voile principale se déchira à une extrémité. Le Capitaine ordonna de l'abaisser afin d'éviter des dommages plus importants, quitte à ralentir notre course vers Vernazza. Les vagues étaient si hautes que certaines inondaient le pont en déferlant rageusement contre la coque. Nous avions enfilé nos cirés et chapeaux de pluie, mais au bout d'une heure nous étions trempés jusqu'aux os. Nous longions la côte en parcourant les petites baies qui nous préservaient des puissants vents qui nous poussaient dans le dos. Le cœur de la tempête n'était pas très loin derrière lorsque les lueurs d'un village nous apparurent.

LA LISEUSE D'ÂME

- Vernazza! hurla un homme juché sur le deuxième palier.
- C'est pas trop tôt! répondit le Capitaine, vraisemblablement heureux d'avoir mené d'une main de maître sa bataille contre les éléments déchaînés.

Soudain, d'énormes vagues soulevèrent le navire qui ballotta dans tous les sens. L'œil de la tempête nous avait rejoints à quelques kilomètres du fil d'arrivée.
- Capitaine! Impossible d'accoster dans de telles conditions, notre navire va s'écraser comme une mouche contre le quai de Vernazza.
- Vous avez raison Gino, mieux vaut nous mettre à l'abri et attendre que l'orage soit passé.
- À vos ordres, Capitaine!
- La barre à tribord! ordonna-t-il. Jetez l'ancre derrière cette falaise qui nous servira de rempart.

Le navire bifurqua difficilement dans les flots enragés et contourna la falaise, nous procurant un répit bien mérité. Une peur sourde me tenaillait l'estomac. Non pas la crainte de sombrer dans la tempête qui sévissait, mais que mon Ange soit en mer par un temps pareil. Si jamais il lui arrivait quelque chose…

***

- Katrina, il ne serait pas sage de prendre la mer par un temps pareil. Mieux vaut attendre que la tempête soit derrière nous.
- Vous avez raison, cher Capitaine, il ne sert à rien de risquer nos vies dans une telle tourmente. Allons plutôt prendre un café au Pub du village en attendant que le soleil réapparaisse.
- Bien Madame, j'annule l'appareillage à l'instant.

***

L'orage ne faiblissait pas. On entendait le fracas infernal des vagues s'échouant sur les falaises. C'était bien différent comme

sensation que de les contempler du haut de la colline, assis sur mon rocher. J'entendis le Capitaine lancer un ordre au chef des cuisines.
- Préparez le dîner! Nous passerons la nuit dans cette baie. Dame Nature semble être de très mauvaise humeur aujourd'hui, nous ne prendrons aucun risque.
- Oui, Capitaine!

Nico vint me rejoindre sur le pont.
- Qu'est-ce que tu fais là, mon gars? Tu vas être tout trempé!
- J'espère…
- Tu espères quoi?
- J'espère que la femme que j'aime ne soit pas prise au piège dans cette tempête.
- Tu as une femme dans ta vie? questionna-t-il surpris.
- Pas encore… mais j'aimerais bien.
- Tu es en amour avec un fantôme?
- Peut-être que si, mais je l'ai vue… Elle était si belle, si vous saviez.
- Et tu l'as rencontrée où?
- Sur le quai du village, à Portovenere. Elle se tenait sur le pont d'un voilier blanc, dans sa belle robe rose. Je l'ai saluée et j'ai tout de suite su qu'elle était la femme de ma vie.
- C'est ton premier coup de foudre, mon grand?
- Non, c'est mon premier coup de cœur!
- Je comprends. Moi aussi, ça m'est arrivé, il y a des années de cela. Je n'ai jamais eu le courage de lui avouer mon amour.
- Et pourquoi ça?
- Tu sais, un Capitaine n'a aucune attache, il ne peut s'établir dans aucun port, car il doit poursuivre sa route…
- Sa route vers où?
- Très bonne question…

***

Nous étions revenues chez Serguei qui était ravi d'avoir de la compagnie pour une soirée de plus.

LA LISEUSE D'ÂME

- Vous avez bien fait, Katrina. Je n'ai jamais vu la mer aussi dangereuse depuis des années.
- Des sardines grillées, ça vous tente? s'enthousiasma Katrina.
- Excellente idée! répliqua Serguei qui se leva promptement en prenant sa veste. Je passe au marché et je reviens, dit-il en claquant la porte.
- Je suis désolée pour ce matin, ma belle.
- Ce n'est rien, je suis un peu susceptible.
- Non, je ne pense pas. Disons que tu es un peu beaucoup en amour. Peut-être que tu auras une autre chance de le revoir.
- Ah, oui? Comment ça?
- Demain, on pourrait repasser par Portovenere. Plutôt que de prendre la haute mer, nous pourrions longer la côte. Peut-être qu'il sera sur le quai? Qu'est-ce que tu en dis?
- Super! Vous êtes formidable! Et on pourra s'arrêter s'il y est?
- Bien sûr, on ne fera pas tout ce trajet pour laisser filer une telle occasion!

Serguei revint les bras chargés d'un gros sac. Katrina le suivit à la cuisine pour l'aider à préparer le souper alors que je mettais les couverts. Une ambiance électrique régnait dans la maisonnée. Les rires fusaient et le vin coulait à flot autour de la table.

- Excellentes ces sardines! marmonnai-je, la bouche pleine.
- Fraîchement pêchées de ce matin, très chère!
- En parlant de pêche, puis-je vous demander une faveur, Serguei?
- Avec plaisir, de quoi s'agit-il, ma belle?
- D'un garçon, environ mon âge. Je l'ai vu alors qu'il pêchait sur le quai de Portovenere. Si jamais vous le croisez dans les parages, auriez-vous l'obligeance de lui remettre cette lettre.
- Bien sûr que si! Mais comment ferai-je pour reconnaître ton prince charmant?
- Il porte une casquette rouge, avec un écusson blanc en forme d'étoile.
- Tu crois qu'il la porte toujours?

LA LISEUSE D'ÂME

- Je suis convaincue qu'il ne s'en départit jamais.
- Ah bon, et pourquoi donc?
- C'est son porte-bonheur.
- Tu sais ça, toi? s'étonna Serguei.

Katrina intervint dans la conversation.
- Elle peut lire au-delà des apparences…
- Elle a de la graine de Vladislav!
- Plus encore, renchérit Katrina.

Serguei tendit sa main.
- Tu me la donnes cette précieuse lettre, ma belle. Je serai aux aguets. Je la traînerai toujours sur moi.
- Merci infiniment, Serguei.
- Tout le plaisir est pour moi!

***

À la tombée de la nuit, le Capitaine passa me voir dans ma cabine et se confia à moi.
- En y réfléchissant bien, demain j'irai lui avouer mon amour, si elle veut encore de moi…
- Vous n'avez rien à perdre. Au moins, votre cœur aura parlé.
- Merci de m'avoir ouvert les yeux tout à l'heure. Ça m'a fait du bien de te parler. Bonne nuit, Marco. À demain, six heures sur le pont.
- Bonne nuit, Nico. À demain.

***

À cinq heures du matin, l'équipage chargeait nos bagages à bord du voilier. Moins d'une demi-heure plus tard, on appareilla dans l'aube naissante. La mer était redevenue calme, mais un épais brouillard enveloppait la côte à cette heure matinale. On distinguait à peine le relief des falaises escarpées qui s'élevaient comme des géants endormis. Accoudée au bastingage, je regardais défiler ce paysage fantasmagorique. Dans une petite crique, on discernait la silhouette d'un vieux navire à trois mats. Figé dans la brume, on aurait dit un vaisseau fantôme échoué. Soudain, mon cœur s'emballa inexplicablement. Ma respiration se hacha et j'avais les mains moites. Que m'arrivait-il?

***

J'étais réveillé depuis cinq heures. Ne parvenant pas à me rendormir, j'avais fait ma toilette et j'étais monté sur le pont. Un épais brouillard avait étendu son manteau sur la mer. Comme dans un rêve, mon regard se perdit au large. Il me sembla voir glisser sur les flots le voilier blanc avec mon Ange en figure de proue, telle une ombre chinoise derrière le rideau de brume. Mes pensées s'envolèrent vers elle, que je saluai en enlevant ma casquette. Je me surpris à murmurer : « Je t'aime, mon Ange », en lui soufflant un baiser invisible.

***

Juste avant de contourner un éperon rocheux qui se dressait dans la mer, je crus voir un point rouge qui se balançait sur le pont du navire fantôme. Mes pensées s'envolèrent vers lui. Je le revoyais encore me saluer de sa casquette et me faire une bise soufflée. Mon cœur se gonfla comme des voiles et je criai très fort : « Je t'aime, mon Étoile Blanche. »

***

Mon imagination était si débordante que je crus même entendre mon Ange me répondre dans la brise venue du large. Je me plus à croire qu'elle aussi pensait à moi et qu'elle ne m'avait pas oublié. Au même instant, le Capitaine déboula sur le pont.
- Bonjour Marco! On est matinal ce matin.
- Oui, ça fait plus d'une heure que je suis réveillé.
- Tu n'as pas bien dormi?
- Oui, très bien, mais…
Comme s'il avait lu dans mes pensées, Nico termina ma phrase.

LA LISEUSE D'ÂME

- C'est l'appel des sirènes, c'est ça?
- Oui, très juste. C'est comme si mon Ange était passé me voir ce matin. Et du pont, je pouvais sentir sa présence dans la brume.
- Ah, l'amour! Qu'est-ce que notre petit cœur serait capable d'imaginer pour s'en accaparer?
- Et vous, vous avez trouvé le sommeil?
- J'avoue qu'à l'idée de revoir Rébecca, ça m'a bouffé des heures de sommeil.
- Ah, l'amour!

Le Capitaine éclata de rire en me servant une belle claque dans le dos.

***

- Tu penses encore à lui? me souffla une voix derrière moi.
- Oui, mais cette fois-ci c'était si réel que j'ai cru qu'il me saluait dans la brume. Mon cœur battait la chamade, si vous saviez…
- Ah, c'est ça l'amour, ma belle! Sois patiente, dans quelques heures nous serons rendus à la hauteur de Portovenere.

Je restai pensive, rêvant de le revoir au bout du quai.

***

Nous accostâmes à Vernazza dans le cri des mouettes rieuses venues nous accueillir. À cette heure, seuls quelques pêcheurs et marins s'affairaient dans le port. Après avoir amarré notre navire, le Capitaine nous invita tous à prendre le petit déjeuner sur la terre ferme, chez Alberto, un petit café où travaillait occasionnellement sa douce. Nous entrâmes dans le café et j'enlevai ma casquette, alors qu'un vieil homme passait à mes côtés.
- Serguei! lui lança le gérant de l'établissement, vous avez oublié vos baguettes!

Il retourna sur ses pas.

LA LISEUSE D'ÂME

- Merci Alberto, où avais-je encore la tête?

Puis il disparut en coup de vent.

Ça sentait franchement bon. L'odeur des croissants au beurre que l'on venait tout juste de sortir du four à bois embaumait le petit café.
- Bonjour Capitaine! Il fait bon de vous revoir. Vous sortez en grand ce matin, j'imagine que c'est votre équipage?
- Tu es un petit malin, Alberto!
- Que puis-je vous offrir ce matin, messieurs?

Après avoir pris notre commande, l'aubergiste alla s'entretenir avec Nico. De retour à notre table, je vis que le visage du Capitaine s'était assombri. Il ne dit pas un mot du repas, touchant à peine à sa pâtisserie. Qu'avait bien pu lui dire le tenancier pour qu'il change du tout au tout en moins de cinq minutes. Après avoir dégusté mon croissant, je me levai pour aller aux toilettes. J'en profitai pour parler au restaurateur.
- Que lui avez-vous raconté pour que le Capitaine ait cette tête d'enterrement?
- Une triste nouvelle, très triste… Rébecca est morte le mois dernier.

Je restai figeai sur place, ne sachant pas quoi dire. Le Capitaine me sortit de ma torpeur.
- Marco, tu arrives! Il faut y aller, on a du retard sur l'horaire.

Je devinai à son ton de voix éraillée qu'il souhaitait quitter au plus vite cet endroit chargé de souvenirs. Je ne me fis pas attendre et sortis du café la gorge encore nouée par l'émotion. En me dirigeant vers le port, j'entendis Alberto me crier :
- Hé petit, ta casquette!

Je retournai la récupérer au pas de course.
- Merci Monsieur… C'est mon porte-bonheur.
- Je sais.
- Comment savez-vous?

LA LISEUSE D'ÂME

- Elle est usée à la corde et bien trop petite pour toi. Ça doit faire un fichu bout de temps que tu la portes!
- Depuis... Depuis la mort de ma famille... répondis-je d'une voix étranglée.
- Désolé, mon gars, je ne voulais pas...
- C'est pas grave, dis-je en détalant vers le port.

En arrivant sur la place en front de mer, j'aperçus le Capitaine en pleine conversation avec un homme assis sur une chaise devant un vieux baraquement, à l'extrémité du quai.

- J'aimerais avoir un bon dix mètres de solide toile. Je dois rapiécer ma grande voile qui s'est déchirée hier dans la tempête.
- Je vais voir ce qui me reste, car le Capitaine du voilier blanc a fait des réserves ce matin à l'aube.
- Un voilier blanc, vous dites?
- Un sacré beau en plus!
- Vous vous rappelez le nom du bateau?
- Certainement, je n'oublie jamais le nom des bateaux. Il portait le nom de la propriétaire, une vieille dame prénommée Katrina. Ils sont partis aux aurores ce matin.

L'homme entra dans sa cabane en bois et en ressortit avec un rouleau de toile.

- Ça devrait faire l'affaire!
- Combien je vous dois?
- Il vous reste du bon vin à bord?
- Bien sûr, qu'est ce que vous voulez? Du blanc ou du rouge?
- Du rouge fera l'affaire.
- Vous savez où ils allaient?
- Non, le Capitaine ne m'a rien dit.
- Vous avez vu dans quelle direction ils sont partis?
- Avec tout ce brouillard ce matin, c'est à peine si on voyait à dix mètres, je ne saurais vous dire. La seule chose que je sais, c'est qu'ils venaient d'Islande. Vous imaginez, c'est le bout du monde!

- Je vous remercie beaucoup. Je vous apporte votre vin plus tard.

Le Capitaine revint vers le navire, un rouleau de toile sous le bras. Il semblait avoir retrouvé un timide sourire.
- Marco, viens par ici!
- Oui, Capitaine.
- J'ai de bonnes nouvelles pour toi…
- Ah, oui?
- Ton Ange était dans ce village ce matin.
- Vous me faites marcher!
- Je ne jouerais pas avec tes sentiments.
- Pardonnez-moi, mais j'ai du mal à vous croire.

Il pointa du doigt le vieil homme assis sur sa chaise.
- Tu n'as qu'à aller lui demander. Et tant qu'à y être, apporte-lui un baril de vin rouge qui est dans la cale.

***

Portovenere.

Je scrutais attentivement tous les visages qui défilaient sur le quai. Aucune trace de mon Étoile. J'avais le cœur lourd, j'aurais tellement souhaité pouvoir le rencontrer. J'entendis Katrina s'approcher.
- Ce n'est que partie remise, ma belle. Crois-moi, si c'est réellement l'homme de ta vie, vous ne manquerez pas de vous revoir. Je sais de quoi je parle. Maintenant, qu'est-ce que tu dirais si je te donnais ton premier cours de lecture? J'ai de beaux livres dans un coffre qui n'attendent qu'à être lus.
- L'idée m'enchante, je suis partante!

Nous passâmes des jours en mer sans nous arrêter. Je parvenais à lire des phrases complètes en anglais. À la maison, nous parlions en français et un peu en anglais, quand mon père n'arrivait pas à nous suivre. Carlos parlait couramment l'espagnol et sa langue seconde était l'anglais. Mais ma mère lui avait donné un cours accéléré en français, l'immersion totale. J'avais un peu l'impression de subir le même sort que mon père avec Katrina qui m'apprenait à lire pendant des heures. Mais j'étais ravie, le soir venu, de parcourir mon tout premier roman. J'avais redoublé d'ardeur quand Katrina m'avait confié que mon père biologique, Simon, avait écrit un livre s'intitulant : Par-delà l'Éternité. Je rêvais de le lire un jour. Katrina m'avait remis le signet que Simon lui avait donné lors de son séjour à Vernazza, et il devint mon porte-bonheur à partir de ce jour. Mon seul lien me reliant encore à lui... et à moi... par-delà l'Éternité.

***

Je n'en croyais pas mes oreilles, j'avais passé la nuit dernière à dormir tout près de mon Ange. Si cette satanée tempête ne nous avait pas rejoints... Un tout petit quart d'heure de plus et j'aurais pu la revoir. Je réalisai à ce moment que je n'avais probablement pas rêvé le passage du voilier blanc derrière le rideau de brume. Et ce « je t'aime », entendu dans la brise, n'était peut-être pas une illusion après tout. Un élan de joie s'éleva en moi, car je savais maintenant dans quelle direction naviguait le voilier. Lorsque je revins au navire, l'équipage trimait à recoudre la grande voile sous un soleil radieux qui avait dissipé la brume du matin. Je m'approchai du Capitaine qui se tenait à l'avant du bateau, le regard perdu dans le lointain.
- J'ai appris pour Rébecca, je suis désolé Capitaine. Toutes mes condoléances.
- Merci, mon garçon. Que j'ai été stupide d'avoir laissé filer toutes ces années sans lui avouer mon amour. Aujourd'hui, elle n'est plus là et elle me manque terriblement. Ces derniers jours, j'avais même imaginé prendre ma retraite de la mer pour m'établir une fois pour toutes, espérant gagner son cœur. Mais, je suis arrivé trop tard...
- Moi aussi...

LA LISEUSE D'ÂME

Nous restâmes silencieux à contempler la mer qui avait perdu sa fureur de la nuit dernière. Au bout d'un long moment, le Capitaine me révéla ses dernières réflexions.
- Marco, ce voyage sera mon dernier. J'irai livrer mes marchandises jusqu'à Gênes et je vendrai le Galion.

Mon visage se rembrunit, et le Capitaine vit ma déception.
- Qu'est-ce qu'il y a, mon gars?
- Mais Gênes c'est par là, n'est-ce pas? dis-je en pointant sur ma droite.
- Oui, c'est exact. C'est beau Gênes, tu verras, c'est le plus gros port sur la côte.
- C'est que le voilier blanc a pris la direction inverse, en direction de Portovenere.
- C'est le vieil homme qui t'a dit ça? Car il m'a affirmé qu'il n'avait rien pu voir en raison de l'épais brouillard.
- Non, c'est moi qui ai vu le voilier ce matin.
- Tu as vu le voilier et tu n'es pas venu me prévenir!
- Je pensais que c'était une illusion avec toute cette brume. Je pensais que je divaguais. Mais en entendant les propos du vieil homme, j'ai compris que ce n'était pas un mirage…
- Tu tiens vraiment à elle?
- Oui, vous ne pouvez pas savoir à quel point…

Le Capitaine passa sa main dans ses cheveux et prit une grande inspiration.
- Nous irons à Gênes et je vendrai mon navire. J'achèterai un plus petit bateau, un voilier plus rapide et je t'aiderai à la retrouver.

Je sentis les larmes me monter aux yeux.
- Pourquoi faites-vous cela pour moi?
- Je n'ai plus rien qui me retient en ce monde, mais j'aime encore la mer. Et si…

Sa voix s'étrangla dans un sanglot. Il se ressaisit et poursuivit.
- Et si je peux permettre à quelqu'un de ne pas commettre les mêmes erreurs que moi, peut-être y trouverai-je un peu de paix.

LA LISEUSE D'ÂME

Je sautai dans les bras du Capitaine.
- Merci Nico! Vous ne pouvez pas savoir comment cela réjouit mon cœur.
- Allez, mon grand! Le travail nous attend. Plus vite on sera à Gênes, plus vite on partira à la quête de ton trésor.

***

Le soleil déclinait à l'horizon, déversant ses tons de pourpre et de rosé, lorsque j'entendis la voix du Capitaine briser le silence.
- Venise! Venise en vue!

Je tressaillis. Depuis le temps que Katrina m'en parlait, j'avais si hâte d'en découvrir toutes les splendeurs. Katrina vint me rejoindre sur le pont.
- Tu vois les lumières là-bas, c'est la place Saint-Marc. L'endroit même où Marco Polo revenait de ses expéditions en Asie, les coffres remplis d'épices et de soie.

Je contemplais, les yeux écarquillés, la splendeur de cette ville lacustre surgit tout droit d'une autre époque.
- Personne n'a jamais compris pourquoi Venise n'avait pas été rayée de la carte lors de la grande catastrophe, mais j'ai ma petite idée là-dessus. En fait, c'est Vladislav qui l'avait prédit. Il avait vu des choses dans ses visions.
- Et qu'elles étaient ces choses?
- C'est une longue histoire, je te raconterai plus tard. Profite de ton arrivée à Venise et mets-toi en plein les yeux.
- Y'a autre chose que vous deviez aussi me raconter. Lorsque nous étions chez Serguei, vous avez dit que votre mari vous avait investie d'une mission me concernant.
- Ah, ça! C'est une autre longue histoire!
- À croire qu'il n'y a pas de courtes histoires dans votre répertoire!
- En tout cas, il n'y en avait pas quand Vladislav me racontait ce qu'il voyait dans ses visions. Il prenait un malin plaisir à me faire languir.

LA LISEUSE D'ÂME

- Je suppose que notre arrêt à Vernazza n'avait rien d'un hasard?
- Effectivement... tu es très perspicace.
- Et quel en était le but?
- Que tu recouvres la mémoire?
- Ah bon...
- C'est assez réussi, tu ne trouves pas?

***

Le soleil couchant déversait ses rayons de feu, empourprant l'horizon alors que nous entrions dans le port de Gênes. Le Capitaine était venu me rejoindre sur le pont.
- C'est grandiose, n'est-ce pas?
- Je n'aurais jamais imaginé qu'un port aussi immense pouvait exister sur Terre.
- Oh, mon garçon, il y en a de bien plus gros, mais rares sont ceux qui ont une si riche histoire. Gênes était, à une très lointaine époque, la ville des premiers grands explorateurs. Ici sont nés des navigateurs et des découvreurs comme Christophe Colomb qui a découvert les Amériques.
- Les Amériques?
- Oui, l'immense continent qui se trouve de l'autre côté de l'Atlantique! Christophe Colomb croyait avoir trouvé un passage vers les Indes, mais il est plutôt tombé sur les Caraïbes et l'Amérique du Sud.
- Connais pas. Je ne connais que Portovenere et ses environs.
- J'ai tout ce qu'il te faut pour mettre à jour tes connaissances dans ma cabine : des atlas, des cartes du monde et des bouquins sur les grands explorateurs. Je t'apporterai de la lecture pour combler tes soirées, tu vas adorer, j'en suis convaincu.
- Capitaine, je ne sais pas...
- Apelle-moi Nico, on parle entre amis, tu peux laisser tomber les formalités.
- Nico, je ne sais pas lire. En fait, je connais très peu de mots.

LA LISEUSE D'ÂME

- Je t'apprendrai, tu verras, ce n'est pas si sorcier.

Nous vidâmes la cale du navire de toute sa marchandise et l'entreposâmes dans un gros hangar. Le boulot terminé, le Capitaine rassembla les hommes sur le pont et les invita à souper dans sa brasserie préférée. Située dans la vieille ville, la brasserie se trouvait au fond d'une étroite ruelle usée par les âges. Une multitude de petites boutiques bigarrées s'entassaient les unes contre les autres. Derrière les vitrines, on pouvait voir des trésors datant d'une époque certainement très lointaine. Mon regard fut attiré par un instrument de musique dans la devanture d'un brocanteur. Je m'arrêtai pour contempler l'objet de ma convoitise.
- Qu'est-ce qu'il y a, mon gars? Tu songes à devenir musicien? Si c'est le cas, alors je ne te serai d'aucune utilité, car vois-tu, à part la musique des vagues et du vent, je ne connais rien d'autre. À chacun ses carences!
- Oh, j'aimerais tellement jouer de cet instrument. Quand ma famille a été emportée par les flots, je suis resté des jours perché sur un rocher dans la montagne, et j'entendais une jolie musique flotter dans les airs tous les soirs. C'est le son de cet instrument qui m'a tenu en vie. C'était tout ce qu'il me restait de beau dans cette vie. Quand le berger m'a recueilli, je suis demeuré des semaines sans parler, sans prononcer le moindre mot. C'est lui qui me l'a dit. Puis un matin, il m'avait emmené au village voisin qui se dressait sur une falaise de l'autre côté de la baie, et là, je suis passé devant un vieil homme à la barbe blanche qui jouait de cet instrument devant sa cabane. J'ai tout de suite compris que c'était lui qui m'avait sauvé… et sa musique…

Nico écoutait en silence et regardait l'instrument derrière la vitrine, comme s'il se demandait quel pouvoir magique pouvait avoir un tel objet. Le commerçant qui nous avait vus en pâmoison devant sa boutique nous ouvrit la porte.

LA LISEUSE D'ÂME

- Entrez! Entrez! Ne restez pas là. C'est une pièce de collection! lança-t-il en nous entraînant à l'intérieur de sa boutique. C'est un authentique Stradivarius, vous savez.

Nico et moi, nous nous regardions d'un air amusé par notre ignorance. Le commerçant poursuivit.
- Il vous intéresse? Ce violon n'a pas d'égal, c'est un modèle unique, fabriqué par un maître artisan de Venise. C'est un vrai petit bijou!

Les hommes nous espionnaient par la fenêtre, l'air intrigué. Le Capitaine avait-il perdu la tête? Vrai qu'il n'avait pas l'air dans son assiette depuis ce petit déjeuner chez Alberto. Mais de là à devenir un collectionneur d'instruments de musique, c'était insensé!
- Je ne sais pas en jouer, mais ma fille, oui. Elle vous fera une démonstration, je vais la chercher. Attendez-moi, j'en ai pour un moment, dit le commerçant.

Nous restâmes figés sur place et les hommes commençaient à s'impatienter. Une jeune fille d'environ quinze ans, aux longs cheveux noirs et à la silhouette gracieuse, s'approcha et nous salua.
- Vous voulez entendre quelque chose en particulier?
- Oui, j'aurais bien aimé un air de musique, mais je ne connais pas le nom de la pièce. Alors, jouez-moi un morceau qui danse dans les airs, demandai-je tout excité.

La jeune fille réfléchit un instant et attrapa le violon derrière la vitrine. Elle accorda l'instrument et glissa ensuite langoureusement l'archet sur les cordes. Puis, dans une chorégraphie de mouvements saccadés et harmonieux à la fois, une joyeuse musique remplit la boutique de notes mélodieuses. J'étais en transe face à cette fille qui se contorsionnait devant moi, et qui semblait s'emparer de mon âme par la magie de sa musique. Plus rien ne paraissait exister autour. Les yeux fermés, je me laissai transporter dans un autre monde. J'avais la sensation que j'allais m'envoler. J'entendis derrière les hommes entrer dans la boutique. Je me serais attendu à les entendre ricaner bruyamment entre eux, mais au contraire ils

écoutèrent en silence, tombés eux aussi sous le charme de cette sirène aux longs cheveux noirs. La pièce terminée, tout le monde avait applaudi notre jeune virtuose.
- Merci, ma belle, c'était très beau, dit le Capitaine en se tournant vers le commerçant. Nous passons quelques jours à Gênes, j'y réfléchirai.
- Faites-moi une offre raisonnable et il est à vous. Passez quand vous voulez, nous sommes ouverts tous les jours.
- Je vous remercie, dit le Capitaine en poussant la porte.

Nous les saluâmes et prîmes la direction de la brasserie. Le Capitaine commanda une chope de bière pour toute le monde ainsi qu'une montagne de moules et de frites. Les hommes dévorèrent leur assiette avec appétit. Le Capitaine fit signe au serveur d'apporter une autre tournée de bière.

À la fin du repas, l'ambiance festive s'estompa d'un coup sec lorsque le Capitaine leva son verre solennellement, en prenant un air grave qu'on ne lui connaissait pas.
- À vous tous, braves équipiers! Merci d'avoir sillonné la mer à mes côtés pendant toutes ces années…
- Mais Capitaine, vous ne pouvez pas faire ça! le coupa Gino, visiblement ébranlé par l'annonce surprise.
- Mes amis, il est temps pour moi de passer à autre chose. J'ai besoin de réfléchir à ce que je veux faire pour les années qu'il me reste à vivre. Récemment, j'avais envisagé prendre ma retraite pour aller vivre à Vernazza, avec la seule femme que j'ai véritablement aimée…

Sa voix se brisa alors qu'il tentait d'endiguer le flot d'émotions qui remontait du plus profond de son être. Une douleur insondable. Celle d'avoir trop tardé. Celle d'être resté sourd aux appels que lui lançait son cœur. Celle d'être passé à côté de son bonheur sans le saisir. Il essuya une larme du revers de la main et poursuivit.
- Mais… j'ai trop tardé. Alberto m'a appris qu'elle était morte il y a un mois. Un bête accident lors d'une randonnée en

montagne. Elle a perdu pied et elle s'est écrasée au fond d'une crevasse. Quand on l'a retrouvée, les rapaces avaient déjà commencé leur carnage. Une si belle femme... Une si merveilleuse femme ne peut finir ainsi... dévorée par des bêtes sauvages. Si seulement j'avais été là auprès d'elle...

Un lourd silence s'était abattu sur tout le groupe. Alfredo se leva et vint serrer le Capitaine dans ses bras, compatissant avec sa douleur. Après avoir séché ses larmes, Nico déclara :
- Mes chers amis, je vais vendre le Galion, mais je sais que ce navire et vos coéquipiers sont toute votre vie. Alors, s'il vous intéresse, je vous le ferai à un prix d'ami pour que vous puissiez poursuivre vos rêves.

L'atmosphère n'étant pas à la fête, les hommes rentrèrent au navire le cœur lourd de tristesse. Je marchais aux côtés du Capitaine lorsqu'il me souffla à l'oreille :
- J'ai besoin d'être seul, Marco. Je rentrerai vous rejoindre plus tard.
- Entendu, Capitaine.
Il me toisa du regard et je compris ce qu'il voulait me dire.
- Entendu, Nico.
- C'est mieux, marmonna-t-il en disparaissant au détour d'une ruelle sombre.

***

Je déambulais sur la Piazza San Marco bondée de monde. L'âme de la grande place rayonnait sous mes yeux. Soudain, la foule devant moi s'évapora et je vis apparaître une Reine, vêtue d'une robe rouge brodée de fils d'or, entourée de sa garde royale. Un gros navire à voiles à trois mâts, arborant la croix de Malte, accosta dans le port. Un homme habillé en noir, coiffé d'un large couvre-chef, descendit de la caravelle. Il marchait l'air triomphant vers le cortège royal. Arrivé à la hauteur de la Reine, il retira son chapeau et lui remit un parchemin, en posa un genou au sol. La Reine mit sa main droite sur son épaule, et l'homme se releva. Une foule en liesse acclamait l'homme en noir qui accompagna la Reine jusqu'au centre de la grande place. Le cortège royal se mit en branle et fendit la marée humaine. La Reine et l'homme disparurent un court instant, pour réapparaître en haut d'un balcon donnant sur la grande place. La Reine s'adressa à la foule en espagnol et l'homme pointa le doigt en direction de la mer en faisant de grands signes. Il venait de découvrir un Nouveau Monde.

Je sentis quelqu'un me prendre la main et la scène se volatilisa.
- Attends-moi ma belle, tu vas te perdre dans cette foule.
Je me retournai et vis Katrina, essoufflée, qui souriait.
- C'est beau, n'est-ce pas?
- Oui, très beau et surtout chargé d'histoire!
- Je te l'avais dit, ici chaque parcelle de terre, chaque pierre pourraient nous raconter des histoires incroyables du passé. Mais là n'est pas le but de notre séjour, je suis plutôt préoccupée par notre avenir. Allez, suis-moi, je dois passer voir un vieil ami.
Nous circulâmes à travers d'étroites ruelles et ponceaux qui enjambaient les canaux où naviguaient une multitude de gondoles colorées.
- Venise s'est bâtie sur une centaine de petits îlots, et l'on compte pas moins de quatre cents ponts qui permettent de circuler dans ce réseau fluvial. Voilà! Nous y sommes, lança-t-elle, en indiquant un modeste atelier qui avait pignon sur rue devant le Grand Canal, tout près du Rialto.

Katrina frappa à la porte. En l'absence de réponse, nous entrâmes à l'intérieur, accueillies par un tintement de clochettes suspendues au chambranle. Un vieil homme aux cheveux blancs s'approcha dans la pénombre, puis s'arrêta net.
- Katrina! s'exclama-t-il, hébété.
- Monsieur Stradivarius!
- Allez! Entrez, ne restez pas là. Je vais vous servir du café.

LA LISEUSE D'ÂME

- Excellente idée! renchérit Katrina.

En entrant dans la pièce suivante, je fus saisie par une forte odeur de bois et de vernis. Je compris alors que nous venions de pénétrer dans l'antre d'un génie. Des violons de toutes sortes étaient disposés sur une rangée de tables et une panoplie d'instruments et d'outils de travail encombraient un établi qui menaçait de s'écrouler à tout instant. J'en déduis que le vieil homme devait sans doute être le maître luthier qui concevait les violons de Vladislav. Il nous fit asseoir dans un coin de la pièce où il y avait une table basse et quatre chaises rembourrées.
- Vous nous amenez de la belle visite, ma chère Katrina.
- Je te présente SoMauve, elle m'accompagne pour le voyage. J'ai plusieurs affaires à régler... Puisque mon cher mari a décidé de me laisser ici-bas sans m'amener avec lui!
- Je suis désolé, mais je me doutais que quelque chose n'allait pas. Il avait cessé de m'écrire, s'interrompit-il en se raclant la gorge.

Il se leva et nous servit du café.
- Combien de temps comptez-vous demeurer à Venise?
- Je ne sais pas exactement. Je dois régler les papiers de décès et voir à la vente de notre villa. Une cousine l'habite, mais elle n'a plus l'âge de l'entretenir, m'a-t-elle confié.
- Je vois. Et après, où comptez-vous aller?
- Là où nous mènera notre mission?
- Vous voilà convertie en missionnaire! s'exclama-t-il en ricanant.

Chacun prit une gorgée de café. Assise au fond de cet atelier hors du temps, j'avais l'impression qu'une symphonie s'élevait des violons qui dormaient sur les tables. Le vieil homme nous invita à souper chez lui. Katrina accepta volontiers. Ils discutèrent de longues heures, alors que moi, curieuse, je contemplais le bazar rempli d'instruments insolites. Verrouillé dans une étagère vitrée, un très vieux violon trônait fièrement. À qui avait-il bien pu

appartenir? me suis-je demandée, intriguée. Du fond de la pièce, le vieil homme me lança :
- Antonio Vivaldi! Un de nos plus grandioses musiciens italiens. Vous voulez l'entendre?
- Oui, j'aimerais bien.
Il sortit un appareil que je n'avais jamais vu auparavant.
- Ça, ma fille, c'est un gramophone, une boîte à musique pour être plus clair.
Il tourna la manivelle et mit un disque en vinyle noir sur la table tournante. Il glissa un petit bras sur le rebord. Après quelques crissements, une joyeuse mélodie envahit l'atelier. Le vieil homme avait saisi un archet et faisait semblant de jouer. Amusée, je le regardais faire ses simagrées, alors qu'une vague mélancolie se reflétait dans les yeux de Katrina. Elle devait sûrement penser à son Vladislav, ce fameux soir où elle l'avait vu pour la première fois à l'Opéra de Moscou. Lorsque son regard croisa le mien, je vis la jeune fille qu'elle était à l'époque, assise dans la salle de concert, hypnotisée par un jeune homme qui maniait son violon blanc comme un virtuose. Je ressentis ce qu'elle ressentait à ce moment-là. Je détournai le regard, ne voulant pas entrer davantage dans son intimité. À la fin du concert improvisé par le vieil homme, Katrina annonça qu'il était temps de partir, car il commençait à se faire tard. On se fit la bise, en promettant de revenir le voir.

Nous avions emporté avec nous que le strict nécessaire pour passer la nuit. Toutes nos affaires étant demeurées sur le voilier, où veillaient notre Capitaine et son équipage. Une demi-heure plus tard, une villa se dessina aux abords la mer Adriatique. Katrina frappa à la porte. Une vieille dame courbée nous ouvrit.
- Vous avez fait bon voyage, Katrina!
- Oui, Anna, très bon.
Après les présentations d'usage, Katrina me montra ma chambre.
- Bonne nuit, ma belle. À demain.
- À demain, Katrina.

LA LISEUSE D'ÂME

J'ouvris les volets. Une lune répandait sa livrée argentée sur la mer. Où était-il? Que faisait-il? Pensait-il encore à moi? Je laissai mes pensées dériver vers mon Étoile...

***

Accoudé à la balustrade du pont, je regardais scintiller la lune sur les flots agités. Où était-elle? Que faisait-elle? Pensait-elle encore à moi? Mes pensées dérivaient vers mon Ange quand le Capitaine apparut sur le pont, un paquet à la main.
- Viens par ici Marco!

Je m'exécutai et le rejoignis.
- C'est pour toi! dit-il en me tendant une jolie boîte en bois.
- Pour moi? En quel honneur? m'exclamai-je, ému.
- Allez, ouvre! Tu verras bien.

Je défis le loquet et ouvrit le coffret. Je restai sans voix en voyant le violon miroiter au fond de la boîte. Des larmes me montèrent aux yeux.
- Capitaine... Nico, je ne sais pas quoi vous dire...
- Un merci suffira, mon grand.

Je serrai Nico dans mes bras un long moment. Je pris ensuite l'instrument dans mes mains comme si c'était l'objet le plus précieux du monde.
- Allez, amuse-toi, moi je vais me coucher, je suis épuisé... Trop d'émotions...
- Bonne nuit, Nico... Et merci encore... Vous êtes formidable!
- Bonne nuit, Marco.

Je saisis l'archet que je glissai sur les cordes. Un son strident retentit dans la nuit. Rêvassant, je m'imaginais faire la sérénade à mon Ange qui me souriait du haut de son balcon.

***

LA LISEUSE D'ÂME

Par la fenêtre, j'avais l'impression d'entendre encore les mélodies que nous avait faites jouer le vieil homme. Des airs de violons paraissaient danser dans la brise du soir. J'eus une dernière pensée pour lui et je sombrai dans une douce valse au parfum de Portovenere.

***

Les jours avaient filé comme une poignée de sable entre mes mains. Katrina n'avait pas encore vendu la villa, il y avait dans cette maison trop de souvenirs qu'elle chérissait et souhaitait s'en imprégner encore quelque temps avant de s'en départir définitivement. Katrina s'était remise à peindre et s'enfermait de longues heures dans son atelier.

Le jour, je poursuivais mes leçons de lecture et d'écriture. J'y mettais beaucoup d'efforts, car j'avais décidé d'écrire un livre, un roman d'amour. C'était le moyen que j'avais trouvé pour entretenir le lien invisible qui me reliait à mon cavalier imaginaire, entrevu un jour sur un quai de Portovenere.

Le soir, j'allais me promener dans les rues de Venise après le souper. Katrina m'accompagnait parfois, mais aujourd'hui j'étais seule et je marchais le long du Grand Canal. Comme une voyeuse, je laissais mon regard s'infiltrer par les fenêtres ouvertes des maisons, qui s'entassaient les unes contre les autres depuis des millénaires au bord du canal. Comme à chaque fois, l'âme des maisons paraissait me raconter l'histoire de ses habitants, actuels et passés. Venise s'offrait à moi comme un grand livre ouvert, dont je n'avais qu'à tourner le coin des ruelles pour en découvrir le récit fabuleux. Je m'arrêtai devant un vieil édifice en rénovation. J'avais l'impression d'entendre des myriades de symphonies jouer dans ma tête en même temps. Un concert donné par des milliers d'orchestres de toutes les époques. Je me remis à marcher d'un pas rapide, car j'avais la sensation que j'allais imploser et me dissoudre dans cette cacophonie pétillante de milliards de notes. Ce devait être l'ancien Opéra de Venise, me suis-je dit, en débouchant sur une grande place animée où s'élevait une statue d'un navigateur. Marco Polo. Ce ne pouvait qu'être lui. Je m'assis sur le socle de la statue, parcourant la foule du regard. J'entendais dans ma tête de curieux bruits qui résonnaient de plus en plus fort. Comme des coups de ciseaux taillant un bloc de pierre. Je vis un homme en tunique blanche qui achevait son œuvre dans un vaste atelier où trônaient des dizaines de sculptures d'une rare beauté. Je le vis signer son ouvrage : Michelangelo. Des cris sur la place me ramenèrent dans le présent. Je passai ma main sur le socle et j'aperçus sa signature. C'était celle de l'homme à la tunique blanche. Je m'apprêtais à quitter les lieux quand j'entendis dans mon esprit des bribes d'une conversation qui semblait provenir du deuxième étage d'un immeuble sur ma droite.

« La dernière phase du Grand Plan est sur le point d'être activée. La Gaïa a commencé à déployer son Serpent de Lumière vers sa destination finale. J'espère que l'Humanité sera prête, elle aussi, à faire son Ascension dans la Cinquième Dimension. »

Soudain, des images défilèrent dans ma tête à la vitesse de l'éclair. Un ancien temple en ruines se dressait sur une falaise qui plongeait dans une mer turquoise. Un rassemblement de personnes invoquaient l'Esprit du Serpent à Plumes. Un champ d'énergie inouïe se dégageait de l'emplacement. J'aperçus une colonne de lumière descendre des cieux et rayonner autour du temple. Puis la Terre se mit à trembler, prise de convulsions. Des vagues d'une hauteur inimaginable déferlèrent sur la côte. Le cercle de personnes autour du temple avait disparu comme par enchantement. Sous la mer, je vis onduler un courant de lumière dorée qui s'enfonçait dans les profondeurs abyssales. Mon esprit plongea dans l'abîme en suivant le courant lumineux pétillant de vitalité. Au loin, apparut une chaîne de montagnes aux cimes enneigées. Des rayons dorés se déployèrent dans le ciel et les montagnes se fendirent, laissant jaillir le courant de lumière qui

LA LISEUSE D'ÂME

s'éleva dans les cieux avant d'atteindre la Lune, qui se pulvérisa sous l'onde de choc.

Une nuée de pigeons débarqua bruyamment sur la grande place, me tirant de ma rêverie, alors que les images d'un autre temps s'évanouissaient dans mon esprit. Un homme dans la quarantaine, assis sur un banc, me regardait intensément. Je devinais ses intentions. Je pouvais lire ses pensées. Avant qu'il ne décide de s'approcher de moi, j'avais disparu dans la foule en direction de la villa.

***

Grand cœur, Nico avait vendu le Galion à son équipage pour une bouchée de pain. Les hommes lui en furent très reconnaissants. Nous avions repris la mer, le Capitaine et moi, en direction de Vernazza. Il avait une dernière chose à faire avant que nous partions à la recherche de mon Ange. Une chose capitale, m'avait-il dit, sur un ton empreint d'émotion.

Les lumières du port se profilèrent au loin. Nous dînâmes à bord de notre nouveau voilier. En fait, c'était un vieux voilier en bois qui avait été remis à neuf récemment. La nuit était tombée lorsque nous accostâmes au quai de Vernazza. Je rêvais à mon Ange qui avait foulé ce même quai, il n'y avait pas si longtemps. Je pouvais presque sentir son parfum flotter dans le port. Je me demandais comment nous ferions pour la retrouver, le monde était si vaste, comme je l'avais réalisé en consultant les atlas du Capitaine. Je descendis à ma cabine, cherchant un indice qui me conduirait à elle parmi les vieilles cartes marines.
J'entendis Nico frapper à la porte.
- Bonne nuit, Marco!
- Bonne nuit, Nico!

Au réveil, je me sentais mélancolique, ne parvenant pas à m'enlever l'image de mon Ange de la tête. Elle était peut-être

LA LISEUSE D'ÂME

rendue au bout du monde en ce moment. Lorsque j'arrivai sur le pont, le Capitaine fixait la mer d'un air songeur et triste.
- Ça va, Nico? demandai-je.
- Ça ira mieux quand j'aurai fait ce que j'aurais dû faire la dernière fois que nous sommes venus ici, répondit-il mystérieusement.

Il resta silencieux. Je ne le questionnai pas davantage.

Nous déjeunâmes chez Alberto. À la fin du repas, Nico me fit part de ce qu'il était venu faire ici. Je lui dis que c'était une bonne idée et que cela parviendrait probablement à mettre un baume sur son cœur souffrant. Il me donna une claque dans le dos qui signifiait : on doit partir, c'est l'heure! Nous prîmes la direction du cimetière. Il s'arrêta en chemin chez un marchand de fleurs et acheta un joli bouquet aux couleurs resplendissantes. Rendus à la grille d'entrée, je le laissai faire ses adieux à celle qu'il aimait et je partis faire une promenade dans les alentours. Tout près d'une vieille église se trouvait un puits à l'ombre des rosiers. Je m'assis sur la margelle pour contempler la mer en contrebas qui paraissait grignoter le village de son flux et reflux incessant. Un vieil homme grimpait la ruelle en direction de l'église, quand soudain, il s'immobilisa net. Je l'entendis répéter à plusieurs reprises :
- Bonté divine! C'est pas vrai!

Comme s'il avait vu une apparition, il s'approcha de moi les bras en l'air, gesticulant à la manière de quelqu'un qui vient de rencontrer une vieille connaissance.
- Vous permettez que je m'assoie près de vous, jeune homme?
- Bien sûr, la vue est si belle de ce promontoire.
- Effectivement, c'est un bel endroit pour contempler le village. Vous savez, jeune homme, jamais je n'aurais imaginé que ça puisse se produire un jour... C'est un vrai miracle!
- De quoi parlez-vous?
- De vous rencontrer! s'exclama-t-il en fouillant dans la poche de sa veste.

- Me rencontrer? répondis-je sur un ton surpris. On ne se connaît même pas!
- Peut-être que si... Enfin, j'ai entendu parler de toi, enchaîna-t-il en me tendant une enveloppe. C'est pour toi.
- Pour moi! De la part de qui?
- D'un Ange, d'un bel Ange...

Puis il se leva et me regarda droit dans les yeux.
- Puisse la vie combler vos cœurs, me lança-t-il, avant de disparaître derrière la talle de rosiers en marmonnant : elle avait raison, il ne s'en départit jamais...

Je restai interdit, encore sous le choc de cette rencontre improbable. Je baissai la tête et contemplai l'enveloppe dans mes mains. De la part d'un bel Ange, avait-il dit... Je lus l'écriture fine inscrite sur l'enveloppe : « *À mon Étoile Blanche* ». Mes mains devinrent toutes moites et mon cœur battit la chamade. Ce pouvait-il que...

Je décachetai l'enveloppe avec excitation. Il y avait une feuille à l'intérieur que je dépliai méticuleusement. Mon cœur se figea quand je vis le dessin qui y figurait : sur le bout d'un quai, un garçon à la casquette rouge avait la paume tendue vers le large et soufflait un baiser à une jeune fille sur un voilier blanc. Je n'en croyais pas mes yeux. Mon Ange! m'écriai-je. Et je me suis mis à pleurer lorsque je pris connaissance du mot inscrit au bas du dessin : « *Je t'aimerai toujours. SoMauve.* »

Des larmes de joie coulèrent sur mes joues pendant tout le trajet menant au cimetière. Tout au fond, sous un grand arbre, je vis Nico agenouillé, qui se prenait la tête entre les mains en gémissant sa douleur. C'était donc ça le pouvoir de l'amour. Cette force invisible capable de nous faire chavirer dans le chagrin ou la joie en un rien de temps.

Lorsque Nico sortit du cimetière, il se jeta dans mes bras en pleurant. Puis, il se ressaisit et me lança :

LA LISEUSE D'ÂME

- Bon, il est temps maintenant de retrouver ta belle! trancha-t-il, comme pour se trouver une raison de s'accrocher à la vie.
- Elle m'a écrit… Un vieil homme m'a remis ça tout à l'heure.

Je lui tendis la lettre qu'il considéra en silence. Son visage s'éclaira soudainement.

- Mais c'est merveilleux, elle ne t'a pas oublié. Et quelle déclaration d'amour! En plus, elle t'a laissé un indice pour la retrouver.
- Qu'est-ce que vous voulez dire?
- Regarde dans la direction où pointe la proue du voilier, elle a dessiné une ville au loin. Ça doit être l'endroit où elle va.
- Ça, c'est une ville! On dirait plutôt un chapelet d'îles.
- C'est Venise, la ville flottante! Elle a été édifiée sur une centaine d'îlots et elle est traversée par une multitude de canaux. Elle est unique au monde, tu verras…

Lorsque nous arrivâmes sur le quai, Nico défit les amarres et me cria :

- Moussaillon! Cap sur Venise!
- À vos ordres Capitaine!

***

Katrina m'attendait au salon en sirotant son café.

- Tu as fait une belle balade?
- Ouais, répondis-je en baissant la tête.
- Qu'est-ce qu'il y a, ma belle? Tu sembles inquiète.
- Ça commence à me faire peur, Katrina. Tous ces bruits, toutes ces images qui défilent dans ma tête, sans que je ne puisse rien faire pour les empêcher de m'assaillir. Ça devient de plus en plus fréquent. Je dirais même, pratiquement tout le temps.
- Je vois…

Elle fit une pause, comme si elle cherchait les mots qu'il convenait de dire.

LA LISEUSE D'ÂME

- Tu es différente SoMauve, tu le sais. Mais tu n'as pas à avoir peur.
- J'ai eu très peur tout à l'heure sur la place Romano. Un homme me dévisageait et j'étais en mesure de lire en son âme ses intentions envers moi. Il songeait à m'enlever et à abuser de moi. Je voyais même de sordides choses auxquelles il voulait me soumettre. Avouez que c'est plutôt terrifiant et dégoûtant à la fois.
- J'avoue que ça puisse être très inconfortable de pouvoir lire l'âme des gens, mais c'est aussi une bénédiction en soi. Si tu n'avais pas eu cette faculté, tu n'aurais pas pu voir venir le danger. Et Dieu sait où tu serais en ce moment même...
- Mais je ne peux tout de même pas vivre continuellement bombardée des pensées et des émotions de tous les gens que je croise dans la rue. Même les maisons et les opéras me parlent! Je vais devenir folle à la fin...
- Tu as la capacité de filtrer, voire même d'arrêter tout ce vacarme psychique et émotionnel, avant qu'il ne t'envahisse et te noie dans son chaos. Mon cher mari avait trouvé le moyen de ne pas se laisser posséder par ses visions.
- Ah oui, et comment faisait-il?
- Il demandait à son Être Supérieur l'autorisation de fermer la porte invisible qui donnait sur l'autre monde. Il pouvait alors l'ouvrir et la fermer à sa guise. Il a pu, de cette façon, garder son équilibre et ne pas sombrer dans la folie qui le guettait.
- C'est tout?
- Non, un autre point important. Il répétait souvent : « Ne pas s'approprier ce qui ne nous appartient pas. »
- Je ne comprends pas.
- Ton âme est comme un vacuum qui aspire toutes les pensées et les émotions. Que ce soit du chagrin, de la rancœur, de la joie, de la culpabilité, et j'en passe. L'important c'est de ne pas les faire tiennes. Tu peux les observer, mais tu n'as pas à les vivre et à te sentir dans l'obligation d'en porter le poids. Cela ne t'appartient pas, tu comprends. Toutefois, cela ne veut pas dire de rester insensible au malheur de tes

semblables. Bien au contraire. Puisque tu peux voir au-delà des apparences, tu seras en mesure de guider les gens. Parfois, un mot, un sourire suffiront à redonner espoir. Ton âme sait tout cela, et ton cœur te dictera quoi faire. Tu n'as pas à t'inquiéter, ma belle.

Je méditais les paroles de Katrina en silence, quand soudain, une question émergea dans mon esprit.
- Katrina, la Gaïa, qu'est-ce que c'est?
- C'est notre Mère la Terre, c'est la Déesse...
- Tu savais qu'elle avait commencé à déployer son Serpent de Lumière?

Katrina me regarda interdite. La stupéfaction se lisait sur son visage.
- Les anges t'ont parlé, ma belle?
- Non, des voix provenant d'une maison sur la place Romano.
- Des voix? Tu veux dire que tu as entendu des gens discuter à propos de la Gaïa?
- Oui, mais je ne comprenais rien à leur discussion.
- Te souviens-tu de ce qu'ils disaient au sujet du Serpent de Lumière?
- Je me rappelle qu'ils parlaient de destination finale, d'ascension, de Cinquième Dimension... Et ils se demandaient si l'humanité serait prête?

Katrina se leva d'un bond et saisit son manteau en m'entrainant à sa suite.
- Où allons-nous comme ça?
- Tu saurais repérer l'endroit d'où provenaient les voix sur la Place Romano?
- Je pense que oui...
- Bien, on y va. Je t'expliquerai en route.

Une lueur dorée filtrait à travers les volets d'un logement du deuxième étage.
- C'est là! dis-je en pointant du doigt l'appartement.

LA LISEUSE D'ÂME

Nous pénétrâmes à l'intérieur de l'édifice et montâmes à l'étage. Katrina frappa à la porte. Une femme d'une cinquantaine d'années nous ouvrit.
- Bonsoir. En quoi puis-je vous aider?
- La Gaïa… prononça fermement Katrina.
- Allez, entrez, dit la femme.

Elle nous invita au salon où un vieil homme avait la tête plongée dans un tas de parchemins jaunis. Une grosse sphère qui trônait sur une table base attira mon attention. Le vieil homme releva la tête et nous salua.
- Ça, ma petite, c'est une sphère armillaire!

Je le regardai avec des yeux aussi ronds que la sphère.
- Elle est aussi connue sous le nom d'astrolabe sphérique. C'est un instrument qui modélise la voûte céleste et qui est utilisé pour calculer le mouvement apparent des étoiles autour de la Terre et du Soleil dans l'écliptique, ajouta-t-il.

Je me retournai vers Katrina en montrant une boule située au centre des cercles, sur l'axe des pôles.
- C'est ça la Gaïa?
- Pas tout à fait. La boule au centre est une représentation mécanique de la Terre. Et la Gaïa c'est en quelque sorte l'âme de la Terre. Sa beauté n'a pas d'égale et dépasse toutes les splendeurs que tu pourrais imaginer.

Le vieil homme se leva et nous serra la main.
- À qui ai-je l'honneur?
- Je m'appelle SoMauve.
- Katrina, enchantée de faire votre connaissance.
- Moi, c'est Felipe Gomez et voici ma fille, Julia.

Je les avais déjà vus auparavant. J'en étais persuadée, mais où? Je vis leurs âmes danser sur l'écran de mon esprit, elles ne m'étaient pas inconnues. Je me remémorai de lointains souvenirs, alors que j'attendais, anxieuse, le retour de ma famille partie en mer. Entre deux mondes, mes pensées vagabondaient d'un océan à l'autre. J'avais l'impression de flotter dans l'espace, parcourant les mers à leur recherche. Je me souviens que l'œil de ma conscience fut attiré par un attroupement de personnes qui paraissaient tenir une cérémonie autour d'un temple en ruines. Un homme avait revêtu un accoutrement au duvet de plumes colorées et s'était coiffé d'un masque lui donnant l'allure d'une tête de serpent. Puis je vis une colonne de lumière descendre des cieux et s'abattre autour d'eux. La Terre s'était mise à trembler et des vagues gigantesques déferlaient sur la falaise où se tenait le groupe de personnes. Sous la mer, un courant de lumière dorée ondulait en s'enfonçant dans les profondeurs. Mon esprit plongea dans l'abîme en suivant le faisceau d'énergie dans son sillage...

- Vous allez bien, ma petite? m'interpella le vieil homme.
- Oui, oui... répondis-je, émergeant de mon voyage dans le temps.

Je fixai la sphère en m'approchant pour la faire pivoter sur son axe. Elle effectua cinq révolutions sur elle-même avant de s'immobiliser.
- Vous étiez là n'est-ce pas, en 1519 et en 2018? lançai-je en pointant une péninsule sur le globe terrestre.

Ébloui, il se tourna vers moi, le regard scintillant.
- Te voilà enfin, mon enfant! s'exclama-t-il, tout excité.

Il me prit dans ses bras et appuya son front contre le mien. Je fus inondée d'images émanant d'un passé très lointain. Nous avions parcouru plusieurs vies ensemble. La dernière fois que nos chemins s'étaient croisés, je m'appelais Ava. J'étais une jeune Maya et lui était le conseiller du Grand Prêtre du village.
- Rectification, nous étions là!
- Pas moi... pas en 2018!
- Alors, dis-moi ma belle, comment sais-tu que j'y étais?

Nous éclatâmes de rire et l'atmosphère se chargea d'une douce énergie au parfum de retrouvailles. Felipe nous raconta qu'en 2018 il habitait la péninsule du Yucatan et qu'il avait comme mission d'accueillir l'arrivée du Serpent de Lumière sur les côtes du Mexique, telle que l'annonçait la prophétie Maya. Mais le Serpent d'Énergie de la Gaïa rencontra un terrible obstacle dans son périple. Il fut littéralement aspiré dans un vortex d'énergies ténébreuses lorsqu'il traversa le continent englouti. L'Atlantide avait été envoyée de par le fond par les Z, cette espèce Reptilienne qui voulait dominer la race humaine afin d'imposer sa suprématie dans l'Univers. Les Z avaient délibérément entravé l'évolution de notre race en trafiquant notre système de chakras, pour que notre Serpent de Lumière, lové à la base de la colonne vertébrale de chaque humain, ne puisse se déployer vers les sphères supérieures, nous coupant ainsi de notre Essence Divine. Les Z savaient pertinemment que notre Terre-Mère, la Gaïa, possédait également son propre Serpent de Lumière, et que celui-ci chercherait un jour à se déployer pour insuffler à l'humanité l'énergie nécessaire pour se libérer du circuit fermé dans lequel les Z l'avaient enfermée. Sachant cela, ils installèrent des émetteurs d'énergie hautement radioactive un peu partout autour du globe, tels des pièges pour altérer et abîmer le Serpent de Lumière. En 2018, les Z réussirent à atomiser le Grand Serpent, alors que la Gaïa et l'humanité étaient sur le point d'accéder à la Cinquième Dimension. Cette destruction de l'énergie de la Gaïa entraîna de terribles perturbations climatiques. Et les convulsions de la Terre soulevèrent d'immenses murailles d'eau dans ses tremblements, qui rasèrent de nombreuses villes, voire même des pays entiers. Plus du tiers de l'humanité y passa. Plusieurs ont vu cela comme une malédiction : l'humanité était à tout jamais marquée du sceau de l'enfer. Mais il n'en était rien. Dans sa révolte, la Gaïa avait créé une voie de passage… Un portail galactique permettant aux rayons Gamma du centre de l'Univers d'atteindre la surface de la Terre. Ces puissants rayons pulvérisèrent une grande partie des installations qui émettaient des ondes néfastes, permettant à la Gaïa de se régénérer. Ce grand bouleversement de 2018 fut une douloureuse épreuve pour l'humanité, mais il pava la voie à un rythme de vie beaucoup plus harmonieux, en symbiose avec la nature. Ce qui contribua à

LA LISEUSE D'ÂME

l'élévation du niveau énergétique de la Gaïa et à l'éveil du Grand Serpent.

- Il est maintenant prêt à passer à l'action et à reprendre sa route, déclara Felipe.
- Ne risque-t-il pas d'être de nouveau piégé par les vortex ténébreux mis en place par les Z? demandai-je.
- Oui, c'est un risque. Toutefois, il y aurait un moyen d'éviter ces zones radioactives, si seulement je pouvais connaître la destination finale du Serpent de Lumière.
- J'en ai peut-être une petite idée, répondis-je fièrement.

***

La nuit était douce et étoilée. J'étirais des notes de violon dans la brise. Je m'étais mis en tête de composer une pièce pour mon Ange. Une mélodie d'amour. J'avais la sensation que ma musique s'envolait vers ma belle, transportant mes sentiments sur un fil invisible, qui se densifiait à chaque coup d'archet.

Plus tôt dans la soirée, Nico m'avait raconté des histoires merveilleuses sur Venise. L'Incomparable, comme il la surnommait. Et mon Ange m'attendait, je l'espérais, quelque part dans la ville la plus romantique du monde. Je lui envoyai un baiser musical par la bouche de mon instrument et allai me coucher en rêvant de la revoir bientôt.

***

- Ne me faites pas languir ma petite! Ça fait des années que j'étudie les cartes et l'alignement des astres pour extrapoler son trajet.
- En entendant votre récit tout à l'heure, des images se sont mises à défiler dans mon esprit. Je ne sais pas si cela fait du sens…

LA LISEUSE D'ÂME

- Racontez-moi, on aura peut-être un indice pour nous mettre sur la piste.

Je lui racontai la cérémonie que j'avais vue sur le site d'un temple en ruines : l'homme au costume de plumes colorées coiffé d'une tête de serpent, la colonne de lumière qui descendait des cieux, les vagues gigantesques qui s'abattaient sur la côte et le courant de lumière dorée qui s'enfonçait dans les profondeurs de la mer.
- Vous avez vu où ce courant de lumière se dirigeait?
- L'œil de ma conscience a suivi le courant lumineux jusqu'à ce qu'il atteigne une imposante chaîne de montagnes aux cimes enneigées.
- Que s'est-il passé ensuite?
- J'ai vu des rayons d'or se déployer dans le ciel, puis soudain les montagnes se sont brisées et le courant de lumière a jailli des entrailles de la Terre pour s'élever dans le ciel, avant de percuter la lune qui fut soufflée comme un château de sable.
- J'aurais dû y penser avant!

Le vieil homme se leva brusquement et fouilla dans la pile de parchemins. D'une main, il saisit un gros bouquin à la reliure de cuir marron. Il passa un long moment à comparer les cartes, à étudier des textes anciens et à vérifier la position des astres dans le ciel. Il fit plusieurs calculs, puis traça une ligne sur une des cartes. L'air satisfait, il releva la tête et nous demanda d'approcher.
- Voilà la trajectoire de notre Serpent de Lumière! déclara-t-il solennellement. Et voici sa destination finale, qu'il marqua d'un X.
- Quel est cet endroit? demandai-je, curieuse et excitée à la fois.
- Le Mont Aconcagua, dans la cordillère des Andes.
- Ah bon…
- C'est la plus haute montagne en Amérique du Sud. Elle fait partie de la plus grande chaîne de montagnes du monde. Elle s'étale sur plus de 7 000 kilomètres et elle traverse pas moins de sept pays. L'Aconcagua est le point culminant de la

cordillère des Andes et est surnommé le Colosse d'Amérique. Il est situé en Argentine, à la frontière du Chili, et s'élève à une altitude de 7 000 mètres. L'Aconcagua est le point le plus éloigné du centre de la Terre, en raison du renflement du globe au niveau de l'équateur. C'est aussi l'endroit sur la surface de la Terre dont la distance par rapport au Soleil est la plus petite.

Il fit une pause et contempla la trajectoire sur la carte.
- Oh ma petite! Vladislav avait raison, vous êtes un Ange!
Katrina, qui était demeurée silencieuse depuis notre arrivée, s'exclama :
- Quoi? Vous connaissiez mon mari? rétorqua-t-elle estomaquée.
- Oui, je l'ai rencontré il y a très longtemps, lors d'un concert qu'il avait donné au Mexique. C'était à l'occasion d'un spectacle « son et lumière » qui se tenait sur un site sacré à Tulum. C'est moi qui avais invité son orchestre au Mexique. Je lui avais expliqué le but du concert qu'il devait donner, et il avait accepté avec plaisir.
- Quelle était la raison de ce concert?
- Un rituel de purification.
- Quoi? Un rituel! s'étonna Katrina.
- Dans la tradition Maya, et dans toutes les cultures amérindiennes, la musique est un moyen de communiquer avec les Grands Esprits et d'harmoniser les vibrations d'un lieu. Nous savions à l'époque que le Serpent de Lumière devait passer par Tulum, comme la prophétie le mentionnait. La musique jouée lors de ce concert servait à préparer le terrain pour sa venue. Votre mari était le seul musicien que je connaissais capable d'enchaîner des harmoniques complexes, permettant de nettoyer l'égrégore d'énergies négatives accumulées sur le site de Tulum.
- Mais à cette époque la petite était loin d'être née, comment a-t-il pu vous parler d'elle? s'interrogea Katrina.

- Après le spectacle, je l'ai invité chez moi pour prendre un verre et le remercier d'être venu. Il m'a alors confié qu'il avait eu une vision lorsqu'on s'était serré la main à son arrivée. Il m'avait révélé qu'un Ange, une jeune fille très différente des autres, allait jouer un rôle déterminant dans le passage de l'humanité vers la Cinquième Dimension. Il avait, semble-t-il, lu en mon cœur le lien qui me reliait à cette belle âme. Alors, quand vous êtes débarquées chez moi ce soir, j'ai tout de suite su que c'était elle, la jeune fille dont il m'avait parlé, dit-il en se tournant vers moi.

Il prit mes mains dans les siennes.

- Si tu acceptes ton rôle dans cette vie, je pourrai te guider dans ta mission, si tu le désires, naturellement.

Interdite, je dévisageai Katrina. Je fis alors le lien avec ce qu'elle m'avait annoncé un jour : « Tu as une mission importante à accomplir en cette vie ». En fait, c'est ce que prétendait son mari. J'avais peine à croire à toutes ces coïncidences qui m'avaient menée si loin, ici même, dans ce logement, où mon avenir semblait prendre la forme d'un rêve fou. Moi, la pauvre petite illettrée, venant d'une île perdue du bout du monde, investie d'une mission planétaire! Tout cela ne faisait aucun sens.

- Tout est lié à Tout! intervint Felipe, comme s'il lisait dans mes pensées.
- Je crois que c'est assez pour ce soir, annonça Katrina.
- Vous avez raison, allez vous reposer, vous en aurez besoin. On a du pain sur la planche! lança-t-il avec un sourire en coin.

***

Depuis notre départ de Vernazza, mon excitation décuplait plus on se rapprochait de notre ultime destination, Venise. J'avais le cœur à la fête en rêvant au grand jour. Après le souper, transporté par

LA LISEUSE D'ÂME

l'euphorie qui me gagnait, j'avais joué du violon des heures durant, peaufinant le concert que je lui réservais pour nos retrouvailles.

***

J'avais discuté une bonne partie de la nuit avec Katrina, torturée que j'étais à l'idée d'avoir à mener une mission qui semblait me dépasser. Au bout du compte, qu'avais-je à perdre? J'étais seule au monde, à part mon amie Katrina et grand-père, et je n'avais aucune idée de ce que j'allais faire de ma vie. Lorsque je me mis au lit, j'hésitais encore à assumer cette responsabilité invraisemblable. Comme j'étais sur le point de m'endormir, j'entendis la voix de ma mère résonner dans mon esprit : « Maintenant que tu as brisé les chaînes de ton isolement, tu dois regarder loin devant, très loin. Une mission t'attend. C'était le souhait de ton âme avant de t'incarner sur Terre ».

Le lendemain, nous sommes retournées voir Felipe. Autour d'un thé, il nous expliqua qu'il n'y avait plus un instant à perdre si nous voulions arriver au Mexique avant le Serpent de Lumière. Si bien que nous entamâmes les préparatifs de départ sur-le-champ. Lorsque Katrina en informa le Capitaine, il tomba des nues. L'Amérique! mais c'est un très long voyage... Il faut traverser l'Atlantique! avait-il répliqué à Katrina. Mais le fidèle Capitaine vit en cela le défi d'une vie, l'aventure dont rêvent secrètement tous les loups de mer. Il accepta avec joie, mentionnant qu'il serait prêt à appareiller le lendemain, s'il parvenait à compléter son équipage pour entreprendre cette longue traversée.

***

Des éclats de lumière dansaient sur la crête des vagues. Venise scintillait dans la nuit et offrait un spectacle saisissant. Des enfilades de flambeaux brûlaient pour guider les navigateurs jusqu'au port. Enfin, j'y étais... terre d'espérance. Nous accostâmes le long d'un quai qui offrait un espace suffisant pour accueillir notre bateau. Nico s'approcha de moi, un regard lumineux dans les yeux.

- Voici Venise, l'Incomparable! lança-t-il en ouvrant les bras de façon théâtrale. Comme c'est beau... soupira-t-il émerveillé.
- C'est magnifique... J'en ai des frissons...
- C'est la plus romantique des villes de toute la planète, mon grand. Personne ne peut résister à son charme. Lorsque nous foulerons son sol, tu comprendras ce que je veux dire. Allons nous mettre au lit, nous devons être frais et dispos pour demain. C'est ici que commence notre quête!
- Pourquoi pas cette nuit? demandai-je, impatient de descendre à terre.

Nico posa sa large main sur mon épaule.
- Je sais que tu n'en peux plus d'attendre et que ton cœur est fébrile à l'idée de revoir ton Ange, mais essaie de dormir un peu. Rien ne vaut une bonne nuit de sommeil, ajouta-t-il en confisquant l'étui que je tenais entre mes mains.
- Mais qu'est-ce vous faites? Pas mon violon, s'il vous plaît!
- Si je te le laisse, je sais que tu vas jouer toute la nuit.
- Je n'en jouerai pas, promis! Mais laissez-moi mon violon, j'ai besoin de le sentir près de moi.
- Bon, d'accord. Au lit maintenant!

Étendu dans ma cabine, je tentais de me détendre en fixant les ombres qui se dandinaient au plafond. Elles semblaient me dire : qu'est-ce que tu fais là à te prélasser? Allez! Lève-toi et cours au-devant de ta belle! Je passai la nuit à combattre mon envie de quitter le bateau et de partir à la course dans les rues de Venise. Je me raisonnai en me disant qu'il n'y avait pas d'urgence et que le soleil allait bientôt se lever. Mais plus le temps qui m'en séparait s'amenuisait, plus mon excitation grandissait, à vouloir faire éclater mon inertie. Malgré l'emballement de mon cœur, Nico avait sans doute raison, mieux valait que je dorme un peu.

LA LISEUSE D'ÂME

***

Le Capitaine avait tenu parole. Avant l'aurore, l'équipage finissait d'entasser dans la cale les marchandises et provisions pour le voyage. Si bien que nous allions appareiller avant le lever du soleil. Des hommes hissaient les cordages à bord, alors que moi je contemplais Venise s'éveiller dans la brume matinale, me demandant si j'allais un jour le revoir. Un océan immense allait nous séparer...

***

J'étais monté sur le pont envahi de brouillard. Les rayons du soleil n'allaient pas tarder à le dissiper. J'ouvris mon étui et sortis mon instrument. J'accueillis ce jour rempli de promesses à grands coups d'archet. J'espérais que cette mélodie que j'avais composée pour mon Ange se fraierait un chemin dans l'éther pour atteindre les volets de sa chambre, quelque part dans cette ville immense.

***

Le voilier quitta son enclave doucement et le Capitaine braqua la barre à tribord. Le brouillard commençait à se déchiqueter en lambeaux lorsque j'entendis une douce mélopée provenant du port. Les larmes me montèrent instantanément aux yeux. Jamais je n'avais entendu pareille musique. Des notes langoureuses s'étiraient mélancoliquement, tel un cri d'espoir, tel le cri d'un cœur qui en cherche un autre. Le port était maintenant loin derrière, mais la mélodie paraissait me pourchasser dans le vent qui s'était levé. Tout mon être vibrait au diapason de cette musique incomparable, qui semblait n'avoir été composée que pour moi, tellement elle épousait parfaitement les contours de mon âme. Si la musique pouvait transporter les sentiments du cœur, c'est exactement cet air que je soufflerais à mon Étoile Blanche. Où es-tu, mon Étoile? Je te sens si près... Si près de moi... Si près de toi...

LA LISEUSE D'ÂME

LA LISEUSE D'ÂME

Le Retour des Z

Trente-neuf années-lumière de la Terre.
Conseil des Z.

- Maître, la Gaïa vient de se réveiller!
- Je savais que ce jour viendrait, mais pas sitôt...
- Quel est votre plan?

Le Maître, soucieux, plissa ses petits yeux noirs en se remémorant la cuisante défaite qu'avaient subie les siens, voilà 13 000 ans de cela, lorsqu'ils avaient attaqué la Terre dans le but de rayer l'humanité de la carte du ciel. Les Frères des Étoiles, provenant des Pléiades, possédaient une base avancée sur Vénus, la sœur jumelle et gardienne de la Terre, et ils étaient intervenus à temps pour éliminer toute la flotte des Z. Dans le but de contrer l'attaque des Z, les Frères des Étoiles avaient déployé un bouclier magnétique autour de la Terre qui, par réfraction, avait retourné les ondes nocives envoyées par les vaisseaux des Z à leur source d'émission. Si bien que les Z s'autodétruisirent eux-mêmes par la violence de leurs propres bombardements. Depuis cette cuisante défaite, les Z rêvaient du jour où ils pourraient venger cet affront humiliant. L'heure était peut-être venue, mais il fallait d'abord trouver un moyen d'empêcher les Frères des Étoiles d'intervenir cette fois-ci.

- Maître, quel est votre plan? insista le commandant des forces armées.
- Je vais y réfléchir...
- Nous n'avons pas l'éternité devant nous! À la vitesse dont progresse le Serpent de Lumière, je pourrais conclure à une demie révolution de la Terre autour du Soleil, peut-être moins, avant qu'il n'atteigne sa destination.

- Cela nous laisse suffisamment de temps pour organiser l'invasion. Je convoquerai le conseil quand je serai prêt à vous faire part de mon plan. Vous pouvez disposer.

***

Felipe nous avait réunis dans la salle à manger pour nous exposer son plan. Si ses calculs et son intuition étaient exacts, le Serpent de Lumière emprunterait un trajet traversant dix pays, avant d'atteindre l'Argentine. Il déplia une carte et traça l'itinéraire avec un crayon rouge, tout en mentionnant les pays à haute voix.
- Mexique, Guatemala, Honduras, Nicaragua, Costa Rica, Panama, Colombie, Équateur, Pérou, Chili et, finalement, l'Argentine.

Selon ses dires, le Serpent de Lumière suivrait des lignes telluriques bien précises, reliées au système de circuits vitaux de la Terre. Ces lignes tissent un réseau de veines qui sont la manifestation physique des flux énergétiques de la planète. Les emplacements des sites sacrés de la Terre se trouvent exactement aux points de convergence de ces veines, qui agissent comme des stations relais emmagasinant l'énergie. Ces foyers condensateurs de lumière permettent d'insuffler un prana purificateur dans l'atmosphère de la Terre.

Felipe poursuivit ses explications :
- Les sites sacrés génèrent aussi des vortex servant d'accélérateur pour élever le niveau vibratoire de la Gaïa et, par le fait même, de tout ce qui vit sur la Terre. Cependant, tous les sites ont opéré de façon autonome jusqu'à maintenant, sans interaction entre eux. Toutefois, lorsque le Serpent de Lumière aura rejoint sa queue, voire son origine dans les Andes, tout le circuit sera reconnecté. La boucle sera bouclée et tout le système de chakras de la Gaïa fonctionnera de façon synchrone avec les Forces de l'Univers. Ce sera alors l'Heure de l'Ascension de la Terre dans la Cinquième Dimension, entraînant l'Humanité

dans son sillage, et ouvrant la porte à la liberté éternelle. Mais, pour que cela se produise, il faut d'abord que le Serpent de Lumière atteigne sa destination sans se faire piéger dans sa course par les Forces des Ténèbres. C'est pourquoi nous devons arriver à Tulum les premiers, pour préparer sa venue sur le continent des Amériques, ainsi nous lui ouvrirons le passage pour faciliter sa progression dans les entrailles de la Terre.

***

Je foulais le pavé vénitien, cherchant la moindre trace d'elle. J'humais l'air ambiant à la découverte de son parfum. Je contemplais la foule bigarrée à la recherche de son visage angélique. Tous mes sens étaient en état d'alerte. Sur une grande place, des gens étaient rassemblés autour d'une fontaine pour y puiser leur eau. Je détaillais du regard chaque visage, quand soudain, un étrange sentiment d'abattement m'accabla. Comme une lame dépeçant le tissu de mes espoirs. Mon cœur se figea dans ma poitrine. Malgré la beauté effrontée de cette ville lacustre, elle m'apparaissait à présent terne et sans attraits. Vide de tout ce dont je comptais y trouver. Nico, qui marchait en silence à mes côtés, perçut mon état d'âme.

- C'est Venise, mon grand! Quelle ville magnifique, n'est-ce pas? Ne fais pas cette tête-là! On vient à peine de débarquer. Il faudra y mettre des jours avant de savoir où se cache ta belle.
- Elle n'est plus ici… laissai-je tomber sèchement.
- Comment ça, elle n'est plus ici?
- Je le sais. Plutôt, je le sens.

Nico ne répondit pas, préférant ne pas me contredire. Après une longue marche, qui me parut plus funèbre que touristique, nous regagnâmes le port alors que le soleil du midi écrasait les bateaux qui mouillaient dans l'anse. Décidé à en avoir le cœur net, je parcourus de long en large les quais à la recherche du voilier blanc. Le gardien du phare me salua de la main, du haut de sa tour. Peut-être avait-il un élément de réponse, lui qui embrassait du regard la mer d'embarcations tanguant à ses pieds. Nico me fit signe de la tête, comme s'il avait deviné mes intentions. Il ouvrit la porte du phare qui n'était pas verrouillée. Je le suivis dans l'escalier en colimaçon et nous montâmes jusqu'au poste d'observation. Le gardien, visiblement heureux de recevoir de la visite inattendue, nous fit découvrir son modeste perchoir. Un lit de camp défoncé était appuyé contre la courbure d'un mur décrépi. Une vieille table remplie de bouquins croulait sous le poids de l'âge. Le regard brillant, il scrutait l'horizon, comme un astronome à la recherche d'une nouvelle étoile.

- Vous avez vu un grand voilier blanc entré dans le port récemment? demandai-je, impatient de connaître sa réponse.
- Non, mais sûrement mon fils, qui me relève parfois.
- Pourquoi dites-vous sûrement?
- Parce qu'en revanche, je l'ai vu quitter le port.
- Quand est-ce?
- Ce matin même!
- Ce matin? répétai-je d'une voix blanche.
- Eh oui! Vous m'avez l'air bien chamboulé jeune homme.
- C'est que... C'est que nous sommes à sa recherche...
- Vous êtes à la recherche d'un voilier blanc? s'étonna le gardien.
- En fait, d'une jeune fille, ajouta Nico en me faisant un clin d'œil.
- Vous savez, des voiliers blancs, y'en passent toutes les semaines. Comment savoir s'il s'agit de celui que vous cherchez?
- Mais tous les bateaux ont un nom! Vous devez bien le savoir, vous qui guettez les allées et venues des navires dans le port, m'emportai-je subitement.
- Pas tous... Et beaucoup sont pratiquement illisibles, rongés par le sel et défraîchis par le temps. Enfin, bref, le voilier de ce matin était un vrai petit bijou. Quelle allure!

LA LISEUSE D'ÂME

- Et son nom, alors? questionnai-je fébrile.
- Katrina... C'est bien ça, Katrina peint en bleu. C'est le voilier que vous cherchez? Ou plutôt, celle que vous poursuivez...

À mon air débité, il comprit tout de suite. Il pointa son index vers le large.

- Eh bien, votre Katrina a pris cette direction, mais ensuite je l'ai perdue de vue, car elle s'est engouffrée dans un épais banc de brouillard. C'est tout ce que je puis vous dire, désolé.
- Ne t'en fait pas Marco, un bateau laisse toujours des traces... qu'un vieux loup de mer comme moi peut repérer au fil de l'eau.

Nico remercia le gardien en lui servant une claque dans le dos à la manière des marins. Il me prit par l'épaule et nous quittâmes le phare. Perdu dans mes pensées, je ne voyais pas quels indices pouvaient laisser un bateau sur son passage, et je ne pouvais pas croire que je fusse passé si près de revoir mon Ange.

Le temps de faire quelques provisions et nous appareillâmes, en route vers une destination inconnue.

***

Voilà plusieurs semaines que nous voguions à bonne allure, le vent dans les voiles, jusqu'à cet après-midi où nous fûmes enveloppés d'un épais brouillard à couper au couteau. Aucun vent. Pas même une brise ne soufflait. Nous étions emprisonnés dans un dense filet de brume sur une mer d'huile. Immobile, au beau milieu de l'océan, notre voilier paraissait d'un spectre dans ce décor fantomatique. Songeur, Felipe passait sa main dans sa barbe hirsute, alors que sur le pont les marins s'inquiétaient de ce temps surnaturel. Le Capitaine s'approcha de Felipe, ne sachant comment expliquer ce phénomène improbable.

- C'est la mer des Sargasses, chuchota Felipe à l'oreille du Capitaine.

LA LISEUSE D'ÂME

- Mais elle n'apparaît pas sur mes cartes... s'étonna le Capitaine
- Possible, car c'est une mer mythique dont les hommes ont toujours craint la présence.
- Pourquoi donc? demanda le Capitaine en fronçant les sourcils.
- Dans cette mer sévit un microclimat où le temps et les éléments naturels se figent, s'immobilisent. Tout s'arrête lorsqu'un étrange brouillard venu de nulle part avale les navires. Des milliers de bateaux se sont échoués dans cette mer.
- Que voulez-vous dire? Comment peut-on s'échouer sur une mer aussi calme?
- Ce qu'il faut savoir, c'est que c'est une mer d'algues, en concentration si dense que si l'on rencontre un de ces îlots flottants, on s'y enlise comme on s'échoue sur un banc de sable. Les marins qui sillonnaient l'Atlantique Nord craignaient cette mer comme la peste, car elle donnait l'impression d'être une immense jungle marine composée d'algues gigantesques. Pour ajouter à l'horreur, cet endroit unique au monde est le lieu de rencontre des anguilles de mer, qui exploitent cet écosystème inusité comme site de reproduction. À certaines périodes de l'année, des millions d'anguilles frétillent dans ces eaux. On raconte que les marins, coincés dans cette jungle flottante à la tombée de la nuit, croyaient être pris dans les bras de pieuvres monstrueuses. Et lorsque certains d'entre eux se risquaient à sauter à l'eau, pour fuir leur navire immobilisé, ils se faisaient dévorer par des milliers de serpents de mer. Et la légende ne s'arrête pas là! À l'époque où les grands navires de métal sillonnaient les mers et où les oiseaux de fer parcouraient les cieux, on a rapporté de nombreuses disparitions dans cet espace où le temps s'arrête. L'endroit fut baptisé le « Triangle des Bermudes » et, dès lors, toute navigation fut interdite dans ces eaux et tous les corridors aériens furent détournés hors de cette zone.

LA LISEUSE D'ÂME

- Y a-t-il une explication à tous ces phénomènes mystérieux? demanda le Capitaine, stupéfait.
- Plusieurs scientifiques et experts de phénomènes paranormaux se sont penchés sur cette énigme et ont émis diverses théories, mais ils ont omis l'essentiel, soit par ignorance ou par scepticisme.
- Et c'est quoi l'essentiel?
- À l'endroit exact où est situé le Triangle des Bermudes, gît de par les profondeurs le continent englouti, l'Atlantide.
- Et quel est le rapport avec tous ces phénomènes?
- Les super cristaux…
- Je ne comprends toujours pas…
- Les rayonnements des super cristaux, qu'utilisaient les Atlantes, continuent encore d'émettre des fréquences vibratoires qui perturbent le champ magnétique à cet endroit de la Terre, créant un gigantesque vortex qui aspire tous les objets dans son tourbillon. C'est un phénomène d'attraction électromagnétique.
- Et où vont tous ces navires avalés par le vortex?
- Cela demeure un mystère…

J'avais écouté avec attention leur conversation, feignant d'être absorbée par l'étrangeté du décor fantomatique. Felipe semblait préoccupé par notre immobilité, sans doute dû au fait que nous prenions du retard sur l'avancée du Serpent de Lumière.

- Combien de temps allons-nous stagner dans cette mer d'algues? s'enquit le Capitaine.
- Ça dépend… quelques jours, voire une semaine… Et ça, c'est si on ne s'échoue pas sur un banc d'algues.
- Votre optimisme me réjouit, mon cher Felipe! Et avec ce brouillard, une falaise se dresserait devant et nous n'y verrions que dalle!

Felipe s'approcha de moi et me confia que notre sort était entre mes mains. Je n'en croyais pas mes oreilles! Que pouvions-nous

faire de plus qu'attendre que le vent se lève et que le brouillard se dissipe? Felipe m'offrit un large sourire et ajouta :
- Tu sauras quoi faire, ne t'en fais pas ma belle.

Je le regardai s'éloigner sans comprendre. Je me retirai dans ma cabine, pris mon cahier et poursuivis l'écriture de mon histoire, de notre histoire d'amour...

***

Voilà plus d'une lune que nous fendions l'océan Atlantique à tout vent. Nico avait raison, un bateau laisse toujours une trace, du moins, son Capitaine. Avant de quitter Venise, alors que nous étions allés nous approvisionner en eau et nourriture, Nico avait interrogé les marchands pour apprendre qu'un Capitaine d'un grand voilier blanc s'était fait livrer une quantité phénoménale de vivres. De quoi remplir une cale entière. Il m'avait dit alors : « Tu vois Marco, ta belle s'apprête à faire un très long voyage, avec une telle réserve de provisions, ils en ont pour des mois ». Et Nico avait poursuivi son enquête sur les quais pour apprendre d'un vieux marin qu'une poignée d'hommes avaient été engagés pour servir à bord d'un grand voilier, qui allait effectuer la traversée de l'Atlantique. Fier de son coup, Nico m'avait lancé sur un ton de défi :
- Maintenant que j'ai découvert sur quelle mer elle navigue, à toi de me dire quelle est la destinée de ta belle!

Sa réplique m'avait laissé songeur. Quelle était la destinée de ma belle? Était-elle toute tracée d'avance? Où se rendait mon Ange? Et dans quel but?

Le soir, je prenais mon violon et je jouais pour elle, espérant qu'elle m'entende, qu'elle entende mon appel. J'imaginais les notes de musique s'envoler de mon instrument, voguer dans les airs et frapper la coque du voilier, me répercutant dans leurs ondes de retour la position de mon Ange sur ce vaste océan.

LA LISEUSE D'ÂME

***

- Maître, si j'en crois mes derniers relevés, le Serpent de Lumière se dirige vers le Mexique.
- Il va sans doute tenter d'amplifier sa puissance en atteignant la côte. Où est situé le prochain point de convergence des lignes telluriques?
- L'endroit le plus plausible serait Tulum, dans la péninsule du Yucatan.
- Très bien. Nous allons lui préparer un petit comité d'accueil. Pas question qu'il nous file entre les mains cette fois-ci!

***

Je m'étais assoupie sur mon lit, mon cahier grand ouvert sur mon ventre. Mon Étoile Blanche hantait encore mes pensées. Chaque soir, avant de m'endormir, je lui confiais mes sentiments, comme à un amoureux invisible que je tentais de modeler dans l'argile de mes mots doux, pour qu'il puisse prendre forme un jour dans ma réalité.

Les paroles de Felipe me revinrent soudainement à l'esprit. Comment notre sort pouvait-il être entre mes mains? Puisque je ne parvenais pas à me rendormir, je montai sur le pont et constatai que l'épais brouillard nous enveloppait toujours dans son humide manteau. Je laissai mes pensées ondulées au gré de la brume, hypnotisée par cette déstabilisante immobilité environnante. Je sombrai bientôt dans un état léthargique. Le vide se fit dans mon esprit. Mes pensées s'étaient retirées quelque part au large de ma conscience, bien loin de moi. Rien d'autre que l'air que j'inspirais ne m'apparaissait présent. Je ne sentais même plus le soulèvement de mes poumons. Je n'avais même plus besoin de respirer. J'étais l'air. J'étais l'air dans tous les recoins de sa volatilité. J'étais partout et nulle part à la fois. Mon âme se dilata pour atteindre le cœur de la Terre. Je sus à cet instant que l'air était le souffle de la Gaïa. Qu'en son sein germaient les molécules qui, par une astucieuse combinaison chimique, donnaient naissance à l'air. L'air était l'âme de la Gaïa, et l'eau, son sang. Les ondulations de son corps éthérique provoquaient les courants atmosphériques autour de la planète. Lesquels régissaient la course des vents à la surface de la Terre.

Je compris alors qu'une absence de vent était une pure illusion, car le souffle de la Gaïa se répandait partout autour du globe, dans un perpétuel va-et-vient. Le vent était bien là, présent, mais dans une strate plus élevée de l'atmosphère. L'immobilité apparente était attribuable à un creux ascensionnel. Le vent était perché haut dans le ciel, n'effleurant de sa respiration que les nuages en altitude. Instinctivement, je l'appelai vers moi. Et il me répondit instantanément. Un doux frisson parcourut le brouillard qui commençait à s'effilocher. Une onde rida soudainement la surface de l'eau. Ressuscité, le drapeau au bout du mat s'agita fébrilement. J'entendis à nouveau le clapotis des vagues frapper la coque du voilier. La nuit reprenait vie. Felipe accourut sur le pont, souriant de me voir les cheveux au vent.

- J'en étais sûr... Tu as réussi, ma belle!

***

À toi de me dire quelle est la destinée de ta belle! m'avait dit Nico. Sa destinée était-elle sa destination? Une chose était certaine, j'espérais qu'elle m'était destinée, peu importe sa destination, car j'étais prêt à la suivre partout. D'ailleurs, ne me guidait-elle pas déjà dans chacun de mes coups d'archet? Alors, qui poursuivait qui? Moi qui croyait être parti à sa conquête, mais c'est elle qui m'avait trouvé bien avant que celle-ci ne débute.

Nico m'avait refilé un planisphère et je contemplais la vaste étendue que représentait l'océan Atlantique. Comment savoir vers quelle destination ma belle se dirigeait? Aux dires de Nico, l'hiver approchait dans l'hémisphère nord, il était donc périlleux

d'entreprendre un voyage dans ces eaux à cette période de l'année, surtout avec un voilier comme le nôtre. Ce qui réduisait la zone de recherche, certes, mais en détaillant la carte j'y repérai d'innombrables îles dissimulées çà et là, au large des côtes des Amériques. Autant d'endroits pouvant servir de destination. Je remarquai un vaste périmètre que l'on avait isolé à l'intérieur d'un triangle tracé à la règle. Au centre du triangle, je pouvais y lire : *Mer des Sargasses*. Intrigué, je montai rejoindre le Capitaine, qui était à la barre, pour lui demander ce que cela signifiait. Était-ce notre secteur de recherche? Il fit la lumière sur une étrange histoire, qui recelait aussi de douloureux souvenirs, dont je ne pouvais imaginer l'ampleur.
- Marco, débuta-t-il en se raclant la gorge... Ça, c'est le Triangle du Diable!

Il marqua une pause puis reprit :
- C'est le tombeau de mon père...

Je restai sans voix, ravalant ma salive. Je vis une vieille blessure se rallumer dans ses yeux.
- J'avais à peu près ton âge quand mon père a disparu mystérieusement en mer, à bord d'un navire marchand, alors qu'il faisait la navette entre l'Italie et la Floride. Bien plus tard, un ami de mon père me raconta la légende du Triangle des Bermudes où, parait-il, de nombreux navires disparurent à jamais, sans laisser de traces.
- Désolé pour votre père... Pourtant vous disiez qu'un bateau laisse toujours une trace, n'est-ce pas?

Nico esquissa un sourire et ajouta :
- Oui, je sais... C'est devenu pour moi une phrase fétiche. La formulation d'un espoir secret enfoui dans mon cœur. À l'époque, je ne pouvais me résigner à croire que mon père était parti comme ça, mystérieusement, sans laisser aucune trace de lui. Pas même un au revoir. Rien. Je m'étais alors juré que je le retrouverais un jour, car il avait sûrement laissé un indice à mon attention, moi qui étais son unique enfant. Ma mère est morte un an après mon père. De chagrin, je

crois… Cela n'a fait qu'augmenter mon désir de suivre les traces de mon père et de sillonner les mers dans l'espoir de le revoir un jour. Mais, la vie en avait décidé autrement. Orphelin, j'allai habiter chez ma tante et aidai son mari qui exploitait un modeste vignoble dans les Cinque Terre. Je passai mon adolescence les mains dans la terre, alors que je ne rêvais que de mer infinie. Lorsque mon oncle se retira et ferma son entreprise, je m'engageai sur un bateau de pêcheurs en Méditerranée. Après de longues années à faire des économies, je pus enfin m'acheter mon premier bateau. Comme mon père, je devins un commerçant maritime. Au fil du temps, j'avais hésité entre partir de l'autre côté de l'océan ou fonder une famille et m'établir sur la côte italienne. En fait, j'avais un vide au cœur qui rongeait tous mes rêves, tous mes espoirs. Je n'avais plus de but, plus de quête. J'étais devenu un Capitaine fantôme, voguant sur les mers illusoires de l'oubli. J'avais enterré ma douleur dans la cale de mon navire, que je transportais partout, telle une ancre m'empêchant de prendre le large. Puis, j'ai perdu la seule femme que j'ai aimée, par lâcheté, par peur d'avouer mes sentiments. Puis, tu es arrivé dans ma vie. J'ai eu l'impression de voir en toi le petit gars déboussolé que j'étais après la mort de mon père. Et ce petit gars possédait la même flamme qui m'animait à cette époque : le désir brûlant de retrouver un être cher. Voilà pour quoi j'ai tout vendu pour entreprendre cette quête avec toi, car c'est un peu la mienne que j'exhume, pour raviver la flamme qui ne s'est jamais réellement éteinte au fond de moi…

Il s'arrêta de parler. Des larmes perlaient aux commissures de ses paupières. Il fixait l'horizon en silence. Je lui pris la main. Il se tourna vers moi et me prit dans ses bras en pleurant à chaudes larmes.
- Merci mon grand, merci…

***

LA LISEUSE D'ÂME

- Terre! Droit devant!

Après d'interminables journées à ne voir que le bleu de l'océan et du ciel, ce fut comme du miel à mes oreilles. Felipe nous avait rejoints sur le pont pour nous annoncer son désir de faire escale dans une petite île au large de Cuba, l'Isla Santa Maria. J'étais ravie de l'apprendre. Fouler de nouveau la terre ferme, sentir le parfum des fleurs exotiques, courir dans les champs. Quelles sensations que de retrouver la Gaïa, notre Mère-Terre! J'étais comme une enfant en fugue regagnant les bras de sa nourrice.

Le Capitaine s'arrêta dans une petite baie aux eaux turquoise comme je n'en avais jamais vues. On descendit deux petits canots à la mer et nous montâmes à bord pour faire le court trajet jusqu'au rivage. Je fus la deuxième à mettre le pied à terre, après le marin qui avait hissé l'embarcation sur la berge. Le sable était d'une blancheur incomparable. J'en pris une poignée dans ma main que je laissai filer entre mes doigts. Il était si doux et si fin, rien à voir avec les galets de mon île. Et la végétation… Des centaines de cocotiers bordant la mer, rien à voir avec les dunes d'herbes folles battues par les vents. Tout était éclatant de beauté. Rien à voir avec les couleurs fades de mon île. Ici, la nature explosait avec la brillance d'un arc-en-ciel. Tout était si intensément lumineux qu'il avait fallu m'acclimater en mettant ma main en pare-soleil devant mes yeux. Je ne pus m'empêcher de prendre mes jambes à mon cou et de détaler comme une gazelle, sautillant un pied dans le sable un pied dans l'eau, telle une gamine nageant en plein bonheur. Katrina me regardait d'un air amusé, peut-être revoyait-elle en moi la petite fille qu'elle avait été jadis. Je gambadai ainsi sur la grève jusqu'à ce que je sente de troublantes vibrations m'envahir.

Instinctivement, je m'immobilisai sur une pointe sablonneuse s'avançant dans la mer. Des rires d'hommes et des cris de joie fusaient de partout. On aurait cru entendre des soldats célébrant une victoire, tellement l'esprit était à la fête. On devinait aussi la beuverie dans laquelle les hommes étaient plongés, car les mercenaires paraissaient passer du fou rire au délire, si bien qu'aucun mot intelligible ne parvenait à franchir le seuil de leur bouche. Tel un mirage, la bande de corsaires m'apparut soudain, festoyant sur la plage autour d'un feu. Un autre groupe, un peu à l'écart, finissait d'enfouir un énorme coffre aux pentures dorées dans les profondeurs de la plage. Derrière eux, un homme taillait une inscription à même un gros rocher.

Katrina m'interpella au loin et la scène se volatilisa dans la brise.
- Qu'est-ce qu'il y a, ma belle?
- Oh rien... marmonnais-je en revenant vers elle.
- Pourquoi es-tu restée figée là pendant tout ce temps? J'ai cru un moment que tu avais eu un malaise.
- Non, ce n'est pas ça. Ce sont encore ces visions qui m'arrivent parfois d'avoir.
- Et cette fois-ci, c'était quoi?
- Une bande de pirates qui faisait la fête sur la plage.
Katrina éclata de rire.
- Des pirates! J'aurais bien aimé voir ça.

Sur le coup de l'intuition, je retournai vers la pointe sablonneuse et parcourus du regard les environs. Derrière une lisière de cocotiers, un gros bloc de corail dormait à l'ombre du feuillage. Je m'approchai et vis l'inscription noircie par le temps. C'était un large cercle à l'intérieur duquel figurait une croix. Je n'avais donc pas rêvé cette scène. Des pirates étaient déjà passés par ici. Cela me rappela certaines histoires légendaires que mon père se plaisait à me raconter le soir pour peupler mon imaginaire.

- Tu viens ma belle! me lança Katrina.

De retour auprès de l'équipage qui installait le campement pour la nuit, Katrina leur raconta mon aventure dans le temps. Je vis leurs regards s'allumer et se tourner vers moi. Je ne comprenais pas pourquoi une banale histoire de pirates faisait naître autant de

curiosité chez des adultes. Lorsque j'ajoutai qu'ils avaient même laissé une trace de leur passage sur la plage, tous s'arrêtèrent et me dévisagèrent. Un grand gaillard hurla :
- Vous êtes bénie, ma fille!

Je le regardai d'un air surpris, ne sachant comment interpréter sa remarque, jusqu'à ce que Felipe intervienne pour m'éclairer. Il m'expliqua qu'une légende raconte que quiconque trouve un indice du passage des pirates découvre également un trésor. En un rien de temps, tous les marins m'escortaient armés de pioches, de pelles et de toutes sortes d'outils pouvant être utiles pour déterrer le trésor que j'avais vu enfouir dans le sable.

***

- Alors, allons-nous devoir traverser ce fameux Triangle du Diable?
- C'est à toi de me le dire, Marco.
- Pourquoi moi?
- C'est toi qui es censé savoir où va ta belle!
- Comment le saurais-je?
- Les êtres laissent toujours des traces, comme les bateaux, me lança-t-il en me faisant un clin d'œil.
- Pour le moment, je ne vois aucune trace d'elle, alors on fait quoi?
- Je propose que l'on contourne l'épicentre du Triangle, la partie la plus dangereuse, et qu'on longe la côte de la Floride. Comme ça, nous éviterons la zone maudite et cela me permettra de vivre le genre de traversée qu'effectuait mon père pour se rendre à Miami.
- Entendu, on fait comme ça!

Nico ouvrit une boîte de sardines à l'huile d'olive et servit quelques galettes de blé que nous dévorâmes d'un trait. Les rations s'épuisaient, nous allions devoir faire escale d'ici quelques jours, pour refaire le plein. Après le souper, comme chaque soir, je pratiquais mon concerto dédié à ma belle. La mélodie, d'abord joyeuse, s'était altérée pour devenir une complainte langoureuse, tel le cri mélancolique d'un cœur ne sachant si un jour le vide serait comblé. Ne sachant jamais s'il ne poursuivait qu'un rêve fantôme, comme ces étoiles que l'on croit pouvoir toucher du bout des doigts, si proches et si lointaines à la fois. Dans la lueur du jour déclinant, je fis glisser l'archet sur les cordes. Un vent venu de nulle part s'était levé, transportant dans son sillage les notes que j'égrenais vers une destination inconnue. J'avais l'intuition qu'il fallait suivre la direction de ce vent inhabituel pour trouver ma belle. Je montai rejoindre Nico qui veillait à la barre.

- Capitaine!
- Oui, moussaillon!
- Rectifiez la trajectoire et suivez la direction du vent.
- À vos ordres Capitaine! répondit-il en faisant un salut militaire.

Nous éclatâmes de rire. Nico ramena la barre à tribord pour suivre un nouvel itinéraire, qu'il recalcula sur ses cartes.

***

À plusieurs mètres de profondeur, les hommes touchèrent du dur. Excités par leur trouvaille, ils redoublèrent d'ardeur. Le soleil était sur le point de se coucher lorsque les hommes hissèrent, à l'aide de solides cordes, le lourd coffre. Ils firent sauter facilement un vieux cadenas rongé par le temps. L'équipage au complet encerclait maintenant l'intrigant coffre, chacun retenant son souffle. Felipe brisa le silence.

- C'est à toi que revient l'honneur d'ouvrir le trésor! s'exclama-t-il en me tendant la main.

Je m'avançai et tentai de soulever le couvercle qui résistait malgré tous mes efforts. Deux marins glissèrent des barres en métal dans

LA LISEUSE D'ÂME

les jointures et forcèrent le coffre, qui céda dans un macabre grincement. À nous trois, nous soulevâmes le couvercle pour découvrir son précieux contenu. Des murmures admiratifs, des exclamations joyeuses fusèrent du groupe. Il s'agissait réellement d'un fantastique trésor. D'innombrables pièces d'or, des bijoux anciens et autres œuvres d'art scintillaient au fond du coffre. Je pris quelques pièces dans mes mains, surprise par le poids de celles-ci, et les montrai à Felipe. Il les examina et rendit son verdict. Le trésor avait probablement appartenu aux Conquistadors espagnols à en juger les pièces de monnaie. Parmi tous les objets en or, deux coquilles Saint-Jacques, d'une blancheur immaculée, détonnaient dans le lot. Attirée inexplicablement par les coquillages, je les extirpai de leur tombeau pour mieux les admirer. Soudain, une décharge électrique me traversa le corps. Des sensations lointaines me parcoururent l'échine. Mes mains se refermèrent sur les coquillages et je les approchai au niveau de mon cœur, en poussant un cri provenant du tréfonds de mon être. J'étais en transe. L'équipage avait disparu. J'étais accroupie au-dessus d'un corps inerte. Celui d'un jeune garçon étendu sur une plage. Je pleurais toutes les larmes de mon corps. Je ne voulais pas qu'il me quitte... Reste avec moi... Reste avec moi... Ne t'en va pas, je t'en supplie...

Katrina posa sa main sur mon épaule.
- Ça va ma belle? Encore une de ces visions?

Je repris mes esprits, mais j'étais incapable de formuler ce qui m'était arrivé.
- Non, c'était autre chose... de beaucoup plus puissant...

Un membre de l'équipage demanda à voix haute ce que, sans doute, tout le monde se posait intérieurement comme question.
- Alors, on fait quoi avec le trésor?

Felipe répondit du tac au tac :
- Nous irons le rendre aux autorités cubaines. Nous l'avons découvert sur leur territoire, ça sera à eux de décider ce qu'ils en feront.

LA LISEUSE D'ÂME

La déception se lisait sur plusieurs visages. De quoi assurer leurs vieux jours brillait sous leurs yeux. Je pouvais entendre les commentaires qu'ils formulaient dans leur esprit :
« Tout cet or appartenait à des voleurs... Y'a pas de mal à se servir, ils sont tous morts depuis longtemps les propriétaires... Qu'est-ce que les autorités cubaines ont à voir avec un trésor espagnol? »
Je comprenais leur désenchantement, mais Felipe clôt le sujet de façon définitive.
- Emparez-vous de ce trésor mes braves, si vous le désirez, mais sachez qu'aucun de vous n'échappera à la malédiction.

Tous se regardèrent d'un air songeur. Une vieille légende disait que voler le butin des pirates, c'était vendre son âme au diable. L'intervention de Felipe sembla faire son effet puisqu'un marin referma brutalement le coffre. Les autres, résignés, transportèrent la lourde découverte jusqu'aux canots. Sur le chemin du retour, Felipe me prit à part et me confia ce qu'il avait en tête.
- Je vais avoir besoin de toi, ma belle. Je dois vérifier si mes calculs et mon intuition sont exacts. Je veux que tu entres en contact avec l'âme de la Gaïa et que tu lui demandes si son Serpent de Lumière passera par Tulum, en atteignant les côtes du Mexique. C'est une information capitale dans la poursuite du Grand Plan, car nous devrons réactiver le site sacré de Tulum avant son arrivée, afin de permettre au réseau de lignes telluriques de la Gaïa d'ouvrir le passage sur le continent des Amériques.
- Comment suis-je censée m'y prendre? demandai-je interloquée.
- Comme tu l'as fait avec le vent... répondit-il, un sourire en coin.
Je ne pouvais me souvenir comment je m'y étais prise. Tout s'était passé naturellement, sans que je n'eusse à intervenir. Néanmoins, je m'entendis dire :
- J'essaierai...

LA LISEUSE D'ÂME

Nous montâmes à bord des canots qui nous ramenèrent au voilier. Après le souper, je suis montée sur le pont pour admirer les premières étoiles qui commençaient à poindre comme des petits yeux scintillants. Je ne pus m'empêcher de penser à mon Étoile. Où était-il? Que faisait-il? Je pouvais sentir sa présence dans la douce brise, tel un parfum musical embaumant l'air de sa symphonie. Il était là, quelque part sur ce vaste océan, j'en étais certaine. Mon cœur battait à tout rompre dans ma poitrine. Je plongeai mon regard dans la mer d'étoiles en me jurant de le retrouver un jour. De retour dans ma cabine, sa présence occupait toute la place dans mon esprit. Je pris mon cahier et laissai couler les mots puisés à la fontaine de mon cœur.

À toi, mon Étoile Blanche,

Mon enfance, seule et abandonnée, j'ai passée
Battue par les vents, sur une île, j'étais emprisonnée
Combien de nuits, avec mon amie la musique, à rêver
À rêver de m'évader, au-delà de cet horizon encombré
Puis un jour, mon amie sonore m'a quittée, sur un Ré
Envolée dans les cieux, sans jamais revenir m'enchanter
Désespérée, j'ai dessiné ma soif de liberté

Dans l'aube auréolée
Je vis son spectre voguer dans la baie
Puis accoster au quai
J'étais enfin sauvée!
À bord de la liberté, je montai
Excitée de pouvoir m'échapper
Et quitter cette île hantée
Pour de nouvelles contrées

Mon âme était comblée, mais mon cœur desséché
Noyé dans les chagrins d'un passé tourmenté
Jusqu'à ce qu'un sourire inespéré me fasse chavirer
Jusqu'à ce qu'un baiser soufflé enflamme mon être gelé

LA LISEUSE D'ÂME

Et trace dans mon ciel noir un sentier étoilé
Telle une comète dans mon cosmos inhabité
Telle une promesse de la destinée
Celle de te voir un jour briller à mes côtés
Pour que plus jamais ma nuit ne soit qu'obscurité
Pour que toujours dans ta lumière je sois enveloppée

Toi, mon Étoile au bout du quai
Je reviendrai te chercher
Toi, mon Étoile au bout de mon sentier
Je marcherai vers toi sans jamais dévier

Puisse ton cœur m'entendre... par-delà la Voie Lactée
Puisse ton cœur m'attendre... par-delà l'Éternité

SoMauve

Je déchirai la page de mon cahier, la roulai et l'attachai avec une bande d'étoffe provenant de mon écharpe fétiche. Je me rendis ensuite aux cuisines où je récupérai une bouteille de vin vide dans un vieux placard. J'insérai mon poème dans la bouteille et vissai hermétiquement le bouchon de liège. Je montai sur le pont où je fus accueillie par une douce brise. Les étoiles s'éteignaient une à une dans les premières lueurs de l'aube. Une étoile brillait plus que toutes les autres. C'était mon Étoile Blanche. Je lançai ma bouteille à la mer en formulant un vœu. Dans l'espoir fou que, malgré l'immensité océanique, mon message se rende à bon port. Le flacon d'amour dériva sur les flots, ballotté par l'inspiration des vagues. Dans le lointain, un Capitaine et son apprenti hissaient les voiles dans le soleil levant.

***

Intrigué par les cris des goélands qui tourbillonnaient autour d'un objet brillant, Marco buvait son café, accoudé à la rampe du pont. Les oiseaux avaient repéré une cible flottante et s'en donnaient à cœur joie, en attaquant furieusement l'objet translucide, qu'ils finiront par faire éclater dans un crissement de verre. La bouteille abîmée coula au fond, libérant une frêle feuille de papier qui se débattait entre deux eaux pour refaire surface. Marco avala le reste de son café et aperçut du coin de l'œil un bout de papier effleurer la coque, avant de disparaître sous le voilier. Le temps d'un instant, le poème s'agrippa au safran, qu'il imprégna de son encre délavée. Puis, la poésie de papier se disloqua, vers par vers, pour se décomposer dans le sillage du navire qui s'éloignait à l'horizon.

Nico s'approcha à pas feutrés.
- À quoi tu rêves, mon grand?
- À mon Ange…
- J'en étais sûr.
- En regardant la nuée d'oiseaux s'attaquer à la bouteille, j'ai eu l'impression d'entendre en moi son histoire se raconter. Seule, abandonnée, prisonnière d'une bouteille à laquelle elle rêvait d'échapper. Et les oiseaux entêtés ont fracassé les murs de sa prison. Son âme est libre désormais, et j'espère que son cœur l'est tout autant. J'ai l'intuition qu'elle me guidera vers elle. Plus que jamais, je sens sa présence m'attirer dans son orbite. Je gravite autour d'elle. Elle est le centre de mon univers…
- Nous la retrouverons… Reste connecté à elle, elle saura diriger notre gouvernail.

Les oiseaux s'étaient remis à poursuivre des morceaux de papier qui flottaient dans l'écume laissée par le passage du bateau. Elle était maintenant libre de voguer vers un horizon plus lumineux.

***

Au petit matin, j'avais demandé à Katrina de m'accompagner sur l'île. J'espérais pouvoir accomplir ce que m'avait demandé Felipe. Nous déambulions sur la plage alors que le soleil déversait ses premiers rayons, teintant de rose pastel le bleu nuit qui s'écaillait.

LA LISEUSE D'ÂME

Derrière une rangée de palmiers qui se balançaient dans la brise, un monticule d'herbes folles m'attira instantanément. Je demandai à Katrina de m'attendre ici, et je me frayai un chemin jusqu'au tertre encore humide de rosée. J'entrai soudain dans un état de conscience altérée. En transe, je m'allongeai face contre terre, les bras en croix. J'avais l'impression que j'allais me dissoudre et me fondre dans le sol. Comme l'eau de pluie, je m'infiltrai par les pores de la terre. Cet univers minéral grouillait de vie. Les « Élémentaux » s'abreuvaient à mon eau, et moi, à leur rayonnement. Je m'enfonçai de plus en plus profondément sous la croûte terrestre, aspirée par l'énergie de puissantes lignes de force.

Un réseau de veines pétillantes de vie parcourait le corps de la Terre. Je pouvais entendre battre son cœur au loin. Je laissai ma conscience glisser le long d'une grosse artère lumineuse, puis soudain, je crus voir le soleil devant moi, tellement tout était si éblouissant. Autour de moi, tout n'était plus que lumière. Une chaleur bienfaisante m'enveloppait. Ma conscience s'éleva et je distinguai un monumental faisceau de lumière qui ondoyait silencieusement dans les entrailles de la Terre. Le Serpent de Lumière! Ce ne pouvait qu'être ça. Je m'apprêtais à lui demander vers quelle destination il se dirigeait quand je pris conscience du ridicule de la situation. Comment pouvait-il m'entendre ou même savoir que j'étais là à l'observer? Tout à coup, je fus submergée par une vague phénoménale d'informations : des symboles, des chiffres et des codes étranges dansaient dans mon esprit, mais je ne parvenais pas à les décrypter. C'était comme si tout le savoir du monde, et même au-delà, s'était déversé en moi d'un seul coup. J'avais la sensation que j'allais imploser sous la puissance de cette transfusion de connaissances. Au moment où je pensais que j'allais éclater et me disperser aux quatre coins de la Terre, un courant paisible m'inonda et je ressentis une émotion incroyablement belle. Je me sentais si bien, si joyeuse, si heureuse, comme jamais je ne m'étais sentie auparavant. J'avais l'impression que mon âme riait de bon cœur. Je sentis mon être se dilater et prendre de l'expansion, jusqu'à englober la Terre entière dans mon aura. Je ne faisais qu'un avec elle. Une sensation de plénitude et de complétude me galvanisait. Je ressentis tout son amour se diffuser dans les moindres recoins de mon être. Puis, en un éclair, je fus propulsée vers mon corps étendu face contre terre. Une puissante roue de lumière tournoyait dans le bas de mon ventre et semblait être reliée, par un cordon invisible, au Grand Serpent. Je sentis un courant d'énergie se déployer dans tout mon être, activant chacune des roues de lumière, du sacrum au coronal, en passant par le plexus solaire, le cœur, la gorge et le troisième œil, jusqu'à exploser comme un geyser au-dessus mon crâne. Je n'étais plus qu'énergie et lumière. J'étais connectée à la Gaïa. Nous étions de la même essence. Puis, peu à peu, la vague d'énergie se retira. Je sentis le courant de lumière s'enrouler à la base de ma colonne vertébrale et s'endormir, tel un serpent lové.

***

Nous longions les côtes d'une immense île lorsque Nico m'informa que nous allions y faire escale pour nous réapprovisionner en eau et nourriture. Une grande ville paraissait surgir de la mer, juste devant nous.
- C'est La Havane, mon grand! L'endroit idéal pour faire le plein de rhum et de cigares.

Nous débarquâmes dans la chaleur écrasante du midi. C'était la première fois que j'entrais en contact avec un autre peuple que le mien. Les cubains étaient sympathiques et j'ai tout de suite aimé le côté festif de cette ville. La musique était omniprésente. À plusieurs occasions, nous rencontrâmes des trios et des quatuors qui chantaient et jouaient de la guitare, assis sur de grosses caisses en bois, au beau milieu de la rue. Mais le groupe de musiciens qui m'avait le plus frappé s'était installé dans un vieux véhicule rose, une décapotable comme je n'en avais jamais vue.

- Cher Marco, ceci est une vieille Chevy des années cinquante! À une certaine époque, ces grosses voitures américaines sillonnaient les rues de La Havane, avec à son bord de riches hommes d'affaires venus faire la fête dans les célèbres casinos cubains.

Je me laissai enivrer par ce parfum exotique. Des vêtements multicolores flottaient sur des cordes suspendues au-dessus des ruelles. L'ambiance était chaleureuse. Cela me rappela des souvenirs de mon village natal en Italie. Nico me fit signe de le suivre et nous nous installâmes à une terrasse sur la grande place de la Révolution. Un serveur s'approcha et Nico commanda quelque chose à boire pour nous deux. Quelques instants plus tard, on nous servit deux verres d'un liquide ambré à l'odeur épicée.
- Goûte-moi ça, mon grand! Tu vas voir, c'est exquis!
J'étais déshydraté, si bien que j'avalai la boisson d'un trait.
- Yaaarrrk!!! balbutiai-je en m'étouffant. Mais c'est affreusement fort ce truc-là!
- Je ne t'ai pas dit de faire cul sec! C'est du rhum brun, il faut le déguster à petites gorgées.
J'avais la gorge en feu et les yeux pleins d'eau, ce qui fit éclater de rire Nico. Il fit signe au serveur et commanda un deuxième verre de rhum et un Mojito pour moi. Ce fut une belle découverte que cette boisson rafraîchissante à base de menthe et de lime. Après avoir dévoré une entrée de calmars grillés, nous mangeâmes ensuite des langoustes accompagnées d'un plat de riz aux haricots noirs, dont nous nous régalâmes avidement.

Sur le chemin du retour, Nico s'arrêta chez des commerçants et tenta de se faire comprendre du mieux qu'il pouvait. La langue espagnole ça ressemble à l'italien, mais ce n'en est pas, car je n'y comprenais strictement rien, que des bribes par-ci par-là.

Nous revînmes au bateau les bras chargés de victuailles que nous entassâmes dans la cale. Nous étions fins prêts à reprendre la mer. Je jetai un dernier regard à cette ville et à ses gens si accueillants. Puis nous levâmes l'ancre pour une destination inconnue.

LA LISEUSE D'ÂME

***

Felipe me regarda d'un air enchanté lorsque je montai à bord du voilier, la robe trempée et tachée de boue.
- À ce que je vois, tu es entrée en contact avec la Gaïa!
- C'est le moins qu'on puisse dire, marmonnai-je machinalement.

Sa voix me parut lointaine, j'étais encore dans un état second. Je réintégrais progressivement le monde des humains. Je marchai lentement jusqu'à l'avant du bateau et montai sur une caisse en bois. D'une voix ferme, que je ne me connaissais pas, j'ordonnai le silence. Tout l'équipage s'immobilisa soudainement et me fixa du regard. Comme si une force étrangère s'était emparée de mon esprit, je m'entendis clamer :
- Vous devez comprendre le mystère de l'Unité… qui maintient un fil de contact entre chaque forme de vie et sa Source, permettant de relier tous les êtres vivants à un seul grand commutateur central qu'est la Mère-Terre. Considérez toute la beauté que peut avoir la Vie. Percevez-la comme de l'or pur. Ce que la Mère-Terre accomplit en ce moment, chaque humain en bénéficiera, et ce sera ensuite à son tour de faire de même…

Sous le regard ébahi de l'équipage, j'ajoutai :
- Prochaine destination : Kukulkan!

Je descendis de la caisse, aussi stupéfaite qu'eux, par ce discours qui semblait ne pas provenir de moi.

***

- Maître, le Grand Serpent est guidé par un humain.
- Qu'est-ce que vous voulez dire?
- Une âme terrestre a communiqué avec la conscience du Serpent de Lumière. Je l'ai vue sur le radar-fréquences qui suit son déplacement.

LA LISEUSE D'ÂME

- Alors, ce foutu Serpent suivrait donc les ordres de cet humain, si je comprends bien.
- Ça m'en a tout l'air, Maître.
- Cette âme risque de faire échouer notre plan. Il faut l'éliminer. Suivez sa trace et trouvez un moyen de nous débarrasser d'elle.
- À vos ordres, Maître.

***

- On s'éloigne d'elle, je le sens, dis-je au Capitaine.
- Alors, on ne suit plus le vent?
- Je ne sais pas, Nico. J'ai la sensation qu'elle n'est plus devant nous. Je n'arrive plus à la sentir dans la brise.
- Alors, il n'y a qu'une seule chose à faire : baissons les voiles et laissons-nous dériver tranquillement. Quand on ne sait pas quelle direction prendre, mieux vaut ne pas avancer et se laisser inspirer avant de reprendre la route.
- Ouais, il n'y a peut-être que ça à faire…
- Et si on essayait de pêcher notre dîner entre-temps?
- Excellente idée! Je vais chercher les cannes à pêche.

Nous passâmes l'après-midi à lancer et remonter nos lignes. Notre patience porta fruit, car nous prîmes deux maquereaux et trois dorades, alors que le soleil déclinait. Pendant tout ce temps, j'avais essayé de me reconnecter à mon Ange, mais j'avais le sentiment que je n'étais plus capable de lire en elle. Ce soir-là, je ne sortis pas mon violon. J'avais le cœur trop lourd pour jouer.

***

Felipe avait demandé au Capitaine de faire escale dans l'île de Cuba, le temps de remettre le trésor aux autorités locales. Lorsque je vis les marins transporter le coffre, j'eus un pincement au cœur, comme si quelque chose de précieux était sur le point de m'échapper. Felipe sembla lire dans mes pensées puisqu'il ordonna

aux marins de déposer le coffre sur le pont. Tous s'interrogeaient sur les intentions de Felipe. Aurait-il changé d'avis? Ce dernier rassembla l'équipage autour de lui et, sur un ton solennel, prit la parole.
- Le cœur des hommes est envieux. La plupart seraient prêts à tout, même à tuer, pour mettre la main sur ce trésor. Mais pas vous! Aujourd'hui, j'honore la pureté de votre cœur, vous serez ainsi récompensés. Je vais ouvrir le coffre et chacun de vous aura le droit de prendre un objet en souvenir, quel qu'il soit.

Les hommes sourirent, impatients de récupérer une parcelle du trésor qu'ils rapporteraient fièrement chez-eux. Un grand gaillard s'interposa entre le coffre et l'équipage.
- Vous n'aviez pas dit que c'était de l'or sale? Et que c'était vendre notre âme au Diable? s'exclama le marin.
- L'or n'est jamais sale, Pedro. L'or est pur. Ce sont les humains qui le salissent par leurs intentions souvent malveillantes. Posséder pour devenir riche, afin de s'élever orgueilleusement au-dessus des autres, n'apportera jamais le bonheur. Car ce n'est pas vous qui possédez l'or, c'est lui qui vous possède, vous comprenez? Lorsque vous prendrez votre pièce d'or, ou ce qui vous inspire, bénissez-la pour qu'elle devienne votre talisman. Ainsi, elle servira non pas à assouvir vos bas instincts, mais les desseins de votre esprit.

Felipe s'interrompit et fit une prière. Ensuite, tous les hommes se servirent. Katrina et moi étions restées à l'écart pour observer la scène.
- À votre tour! nous lança Felipe.

Katrina choisit un camée serti de pierres précieuses. Voyant qu'à mon tour j'avais choisi les coquilles Saint-Jacques, tous me dévisagèrent, étonnés par mon choix un peu ridicule. Mais je n'eus pas le temps de m'en préoccuper, car une décharge électrique me propulsa dans un autre univers.

LA LISEUSE D'ÂME

Je courais à en perdre le souffle derrière un jeune garçon de mon âge. Nous dévalions la dune de sable menant à notre repaire secret : une belle petite crique où nous aimions nous retrouver tous les deux à l'écart du monde. Arrivée sur la plage, tout essoufflée, j'ôtai ma robe d'un trait et sautai dans ses bras, nous entraînant tous les deux dans les vagues déferlantes. Nous refîmes surface en riant de bon cœur.

Ce fugace souvenir déferla en moi à la vitesse de l'éclair. Lorsque je rouvris les yeux, les marins m'observaient, intrigués par la scène. Je portais les deux coquillages sur ma poitrine, à la hauteur de mon cœur, les mains crispées sur eux, comme s'il s'agissait du plus précieux des trésors.

Felipe dispersa la foule en ordonnant que l'on fasse descendre le coffre à terre. Les marins s'activèrent alors que Katrina s'approcha de moi en me murmurant à l'oreille :
- Il va falloir un jour que tu me parles de l'effet que te procurent ces fameux coquillages. On aurait dit que...
- Que quoi?
- Que tu jouissais... de bonheur!
- Je ne sais pas comment l'expliquer, mais j'ai eu l'impression de revoir un vieux film dans ma tête.
- Un film qui t'a marquée dans ton enfance?
- Non, un film de moi avec quelqu'un que j'aimais plus que tout au monde.
- Ce ne serait pas ce garçon à la casquette à qui tu écris tous les soirs?
- Il ne lui ressemble pas du tout.
- Physiquement, peut-être...

Elle me laissa suspendue à sa dernière phrase, et elle se dirigea vers sa cabine avec un sourire qui en disait long.

***

LA LISEUSE D'ÂME

Le lendemain soir, alors que le soleil en fusion déversait son or sur le miroir de l'océan, je fus pris d'un grand vertige. Comme si je m'apprêtais à faire le saut de l'ange du haut d'une falaise. J'avais l'estomac noué et les mains moites. Fébrile, je ne parvenais pas à faire glisser l'archet sur les cordes de mon violon. J'avais un trac fou. Pourtant, je n'avais que les oiseaux de mer comme audience, et jamais ils ne m'avaient intimidé au point de me paralyser sur place. Je pris de grandes inspirations, cherchant à me détendre, mais rien n'y fit. Au contraire, j'avais l'impression que j'allais imploser, qu'une digue en moi allait céder sous la puissance du courant qui me parcourait. Mon cœur battait à un rythme effréné dans ma poitrine, quand soudain, au loin, le voilier blanc m'apparut dans toute sa splendeur. Je voulus crier, hurler, mais aucun mot ne sortait de ma bouche. J'avais le souffle coupé, incapable d'émettre le moindre son. D'instinct, j'attaquai les cordes avec l'énergie du désespoir, comme si ma vie en dépendait. Les sons stridents et saccadés jaillirent, tel un cri primal provenant des profondeurs de mon cœur, et résonnèrent dans l'espace. En transe, je jouais de plus en plus vite, un sentiment d'urgence s'était emparé de moi. La musique jouait de moi, comme un désemparé au seuil de la folie. Nico débarla en vitesse en entendant le vacarme infernal que je débitais sur le pont.

- Mais qu'est-ce que tu fais? Qu'est-ce qui t'arrive, Marco?

Je fis un signe de tête en direction du large. Il tourna son regard vers l'horizon et comprit instantanément l'objet de ma démence.

***

Katrina et moi étions à desservir la table après le repas du soir. Le Capitaine avait demandé à Felipe qu'il nous en dise plus au sujet de Kukulkan, notre soi-disant destination. Felipe joignit les mains, comme s'il s'apprêtait à faire une prière, et nous confia l'histoire du dieu Kukulkan, le Serpent à Plumes, que vénéraient les Mayas. Selon la légende, Kukulkan, surnommé Quetzalcóatl chez les

Aztèques, reviendrait sur Terre lors de la fin du monde. Il est le dieu de la résurrection et ses pouvoirs sont infinis. Le Capitaine s'étonna que notre destination soit une divinité Maya et non un endroit physique. Je suivais avec attention leur conversation lorsque soudain, je reçus une décharge électrique en plein cœur, qui me paralysa sur place. J'entendais des notes aiguës et stridentes s'entrechoquer dans mon esprit, dans une cacophonie indéfinissable. Katrina perçut mon état de choc et me prit la main.
- Ça va, ma belle? demanda-t-elle, inquiète.
Je fis signe que oui de la tête, incapable de formuler le moindre mot.

Felipe avait repris ses explications et s'adressait au Capitaine en ses termes :
- Il faut savoir que ce dieu Kukulkan est la destination ultime de chaque être humain…
Le Capitaine resta sans voix, alors que Felipe enchaînait.
- Le retour de Kukulkan ne signifie pas la fin du monde, comme le pensent les historiens qui ont retranscrit la légende, mais bien la fin d'un monde. La fin d'un cycle menant à la Cinquième Dimension. Ce dieu de la résurrection est le Serpent de Lumière venu pour rallumer la flamme divine en chacun de nous, afin que nous puissions renaître dans un Nouveau Monde de Paix et de Lumière. En atteignant le Colosse des Amériques dans les Andes, le Grand Serpent bouclera le cycle en se mordant la queue, et ainsi l'unité du cercle sera rétablie et l'Énergie de Lumière pourra de nouveau circuler librement sur la Terre. L'élévation des vibrations de la planète permettra aux êtres humains d'accéder à la Demeure du Rayonnant…
Felipe s'interrompit en voyant mon visage s'illuminer.
- Il est ici! m'exclamai-je haut et fort, ayant soudainement retrouvé l'usage de la parole.
- Qui est ici? s'étonna Felipe.

LA LISEUSE D'ÂME

Je me levai vivement de ma chaise et montai en trombe sur le pont en criant :
- Mon Étoile Blanche! Je suis ici! Ne t'en vas pas...

***

Le soleil avait disparu derrière la ligne d'horizon et de légers nuages pourpres dansaient dans le ciel de cette soirée mémorable. Nous nous étions rapprochés silencieusement, contemplant pour la première fois ce navire fantôme que nous pourchassions depuis des lunes. Craignant que ce ne soit qu'un mirage ou un autre voilier lui ressemblant, je contenais tant bien que mal mes émotions. Le Capitaine s'approcha de moi et me tendit des lunettes d'approche. Je le remerciai et, le cœur battant, je chaussai les jumelles avec empressement. Qu'une masse floue et informe m'apparut. Je réglai le focus, comme me l'avait appris Nico, et les contours du voiler se précisèrent. Je portai mon regard vers la proue et vis avec excitation le nom du bateau peint en lettres bleues sur la coque. Quelqu'un venait d'apparaître sur le pont. Je fis le focus sur la silhouette effilée qui contrastait dans le soir. Et si c'était elle...

Dans le crépuscule d'une lune éthérée, je l'aperçus à l'avant du voilier, dans sa robe blanche immaculée, qui agitait ses mains dans ma direction. Mon cœur s'arrêta pour reprendre son souffle. Mon Ange...

***

Mon âme contemplait le voilier qui s'approchait lentement dans la douce brise du soir. Agrippé au bastingage, un beau jeune homme me regardait en souriant d'un sourire plus vaste que l'océan. Il me salua en brandissant sa casquette et me fit une bise soufflée. Je fondis littéralement sur le pont. Mon Étoile Blanche...

***

LA LISEUSE D'ÂME

Pendant ce temps, le Serpent de Lumière poursuivait son avancée, fonçant droit en direction de Tulum.

***

À des années-lumière de la Terre, un vaisseau spatial quittait la base des Z.

***

Sous les reflets argentés de la lune, le spectacle était surnaturel. Deux équipages, sur leur pont respectif, s'observaient en silence, ayant comme pôle d'attraction deux jeunes éperdument amoureux l'un de l'autre... sans jamais s'être réellement rencontrés, sans jamais s'être touchés ou avoir entendu la voix de l'autre. Étrange ce dont était capable l'amour. Elle, l'illettrée, lui avait dédié un roman d'amour épique dont ils étaient les personnages principaux. Alors que lui s'était improvisé musicien, lui composant un hymne à l'amour qu'il avait intitulé : Sérénade Angélique. Comment cet amour improbable avait-il bien pu naître? se demandait tout le monde en son fort intérieur.

Malgré les vagues, les navires demeuraient à égale distance l'un de l'autre. On aurait dit qu'un invisible cordage s'était tissé entre leurs cœurs, qui maintenait fermement ancrés les deux voiliers au milieu de l'océan. Personne n'osait parler, de peur de rompre l'enchantement que procuraient ces retrouvailles magiques. Tous tentaient de saisir dans la brise ce que leurs cœurs échangeaient dans cette communion d'âmes, célébrant l'aboutissement de leur quête. Dieu que c'était grandiose! Seul le silence des mots parvenait à décrire, sans trahir, ce que tous ressentaient : une vibration d'amour à l'état pur.

Un vent irrévérencieux, venu du large, s'éleva soudainement, faisant tanguer les voiliers sur leur socle liquide. Tout à coup, le vent se transforma en une furieuse tempête, si bien que tout le monde s'empressa de se mettre à l'abri à l'intérieur de leur navire. Appréhendant le pire, Nico avait prestement descendu les voiles, tandis que la folie des vents s'en prenait au voilier blanc en le fouettant de rafales assassines. L'ouragan entraînait le navire de mon Ange dans ses cercles concentriques, alors qu'à l'inverse, des blizzards d'eau nous chassaient vers l'extérieur de l'œil de la tempête. Impuissants, le cœur dans un étau, nous regardions ce monstre furieux, venu de nulle part, briser les mâts, puis disloquer la coque du voilier blanc, qui sombra dans la gueule noire d'un gigantesque tourbillon. J'entendis mon cœur hurler de douleur... qui à son tour, sombra dans un océan de tristesse infinie.

***

Au petit matin, l'océan était d'un calme apeurant. Des débris flottaient çà et là sur une mer d'huile. À l'instar des débris, j'étais une épave dérivant vers le néant. Pourquoi? Pourquoi la vie était-elle si cruelle? Pourquoi s'amusait-elle à donner en pâtures à l'océan tous ceux que j'aimais? Pourquoi? Pourquoi la quête de ma vie avait-elle pris fin si abruptement, alors que je nageais en plein bonheur pour la première fois de ma vie? Comment pouvait-on ressentir les hauteurs exaltées de l'amour et, l'instant d'après, la froideur des tristesses abyssales? Tout cela ne faisait aucun sens. Mon esprit ne parvenait pas à comprendre, et mon cœur noyé n'arrivait plus à respirer. Ma vie s'est arrêtée ici.

***

Un vaisseau spatial rentrait à la base, satisfait d'avoir rempli sa mission d'éliminer la menace.

***

Nico me serrait dans ses bras sans dire un mot. Il n'y avait plus rien à dire, tellement l'étendue de ma détresse avait creusé un fossé infranchissable. Le regard embué, perdu dans un horizon révolu, mes yeux s'accrochaient aux débris pour ne pas sombrer dans l'abîme mortel qui m'aspirait à l'intérieur. Dans cette attente désespérante, qui n'en était plus une, car il n'y avait plus rien à espérer, un objet qui dérivait en suspension entre deux eaux attira mon attention. Un petit coffre en bois avait survécu au massacre. Nico l'avait lui aussi repéré, car en moins de temps qu'il n'en faut pour le dire, ce dernier plongea dans la mer pour le récupérer. Je déroulai l'échelle en cordage pour lui permettre de se hisser à bord avec l'intrigant coffret. Nico le déposa dans mes mains, comme s'il s'agissait du plus précieux des trésors, et alla se changer. Des fleurs peintes à la main ornaient le couvercle et un loquet en or, sans cadenas, attendait que je l'ouvre.

Nico revint arborant des vêtements secs, une bouteille de rhum dans une main et deux verres dans l'autre, comme s'il se préparait à célébrer un évènement important.
- Mais qu'est-ce que tu fais, Marco? Tu ne l'ouvres pas?
- Je t'attendais.
- C'est gentil de ta part. Bon, alors tu l'ouvres ou pas?

Je soulevai le couvercle qui grinça, en retenant mon souffle. Je fus transpercé par une onde de choc fulgurante. Un vieux cahier, deux coquillages blancs, un signet et quelques bijoux s'offrirent à ma vue. Les effets personnels de mon Ange, j'en étais sûr. Mon cœur se réveilla dans ma poitrine et se remit à battre. Les mains tremblantes, je saisis le cahier sur lequel une étoile blanche, découpée à la main, avait été collée sur la page couverture. Je l'ouvris. L'eau qui s'était infiltrée avait détrempé les pages écrites à l'encre bleue. Je tournai les feuilles méticuleusement de crainte de les déchirer. L'encre s'était répandue comme des larmes sur le papier maculé de sang bleu, rendant le texte illisible. Au milieu du cahier, je tombai sur un poème, écrit au crayon de plomb, qui avait résisté au naufrage. Il s'intitulait : *À mon Étoile Blanche*.

J'en parcourus le texte en retenant mes larmes entre chaque ligne. Mais à la fin de ma lecture, j'explosai en pleurs intarissables. Mon

LA LISEUSE D'ÂME

Ange m'avait dédié un poème. C'était le plus merveilleux des cadeaux. Maintenant, je savais qu'elle m'avait aimé autant que je l'avais aimée. Ce qui m'avait le plus frappé, c'étaient les similitudes des évènements douloureux ayant marqué notre enfance. Elle était en quelque sorte ma sœur de cœur, mon âme sœur. Je compris à cet instant pourquoi elle m'avait spontanément attiré, car nous étions si identiques que nous aspirions aux mêmes rêves, chacun cloîtré dans son isolement. Il avait suffi que mon regard croise le sien pour faire éclater tous les remparts de ma geôle. Dès cet instant, je m'étais senti libre. Et en même temps, prisonnier d'une seule idée : la retrouver. Et voilà que je l'avais enfin retrouvée. J'aurais tant souhaité l'avoir auprès de moi pour toujours, mais elle n'était plus de ce monde...

***

Nico avait hissé les voiles. Dès qu'une terre se profilerait à l'horizon, nous y ferions escale. Il y avait trop de mauvais souvenirs au fond de cette mer pour y séjourner une journée de plus, m'avait-il dit. J'étais bien d'accord avec lui. Entretemps, j'avais mis le cahier à sécher au soleil. Peut-être ses rayons allaient-ils redonner vie aux mots défigurés par la brutalité de cette funeste agression?

Le soir venu, alors que nous approchions de la côte, j'avais sorti mon violon pour une dernière fois. Ensuite, je le rangerais pour toujours. Cet après-midi, j'avais relu son poème qu'elle m'avait dédié. Et ce soir, ce serait à mon tour de lui offrir ma musique. Celle qu'elle emporterait par-delà le voile. Sous les reflets de la lune, je jouai avec émotion, et sans fausse note, la *Sérénade Angélique*. Puisse-t-elle l'entendre d'où elle était, ai-je espéré intérieurement. Les derniers accords retentirent dans la brise.

Je rangeai mon instrument dans son tombeau, prêt à le jeter à la mer. Au même instant, j'entendis une voix féminine me crier :
- Marco! Ne fais pas ça! C'était si beau...

Je stoppai net mon geste et hurlai ma joie. Elle m'avait entendu, par-delà le voile de la mort. Dieu soit loué! J'enfouis mon visage entre mes mains et pleurai à chaudes larmes. Soudain, un grand fracas se fit entendre sur la coque et notre voilier tangua un instant, avant de reprendre ses assises. Nous nous précipitâmes à l'avant du bateau pour voir ce que nous avions heurté. Un mat brisé et un restant de voile nous avaient percutés de plein fouet. Nico partit en vitesse chercher une lanterne pour inspecter les dégâts. Dans la pénombre, une forme humaine s'agita au fond de la voile. Mon cœur bondit dans ma poitrine, et moi, par-dessus bord.
- C'est toi mon Ange? criai-je de toutes mes forces.
- Je suis ici Marco! entendis-je gémir faiblement.

Fébrile, je me hissai prestement sur le mat et lui tendit la main qu'elle saisit fermement. Je la tirai hors de la voile et l'enlaçai dans mes bras. Nos cœurs battaient si vite et notre étreinte était si puissante que j'eus l'impression que j'allais me fondre en elle, et elle en moi.

Nico arriva sur le pont avec une lampe à l'huile à la main. Le spectacle angélique qu'il découvrit le laissa sans voix.

***

Comme dans un rêve, je la regardais manger sa soupe, emmitouflée dans une couverture de laine. Son doux visage rayonnait de beauté, malgré la tragédie dont elle était la seule rescapée.
- Merci... prononça-t-elle timidement après avoir terminé son repas.
- Venez, il faut aller vous reposer maintenant, avait conclu Nico en lui tendant la main.

Étendu sur mon lit, le seul mot qu'elle avait prononcé de la soirée résonnait encore en moi. Incapable de trouver le sommeil, sa voix cristalline chantait encore dans mes oreilles. Elle avait la voix d'un ange. Épuisée par les récents événements, Nico lui avait offert sa cabine pour la nuit. Il avait jeté l'ancre dans une baie et s'était installé sur le pont arrière pour passer la nuit à la belle étoile, comme il aimait parfois le faire.

Au petit matin, je ne pus résister à l'envie d'aller la voir. J'ouvris délicatement la porte de la cabine en frappant trois petits coups. Elle murmura du fond de ses couvertures :
- C'est toi, mon Étoile?
- Oui, mon Ange.
- Approche-toi, j'ai rêvé de toi toute la nuit…

Je m'assis sur le rebord du lit et découvris son doux visage, qui rayonnait comme un soleil. Je passai ma main dans ses cheveux emmêlés. Enfin, je pouvais la toucher. Toucher cet Ange qui hantait toutes mes nuits depuis le jour où je l'avais vue. Mes doigts effleurèrent doucement son visage pour en caresser chacun des angles parfaits. Sa peau donnait l'étrange sensation de n'être pas tout à fait de chair. Au toucher, elle n'offrait aucune résistance, comme si ma main caressait la courbure du vent. J'avais ressenti le même effet éthéré quand je l'avais serrée dans mes bras, hier soir. J'avais eu l'impression que nos corps s'interpénétraient et qu'il n'y avait aucune barrière à notre étreinte. Lorsque je frôlai ses lèvres du bout des doigts, elle esquissa un sourire céleste qui me chavira le cœur. Étrange sensation que de toucher un Ange, me suis-je dit. La magie de ces instants gravait déjà une trace indélébile dans la chair de mon âme. Dans cette communion d'âmes, où nos cœurs échangeaient leur amour, mon Ange me souffla à l'oreille :
- Je t'aime Marco.

J'approchai mes lèvres des siennes et fermai les yeux, savourant notre premier baiser. Je quittai la Terre avec la fulgurance d'une étoile filante, pour atteindre le Paradis. Suspendu à ses lèvres, je flottais en apesanteur dans un océan de bonheur.
- Je t'aime mon Ange, avait murmuré mon cœur.

LA LISEUSE D'ÂME

Le temps s'était figé dans l'espace de ses bras. Et mon étoile scintillait d'allégresse dans son firmament virginal. Nous restâmes ainsi en orbite, comme deux corps célestes attirés irrépressiblement l'un vers l'autre, jusqu'à ce que des bruits de pas sur le pont nous ramènent sur Terre.
- Puis-je te poser une question? demandai-je tout bas, de peur de rompre la magie du moment.
- Bien sûr, je t'écoute... dit-elle d'une voix mélodieuse.
- Comment t'as fait pour savoir mon nom?
- Je l'ai lu en ton âme...

Je ne sus quoi répondre à ce qui semblait pour elle d'une telle évidence. À son tour, elle avait une question pour moi.
- Comment as-tu fait pour me retrouver?
- J'ai demandé à l'esprit du vent de me guider, et chaque soir j'ai joué pour toi, afin que ma musique t'atteigne. Si le vent pouvait souffler dans tes voiles, alors il savait où te trouver.
- Je vais te confier un secret, Marco. Quand j'ai perdu ma famille, je me suis faite une amie. C'est grâce à elle que je me suis accrochée à la vie.
- Et comment s'appelle ton amie?
- La musique... mais elle m'a quittée un jour.
- La musique... ton amie?
- Oui, et toi, tu l'as ramenée dans ma vie. En fait, c'est elle qui m'a sauvée et ramenée à la vie hier. Si je n'avais pas entendu les notes de ton violon, j'aurais dérivé sur cette sombre mer jusqu'à me perdre dans son immensité. J'ai nagé de toutes mes forces en direction de cette merveilleuse musique, jusqu'à venir frapper votre bateau.

Ému, des larmes perlaient sur mes joues. J'étais reconnaissant envers Nico qui m'avait offert ce présent et qui m'avait permis de retrouver mon Ange. Je me demandais encore comment avait-elle pu échapper à cette furieuse tempête, alors que tous les autres avaient péri? Elle était si frêle, si...

Elle m'interrompit dans le flot de mes pensées en répondant :

LA LISEUSE D'ÂME

- J'ai fait appel à la Gaïa. Elle m'a entendue... Et c'est son Serpent de Lumière qui m'a transportée jusqu'à la surface, en eaux plus calmes.

Je n'avais strictement rien compris à son histoire de Gaïa et de serpent de mer. En voyant ma réaction, elle éclata de rire. Je n'avais jamais entendu pareille mélodie de toute ma vie. Même la musique ne pouvait rivaliser avec la sonorité si pure et si cristalline de sa voix. Entendre un Ange, c'est si céleste...

Nico frappa à la porte.
- Hé, les amoureux! Le petit déjeuner est servi.

***

Nous passâmes le reste de la journée comme frère et sœur siamois. Aucun espace ne parvenait à se frayer un chemin entre nos deux êtres. Le Capitaine avait mis la barre en direction des côtes du Mexique, à l'endroit que je lui avais indiqué sur la carte. Il ne m'avait même pas demandé pourquoi nous devions nous rendre à Tulum. Comme si mon itinéraire était le sien. En revanche, Marco m'avait questionnée à ce sujet. Je lui avais dit qu'il aurait la réponse une fois rendu à destination. Comment lui expliquer toute cette histoire de Serpent de Lumière, de Gaïa, de Kukulkan, sans qu'il me prenne pour une folle. À présent, cette mission que m'avait confiée Felipe m'apparaissait bien au-delà de mes forces, alors qu'il n'était plus à mes côtés pour me guider. Et je n'avais plus Katrina pour me soutenir, pour lui confier mes doutes et mes craintes. Elle me manquait déjà beaucoup. Je portais à présent, à moi seule, tout le poids de cette mission à la portée incommensurable. Soudain, une voix s'infiltra dans mon esprit :

« Ma belle, ne soit pas si inquiète, nous sommes présents à tes côtés pour te soutenir, même par-delà le voile. Nous avons délaissé nos corps de chair, mais notre esprit est toujours vivant. Tout est dans l'ordre des choses. Cette mission exigeait notre présence de ce côté-ci du voile pour la suite du Grand Plan. Nous te guiderons, ne t'en fait pas, ma belle. Sache que tu n'es plus seule, tu as retrouvé celui que tu attendais secrètement en ton âme pour accomplir cette mission. Celle que vous aviez planifiée ensemble avant votre naissance. »

Marco se tourna vers moi et me sourit, comme s'il savait lui aussi ce qui nous unissait en cette vie.

***

Tulum n'offrait pas de port, mais une petite crique nous permit de jeter l'encre en toute sécurité, à l'abri des fortes vagues. Nico descendit à l'eau un canot et y engouffra quelques affaires. Nous pagayâmes jusqu'au rivage. Le soleil déclinait à l'horizon et Nico suggéra de faire un feu avant la tombée de la nuit. Il partit ramasser du bois sec, alors que Marco et moi disposions un cercle de pierres qui ferait office de foyer. Nous étendîmes une grande couverture à même le sable tandis que Nico allumait le feu. Il faisait bon d'être de retour sur la terre ferme et de pouvoir s'étendre sur la plage de sable chaud. Nous mangeâmes des fruits et des noix, tout en savourant une tisane que Nico avait mis à bouillir sur les braises. À la fin du repas, il nous annonça qu'il allait faire une balade sur la plage. Je savais qu'il souhaitait nous donner un moment d'intimité en s'éloignant sur le rivage. Nous remîmes quelques branches dans le feu qui allait s'éteindre. Aussitôt, la lumière chaude nous inonda. Quelque chose attira mon attention. Un peu plus haut sur la plage, une grosse roche plate paraissait nous inviter à venir nous asseoir sur elle. Je me levai, hypnotisée, et marchai en direction de la roche. Marco ramassa la couverture et me suivit. Il me devança et étendit l'étoffe de laine sur le rocher. Il s'assit et me lança spontanément :
- Tu viens me rejoindre, p'tite sœur?
- Nayan? m'exclamai-je, ébahie.
- Ava? répondit-il, tout aussi étonné.

LA LISEUSE D'ÂME

***

Quartier général des Z.

- Maître, j'ai de mauvaises nouvelles...
- Quoi encore?
- La jeune terrienne a miraculeusement survécu. Je ne comprends pas comment elle a pu s'en tirer...
- Allez, fermez-là ! Dites-moi plutôt ce que vous comptez faire pour réparer votre erreur.
- Il nous reste quelques sympathisants là-bas, je les mettrai à contribution. C'est la meilleure solution.
- Pourvu que cette fois-ci ce soit la bonne. Il ne nous reste plus beaucoup de temps avant l'arrivée du Serpent à Plumes sur les côtes du Mexique. Vous pouvez disposer.

***

Enlacés sur notre rocher, nous regardions la danse des flammes, chacun fouillant dans les tiroirs de sa mémoire à la recherche de vieux souvenirs. Je savais qu'Ava vivait en moi, mais celle que j'avais été, à une autre époque, paraissait dissimulée derrière un voile opaque. En revanche, j'étais en mesure de lire l'âme de ce lieu où nous étions. Cet endroit avait été notre refuge d'enfants à Nayan et moi. C'est ici que nous venions partager nos joies, nos peines et nos rêves. Le rocher avait conservé intactes les vibrations de nos deux êtres, étendus à plat ventre, nous faisant sécher au soleil au retour d'une de nos mémorables baignades dans les eaux turquoise. Je brisai le silence de cette nuit magique.

- Et toi, Marco, tu te souviens de nous?
- À vrai dire, pas comme tel. Quand je t'ai appelée p'tite sœur tout à l'heure, c'est sorti spontanément, sans que je réfléchisse. Je n'ai aucune idée pourquoi, du coup, je te reconnaissais comme ma sœur. Je ne peux rien expliquer...

LA LISEUSE D'ÂME

Je ne peux que ressentir, dans toutes les fibres de mon être, l'amour que je te portais à l'époque.
- C'est la même chose pour moi, répondis-je en posant mes lèvres sur les siennes.

Nous restâmes un long moment enlacés, avant que Marco ne se lève pour nourrir le feu qui se mourrait. Il se rendit ensuite au canot accosté sur la plage et y récupéra une boîte qu'il cacha dans son dos.
- C'est pour toi, mon Ange… Ceci t'appartient!

À la lueur des flammes, je vis mon précieux coffret briller dans ses mains.
- Comment t'as fait? Ah, mon Étoile! C'est formidable! C'est toute ma vie qui est dans cette boîte. Merci! Merci infiniment.
- Le destin a voulu qu'elle dérive jusqu'à nous!

J'ouvris le coffret et constatai que mon roman d'amour, que je lui avais dédié, n'avait pas résisté au naufrage. Je pris le cahier dans mes mains et lui offris en disant :
- Désormais, ce livre t'appartient, Marco. Je l'ai écrit pour toi. Les mots ont disparu, mais ton cœur saura y lire tout l'amour que j'y ai imprégné dans chacune de ces pages.
- C'est un magnifique présent, SoMauve. Je te remercie pour cet honneur que tu me fais. Je le lirai tous les soirs avec les yeux du cœur, car les mots, bien qu'illisibles, demeurent indélébiles.

Marco se leva et fouilla dans une poche de son pantalon en me demandant de tendre la main. Il y déposa un petit objet rouge.
- C'est pour toi, ma belle!

Je détaillai l'objet en question et réalisai avec stupéfaction qu'il s'agissait d'un petit cadenas. Marco vit mon air interrogateur et ajouta :

LA LISEUSE D'ÂME

- Le mien est attaché à un arbre sur le Chemin de l'Amour, en Italie. La Tradition veut que les amoureux scellent leur amour en attachant leurs cadenas ensemble, à un endroit connu d'eux seuls, sur le Chemin de l'Amour. Lorsque nous reviendrons en Italie, je te montrerai cet endroit afin que tu puisses venir fusionner ton amour au vœu que j'y ai formulé.
- C'est tellement romantique, Marco. Je suis impatiente de m'y rendre pour sceller notre amour pour l'éternité.

Au même instant, des images d'une autre époque affluèrent dans ma conscience à la vitesse de l'éclair. Tandis que Nayan finissait de remballer le campement, j'étais étendue sur ma natte et je fixais l'horizon, étranglée par les sanglots. Pourquoi avait-il fallu quitter notre famille? Les reverrais-je un jour? « Ne sois pas si triste p'tite sœur, je serai toujours à tes côtés, tu n'as rien à craindre », me réconforta Nayan en posant sa main sur mon épaule.

En transe, je me levai en me dirigeant lentement vers le rivage. Du bout des orteils, je sondai le sable et me penchai pour extirper un coquillage, dont les oiseaux en avaient manifestement fait leur festin. Cérémonieusement, je détachai les deux coquilles et regagnai la berge. Je m'approchai de Nayan et le regardai intensément dans les yeux. Des étincelles pétillaient dans mon regard et pénétraient dans les profondeurs les plus reculées du cœur de Nayan. J'exhibai les coquilles et déclarai :
  « Voici ta moitié! Voici la mienne! Ce sont les deux parties d'un tout provenant d'un même être. Conserve-la en tout temps et nos cœurs seront scellés et unis à jamais, telle une perle précieuse. »

Nayan encaissa avec émotion la puissance de ce serment d'alliance. Il releva la tête et déclara à son tour :
  « Tel est aussi mon désir le plus cher, p'tite sœur. »
Il porta la coquille au niveau de son cœur et prononça :
  « Que nos cœurs soient scellés et unis à jamais. »

LA LISEUSE D'ÂME

Marco qui s'inquiétait de me voir ainsi en transe m'avait prise par les épaules.
- Ça va bien, mon Ange? Qu'est-ce qui t'arrive, tu es tout en sueur?

Je repris mes esprits et saisis mon coffret. Je l'ouvris et contemplai les deux coquillages blancs qui gisaient au fond de la boîte. Ce pouvait-il que…

***

De retour de sa promenade, Nico nous trouva endormis sur le rocher. Il déposa une couverture chaude sur nos deux êtres enlacés, en chuchotant :
- Faites de beaux rêves, les jeunes!

Dans l'aube naissante, je fus réveillée par le cri strident d'une sterne. On pouvait encore voir les dernières étoiles disparaître dans le firmament qui s'empourprait. Une étoile brillait plus que toutes les autres, c'était Vénus. Marco venait de s'étirer et avait ouvert les yeux.
- Tu ne dors pas, mon Ange?
- Je viens tout juste de me réveiller. Tu vois cette étoile, Marco? dis-je en pointant du doigt le ciel.
- Oui, je la vois.
- Felipe, le vieux sage, qui avait entrepris ce voyage avec nous, nous a raconté de vieilles légendes Mayas à propos du Serpent à Plumes, connu aussi sous le nom de Quetzalcóatl. Ce dernier était le dieu de l'Étoile du matin, et son jumeau, Kukulkan, était le dieu de l'Étoile du soir. Cette étoile est en réalité la même, c'est Vénus, la sœur jumelle de la Terre. Bientôt, nous assisterons au retour du Serpent à Plumes.
  Il viendra de par la mer sous la forme d'un grand Serpent de Lumière. Le but de notre expédition était d'accueillir ici même, à Tulum, le Serpent de Lumière, qui représente la

Kundalini de la Gaïa. Nous devions faciliter son arrivée sur le continent des Amériques…

Je lus dans son expression qu'il n'avait pas tout saisi, mais je savais que son âme en comprenait l'essence.
- Et qu'étiez-vous censés faire pour faciliter sa venue?
- Felipe avait parlé de tenir un rituel, une sorte de cérémonie, dans un lieu où s'élevait un temple perché sur une falaise plongeant dans la mer. Mais je n'ai aucune idée où est situé cet endroit, et encore moins de ce qu'il était convenu de faire lors de cette cérémonie.
- Je vois. Laissons-nous alors guider par l'Esprit du vent?
- Tu as peut-être raison. Laissons le vent nous inspirer notre voie.
- Quel était le but de votre expédition, à part lui faire un bon accueil?
- En réalité, la portée de cette mission dépasse mon entendement. Je t'expliquerai plus tard en quoi elle consiste, mais sache que la destination ultime du Serpent de Lumière se trouve dans les Andes, à un endroit nommé *Le Colosse des Amériques*. Mais à présent, je me sens seule et démunie face à cette mission qui m'apparaît insurmontable.
- Et moi, je suis là, mon Ange! Tu peux compter sur mon aide et mon soutien.
- Je sais, c'est très gentil de ta part, merci Marco.

Je m'étais abstenue de lui parler des risques que comportait cette mission. Je lui en parlerais une autre fois...
- Tu viens marcher sur la plage avec moi? me demanda Marco en me tendant la main.

Je me levai et pris sa main dans un élan de bonheur. Être à ses côtés transportait mon âme au septième ciel. J'étais si bien près de mon Étoile que je scintillais de joie.

***

LA LISEUSE D'ÂME

Tout en déjeunant, j'expliquai à Marco et au Capitaine le but de la mission que nous étions venus accomplir ici. Nico avait du mal à croire à une telle histoire, mais il proposa de nous accompagner, car c'était sans doute la plus incroyable aventure à laquelle il allait participer de toute sa vie. Après le repas, nous regagnâmes le voilier pour préparer nos bagages et faire le plein de vivres, en vue de notre expédition à la recherche du temple surplombant la mer.

De retour sur la terre ferme, nous marchâmes vers le sud en suivant l'Esprit du vent, comme nous l'avait suggéré Marco. Exténués, au terme d'une épuisante journée à marcher sous un soleil de plomb, nous plongeâmes dans la mer pour nous rafraîchir. Après un frugal repas, constitué d'olives, de noix et de galettes au miel, nous fîmes un feu et étendîmes nos couvertures pour y passer la nuit. Allongée face à cet océan d'étoiles, je me sentais bien petite. Marco s'était collé contre moi et dormait déjà. Nico, en retrait sous un arbre, ronflait à gorge déployée. J'allais m'endormir à mon tour quand des scènes se précipitèrent sur l'écran de ma conscience...

Nous avions repris la route. Des récifs escarpés ne permettaient plus de longer le littoral, nous allions devoir nous enfoncer un peu dans la jungle pour contourner l'obstacle. En réalité, ce n'était pas vraiment une jungle, mais un vaste marécage infesté de moustiques et autres bestioles. L'avancée était pénible. Nayan ouvrait la voie dans les marais en se frayant un chemin à travers un enchevêtrement de nénuphars géants, lorsque soudain, il lança un cri perçant :
    « Attention! Reculez! Vite, reculez! » hurla-t-il de toutes ses forces.
Comme nous allions rebrousser chemin, je vis Nayan s'effondrer en criant :
    « Ne vous arrêtez pas! Partez! Vite! C'est un nid de vipères... Il est déjà trop tard pour moi... »

Du coup, je devins hystérique et perdis toute contenance. Dans un élan de folie, je me dirigeai en direction de mon frère, bien décidée à le sortir de ce trou de la mort. Jamais je ne l'abandonnerais, jamais. Toute la force du désespoir m'avait rendue invincible. J'agrippai furieusement la main de Nayan et le délivrai de sa fâcheuse posture. Je le traînai à travers le marécage sur une bonne dizaine de mètres. Nayan se tordait de douleur, en proie à de violentes convulsions. À première vue, le diagnostic n'augurait rien de bon. Ses jambes enflées présentaient de multiples morsures. Le venin faisait déjà son œuvre, car tout son corps se mit brusquement à raidir. Umana proposa de retourner au village y chercher de l'aide et s'enfuit à la course. Je m'étais allongée auprès de Nayan en lui tenant fermement la main, répétant sans cesse :

« Tiens bon, p'tit frère! Tu dois rester en vie! Reste avec moi! J'ai besoin de toi! Je t'aime... »

Au village, Umana avait rassemblé le vieux sage et quelques hommes de main. Le petit groupe s'ébranla vers la côte, appréhendant le triste spectacle qui allait s'offrir à leurs yeux. Lorsqu'ils arrivèrent sur les lieux, ils furent paralysés et saisis par la beauté d'une pathétique scène. Allongé par terre, Nayan gisait inerte. Et moi, Ava, je reposais ma tête sur sa poitrine, la main de mon frère fermement enserrée dans la mienne. Il n'y avait plus de larmes, plus de douleurs, seule l'union sacrée de deux êtres enlacés pour l'éternité. Un silence et une paix indicibles enveloppaient l'air ambiant d'un manteau de sérénité. Même les oiseaux et les vagues s'étaient tus dans un moment de recueillement. Umana avait donné l'ordre de construire un radeau de fortune pour rendre nos corps à l'océan, dont nous étions éperdument épris. Ainsi, nous rentrerions chez nous dans l'immensité bleutée de notre nouvelle liberté. Personne ne sut quelle sorte de pacte nous avions conclu entre nous par-delà le voile, mais la profondeur de notre alliance nous avait fait naître et mourir ensemble. Je vis Umana retirer délicatement les deux coquillages coincés entre nos mains. Elle les bénit et les déposa, un sur mon cœur et l'autre sur le cœur de Nayan. Ainsi, nos cœurs resteraient scellés et unis à jamais, telle une perle précieuse.

LA LISEUSE D'ÂME

Les scènes refluèrent au large de ma conscience, et je sombrai dans une faille entre deux vies.

***

Dès l'aurore, nous avions repris la route. Marco ouvrait la marche alors que je bavardais avec Nico. Il me demandait comment on ferait pour trouver le temple surplombant la mer, d'autant plus que l'on ne disposait d'aucune indication précise à cet effet. Je lui expliquai que je ne pouvais situer son emplacement sur une carte, mais en revanche, je l'avais vu dans une de mes visions et je saurais le reconnaître immédiatement. Notre avancée fut stoppée par de larges récifs de corail qui nous empêchèrent de longer le littoral, si bien que Marco avait bifurqué dans les terres. En contournant les récifs, nous débouchâmes dans un vaste marécage infesté de moustiques. Marco s'enfonçait droit devant dans les marais, lorsque tout mon corps se raidit, en état d'alerte. D'une voix puissante et ferme, je hurlai de toutes mes forces :
- Marco! Arrête-toi! N'avance plus d'un pas, je t'en prie.
- Qu'est-ce qu'il y a, ma belle?
- Pas un pas de plus, tu m'entends! ordonnai-je sur un ton autoritaire.
- C'est bon, je reviens sur mes pas, inutile de t'emporter.

Au même instant, Marco entendit siffler dans son dos un concert de sons aigus à glacer le sang.
- Ne te retourne pas Marco! Cours! Vite!

Marco fonça vers nous à grandes enjambées. Arrivé à ma hauteur, il se jeta dans mes bras, à bout de souffle et tremblant d'effroi. Nico qui ne comprenait pas ce qui se passait nous regardait l'air ébahi. Marco releva la tête, encore sous le choc.
- Comment t'as deviné? demanda-t-il, haletant.
- Une sensation de déjà-vu...
- Tu m'as sauvé la vie, tu sais. Un pas de plus et je mettais le pied dans un nid de serpents. J'en tremble encore juste à entendre ces sifflements morbides.

LA LISEUSE D'ÂME

- De toute évidence, jeune fille, vous êtes une vraie sorcière, me lança Nico qui n'en revenait tout simplement pas.

Nous reprîmes notre marche en silence, mais cette fois-ci, c'est moi qui ouvrais la voie, tentant de sentir dans le vent la direction à suivre. Au bout d'un moment, nous pûmes trouver un sentier nous ramenant vers la côte. Une longue plage de sable blanc s'étendait devant nous. Nico proposa de faire une pause pour prendre une collation. Cela n'était pas pour nous déplaire. Il nous servit des fruits et du fromage que nous avalâmes goulument. Restaurés, nous poursuivîmes notre route, sur cette plage qui nous paraissait infinie, jusqu'au soleil couchant. Fourbus et écrasés par la chaleur, nous nous arrêtâmes pour établir le campement afin d'y passer la nuit. Marco se dévêtit et je fis de même. Au pas de course, nous nous jetâmes dans les vagues déferlantes. Nico vint nous rejoindre. Comme des enfants, nous nous amusâmes dans la mer à faire pirouettes et acrobaties pendant une bonne demi-heure. De retour sur la plage, nous nous étendîmes sur nos couvertures et relaxâmes en silence, chacun savourant ces instants de pur bonheur. Pour la première fois depuis des années, j'avais le sentiment de retrouver une vraie famille, une nouvelle famille. Nous formions un étrange trio d'âmes esseulées, pour qui la solitude avait été notre principale compagne au cours de notre vie. Mais aujourd'hui, à voir les sourires radieux de mes amis et la joie qui gonflait nos cœurs, je savais que nous ne serions plus jamais seuls.

***

Base des Z.

- Chef!
- Qu'est-ce qu'il y a?
- C'est à propos de la jeune fille…
- Le plan a fonctionné? Ils ont réussi à l'éliminer?
- Je crains que non…

- Comment ça, vous craignez? Ils ont accompli leur tâche, oui ou non?
- Non… Elle est encore vivante.
- Comment est-ce possible?
- La jeune fille s'est souvenue et elle a fait échouer notre plan.
- Décidément, elle est plus forte que je ne le croyais. Où en est l'avancée du Serpent de Lumière?
- Il atteindra Tulum cette nuit, s'il progresse à la même vitesse. Que comptez-vous faire?
- J'ai mon plan, elle n'y pourra rien. Nous nous occuperons d'elle ensuite.
- Le Maître sera d'accord avec cette décision?
- Au point où nous en sommes, il n'aura pas le choix. De toute façon, si j'allais lui annoncer que nous avons échoué dans notre deuxième tentative d'éliminer la fille, c'est moi qu'il éliminera. Alors, aussi bien prendre les devants et agir avant qu'il ne soit trop tard. Venez, suivez-moi que je vous explique ce que vous devrez faire.

***

Marco et moi étions blottis l'un contre l'autre, admirant le feu qui dansait dans la nuit. Nico s'était assoupi sur sa couverture. Je rompis le silence qui me pesait. Je me devais de tout lui avouer.
- Marco, je dois te confier quelque chose.
- Je t'écoute, ma belle.
- Avant-hier, j'ai rêvé… Enfin, pas exactement… Je me suis plutôt souvenue de cette vie, à l'époque Maya, où nous fûmes ensemble, toi et moi.

Je me penchai et pris dans mes mains mon coffret à souvenirs. Je l'ouvris et récupérai ce que je cherchais.
- Tiens Marco, voici ta moitié, elle t'appartient! Quant à celle-ci, c'est la mienne.
- Je te remercie SoMauve, murmura-t-il en détaillant les coquillages blancs.
- En souvenir de nous…

LA LISEUSE D'ÂME

Il leva la tête, plissa les yeux, comme pour essayer de lire à travers moi.
- Ava?
- Oui, c'est bien moi, Nayan.

Je lus sur son visage que de lointains souvenirs venaient de refaire surface. Alors qu'il appréciait les scènes qui affluaient dans son esprit, je pris sa main dans laquelle il avait le coquillage et la montai au niveau de son cœur. Il se mit soudainement à pleurer.
- Oh, p'tite sœur… ça fait si longtemps…

Nous nous sautâmes dans les bras l'un de l'autre, fous de joie de nous retrouver après une si longue attente… Près de 500 ans…

Je n'avais jamais voulu le faire auparavant, mais cette fois-ci je me suis permise de lire ce que son âme avait à me dire. De cette communion d'âmes, nous pûmes voir nos deux êtres s'élever ensemble dans le bleu du ciel et contempler nos dépouilles étendues sur un radeau, chacune portant un coquillage blanc sur son cœur. Ensuite, le Grand-Prêtre, qui était notre grand-père, nous accueillit par-delà le voile et nous expliqua notre future mission.

> « Bienvenue mes petits-enfants! Je connais ce lieu où vous vous trouvez présentement. Ma conscience vous y a rejoints, car elle s'abreuve à la Source de toute vie. Vous n'êtes pas réellement morts, voyez-vous? Oh, que non! Sachez que tout ce qui se déroule actuellement a été méticuleusement orchestré par chacun de vous. Vous faites partie de la Grande Famille où tout est lié à tout. Vous vous demandez maintenant quel sera votre rôle de ce côté-ci du voile? Eh bien, permettez-moi de vous annoncer que votre tâche jouera un rôle capital dans votre destinée passée et future. Vous en êtes les créateurs, je ne fais que raviver votre mémoire. Vous êtes des précurseurs, des agents facilitant la transition sur cette Terre aux périodes de passage importantes. D'époque en époque, vous vous êtes

réunis à des moments critiques pour poursuivre l'avancée du Grand Plan. Tels des catalyseurs de changements, prêts à concevoir un nouvel ordre des choses lorsque la conscience humaine commence à s'ouvrir. Votre rôle est d'être les pierres qui pavent les routes de l'évolution, d'être une fraction en avance sur votre temps… Tout est inscrit en vous de façon indélébile depuis la nuit des temps. Il faudra cependant réactiver les codes de mémoire inscrits dans votre ADN pour vous rappeler votre véritable identité divine. De par votre prédisposition à maîtriser les corridors du temps, vous jouerez un rôle central et névralgique dans la reconnexion des différentes parties de vous existant en d'autres temps. Ce sera un rôle clé pour vous, car en ce moment se prépare, dans l'un de vos futurs potentiels, le plus grand événement que connaîtra la Terre : l'Heure de la Redécouverte, l'Heure de l'Ascension. L'Heure après le Douze, celle sonnant le glas de l'éveil de la conscience humaine. Soyez vigilants, car une époque du passé ressurgira et tentera de faire obstacle à la Nouvelle Énergie qui s'installe. C'est le passé hantant le futur. C'est l'ultime effort de l'ancienne énergie pour contrer la Nouvelle Effusion de Lumière. Permettez-moi de vous rappeler qu'on ne se quitte jamais, car nous sommes toujours là, présents, bien que dans d'autres dimensions. Recevez, mes chers enfants, tout mon Amour. Tout ira bien, faites confiance à la Vie… »

Son regard bleu profond se dissipa lentement et le silence plana. Chacun de nous fouillant dans les tiroirs de ses vies passées. L'étreinte de nos âmes nous permit de voir qui nous avions été au fil du temps. Dans la vie qui précéda celle d'Ava et Nayan, j'étais Joshua et je foulais la Terre à l'époque de Jésus, alors que Marco était mon grand-père Jacob, le sage de notre petite communauté essénienne. Dans la vie qui suivit celle d'Ava et Nayan, j'étais Aigle Bleu, fils d'Étoile Filante, le chaman de notre village amérindien, situé dans les Montagnes Bleues. À cette époque,

LA LISEUSE D'ÂME

Marco vivait sous les traits de Pétale Blanche, celle qui guérissait par les plantes et qui était la meilleure amie de ma femme, Belle Rivière. Dans la vie suivante, je naquis sous l'identité de Simon, et Marco vint me rejoindre plus tard sous les traits de Maude, ma filleule. Puis soudain, l'écran de nos âmes se brouilla et nous n'étions plus en mesure de voir aucune autre scène. Ce brusque arrêt du film de nos vies nous bouleversa. Comme si l'on avait voulu nous empêcher de voir quelque chose. Mais très rapidement, je compris l'objet de mon malaise intérieur. Un inexplicable mystère venait de frapper ma conscience de plein fouet. Je lus dans les yeux de Marco cet air incrédule qui semblait me dire : Comment est-ce possible ?

***

Je me réveillai au milieu de la nuit en proie à une grande frayeur. Je me levai brusquement et partis à courir sur la plage en direction de la falaise qui s'élevait dans le lointain. Les reflets de la lune guidaient mes pas, quand soudain, une voix s'immisça dans mon esprit :
   « C'est maintenant! Tu dois intervenir tout de suite, avant qu'il ne soit trop tard. »
Je crus reconnaître la voix d'Ava.

Sans perdre un instant, je fis face à la falaise et criai avec une telle fureur que tout mon corps sembla se dilater sous l'onde de résonance. J'avais hurlé un ordre dans une langue que je ne connaissais pas, mais qui paraissait chargée de symboles géométriques, telle une onde-pensée dirigée à la vitesse de la lumière. Marco et Nico qui m'avaient entendue accouraient vers moi, aussi paniqués l'un que l'autre. Lorsqu'ils arrivèrent à mes côtés, une déflagration gigantesque se fit entendre, alors qu'un rayon lumineux provenant du ciel s'abattait sur la falaise, la pulvérisant instantanément. Abasourdis par la puissance de cette mystérieuse explosion, nous avions bouché nos oreilles et gardé les yeux ouverts pour contempler ce spectacle inimaginable. Il ne

restait plus rien de la falaise d'où jaillissait une immense colonne de fumée noire.
- Que s'est-il passé? s'inquiéta Marco, encore sous le choc.
- Je n'en sais trop rien, répondis-je encore en transe.
- Mais qu'est-ce qui t'a pris de hurler à tue-tête? À qui t'adressais-tu?
- Au Serpent de Lumière…
- Au Serpent de Lumière? répéta-t-il, ahuri.
- En fait, une voix m'a réveillée tout à l'heure et elle m'a ordonné de le faire.
- De faire quoi?
- D'intervenir avant qu'il ne soit trop tard. Et soudain, j'ai eu l'impression que je parlais le langage du Serpent de Lumière et que je devais l'avertir du danger qu'il courait. Je ne sais pas exactement l'ordre que j'ai prononcé, mais je devais stopper son avancée.
- Ma foi, ça ressemble drôlement à l'ordre que tu m'as lancé juste avant que je ne tombe sur le nid de serpents.
- Tu as peut-être raison Marco. Tu sais, ce rayon venu du ciel qui a foudroyé la falaise… Eh bien, c'est aussi une sensation de déjà-vu.
- Quoi? Tu as déjà vu un spectacle aussi surnaturel?
- Oui… lorsque j'étais en Italie. J'ai eu une vision où des gens étaient rassemblés autour d'un grand temple, niché sur une falaise qui dominait la mer. Un prêtre paraissait implorer le ciel quand, tout à coup, une colonne de feu descendue du ciel s'abattit sur le temple, le réduisant en poussière.
- Et ensuite, que s'est-il passé?
- C'est tout ce que j'ai vu, malheureusement.
- Si tes visions sont justes, il faut croire que le temple que l'on cherchait vient de disparaître sous nos yeux, conclut Marco.
- Ne sautons pas si vite aux conclusions, intervint Nico. Allez, retournons au campement faire nos bagages. Nous partirons dès l'aube, on verra bien ce qu'il en reste de ce temple.

***

LA LISEUSE D'ÂME

Quartier général des Z.

- Mais vous êtes complètement fou! Je vous avais dit d'éliminer la fille, pas de pulvériser le Serpent de Lumière!
- On n'avait pas le choix, Maître. Les serpents n'ont pas pu faire leur travail, la fille a flairé le piège.
- Cessez vos excuses! Je vous avais demandé d'être discret, car il ne fallait pas se faire repérer. Maintenant, ils sauront que nous sommes de retour et se méfieront. Pire encore, si les Frères des Étoiles en sont informés, cela risque de nous compliquer la tâche. Par votre intervention insensée, nous venons de déclarer la guerre aux humains.
- Mais les humains sont une espèce faible et facilement manipulable, et avec tout notre savoir technologique, ils n'ont aucune chance, vous le savez bien.
- Et vous, ce que vous ne savez pas, c'est qu'ils ont des gardiens qui veillent sur eux, et leur pouvoir a bien failli anéantir complètement notre espèce, il y a près de 13 000 ans. Gardes! Débarrassez-moi de ce traître et donnez-le en pâture aux clones.
- Maître! Je vous en supplie, je suis à votre service depuis des siècles. J'ai toujours été loyal envers vous.
- Assez! Vous avez commis une erreur impardonnable que vous paierez de votre vie. Disparaissez de ma vue!

***

Arrivés au pied de la falaise, qui n'existait plus, nous constatâmes l'ampleur de cette force qui avait tout dévasté. Un immense cratère, qui fumait encore, s'ouvrait dans la terre comme une plaie géante. Des débris de pierres et des restants de végétation s'étaient amoncelés sur la plage et jusqu'en eau profonde, à la manière d'un éboulis. Nous fouillâmes les décombres à la recherche d'un indice de l'existence du temple sur cette falaise, voire même, de cadavres de personnes s'y trouvant au moment de l'impact. Alors que Marco et Nico retournaient les pierres, tout mon être se mit à vibrer différemment. J'avais la sensation que des courants d'énergie en provenance des entrailles de la Terre s'élevaient dans mon corps, telles des flammes brûlantes. Puis, je sentis les courants tourbillonner et se disperser dans l'espace environnant. Intuitivement, je compris que nous étions sur le site du temple de Tulum. Je me rappelai les propos de Felipe qui évoquait que les sites sacrés, tel que Tulum, sont toujours érigés dans l'axe de convergence des méridiens de la Terre, qui en font ainsi des foyers d'énergie d'une puissance inouïe. L'attaque avait été dirigée au cœur de ce foyer qui, maintenant, ne parvenait plus à condenser les énergies qui s'éparpillaient, comme un cœur se vidant de son sang. Qui pouvait bien être à l'origine de cette destruction ciblée?

- Venez par ici! hurla Marco qui se tenait sur un tas de débris.

Nous nous précipitâmes en sa direction, alors qu'il dépoussiérait un bloc de pierre.
- Regardez! Il y a quelque chose de gravé. On dirait un serpent à tête d'oiseau.

En voyant la forme sculptée dans la pierre, je sus instantanément de quoi il s'agissait.
- C'est Kukulkan, le Serpent à Plumes que l'on retrouve sur les sites sacrés. Ce qui confirme que nous sommes bien sur le site du temple de Tulum.
- Feu temple de Tulum, intervint Nico.

Derrière nous, un cortège de personnes, en costume de cérémonie, surgit comme par enchantement. Un vieil homme au visage buriné et aux yeux d'un bleu profond s'avança vers nous. Je le reconnus aussitôt. C'était le Grand Prêtre qui nous avait accueillis, Nayan et moi, lorsque nous avions franchi le voile de l'au-delà. Des prêtresses vêtues de longues robes blanches l'accompagnaient. Le son de sa voix retentit dans notre esprit, bien qu'il n'eût pas remué le moindrement les lèvres.

LA LISEUSE D'ÂME

« Bienvenue chers petits-enfants, nous vous attendions. Merci d'être venus accomplir votre partie du Grand Plan. Toutefois, les choses devront se passer différemment de ce que nous avions imaginé. Vous vous souvenez de la mise en garde que je vous ai faite jadis, à savoir qu'une époque du passé ressurgirait pour tenter de faire obstacle à la Nouvelle Énergie qui s'installe. C'est le passé hantant le futur, avais-je dit. Aujourd'hui, je dirais plutôt que c'est le passé ayant rattrapé le présent. Ils sont de retour pour achever leur Plan de Domination sur l'espèce humaine. En enrayant la course du Serpent de Lumière de la Gaïa, les humains ont peu de chance d'élever leurs vibrations afin d'être en mesure de briser ce cycle karmique de soumission, maintenu en place par les Reptiliens. »

- Vous parlez des Z? demandai-je.

« C'est exact. Ils feront tout pour stopper la course du Serpent de Lumière, quitte à vous éliminer. Vous êtes à même de constater l'ampleur des dégâts aujourd'hui en voyant notre temple sacré en ruines. »

- Notre mission a-t-elle échoué, alors?

« Non, mais elle est sérieusement compromise. Vous devez trouver le moyen de réénergiser le Serpent de Lumière. En principe, il devait s'abreuver d'énergie ici, avant de reprendre sa course vers sa destination ultime. »

- Comment doit-on s'y prendre pour réénergiser le Grand Serpent, si on ne peut plus compter sur ce site sacré?

« Ça, c'est à vous de trouver la solution. Je ne peux pas vous donner la réponse, sans intervenir dans votre liberté de choix. Je ne peux que vous inspirer. Soyez à l'écoute des signes. Et surtout, soyez vigilants et très prudents. Recevez tout mon amour. Faites confiance à la Vie... »

Son regard intense nous foudroya sur place. Puis tout le petit cortège disparut comme par magie.

***

Nous avions erré tout l'après-midi aux alentours des restes du temple, ne sachant quelle direction prendre. Le soir venu, assise devant le feu, je me rappelai une conversation lors de laquelle Felipe nous avait mentionné que le Serpent de Lumière aurait à franchir neuf pays, avant d'atteindre sa destination ultime. Mis à part le Mexique et l'Argentine, je ne me souvenais pas des autres pays en question. Le trajet qu'il avait tracé sur une carte reposait désormais au fond de l'océan, avec les corps de mes amis. Katrina me manquait beaucoup. Sans elle, jamais je ne serais sortie de mon île perdue. Marco perçut mon état d'âme et me prit la main en me souffla à l'oreille :
- Tu n'es plus seule maintenant, je suis là!

Je lui souris et posai ma tête sur son épaule. Je m'étais assoupie lorsqu'une force invisible m'attira dans son sillage. Je me sentis transportée le long d'une ligne d'énergie à la vitesse de la lumière. Puis soudain, j'entrai dans un vaste réseau de veines qui s'enchevêtraient et semblaient s'enrouler autour d'une source lumineuse qui palpitait comme un cœur. Je fus aspirée dans son vortex et je m'élevai au centre d'une montagne, avant d'être expulsée comme de la lave en fusion. Du haut du ciel, je vis des pics rocheux recouverts de végétation, ainsi que les vestiges d'un fabuleux site, enchâssé dans un paysage montagneux spectaculaire. Le Grand Prêtre et d'autres personnes en habits de cérémonie tendaient les mains vers le ciel en chantant.

Le feu avait rendu l'âme lorsque je me réveillai en sursaut. Marco dormait à mes côtés. Sans faire de bruit, je me levai et me laissai

guider en direction de la ligne de force que je sentais pétiller sous mes pieds. Je n'avais pas fait cent mètres que Marco déboula derrière moi.
- Qu'est-ce que tu fais, SoMauve?
- J'ai trouvé la direction qu'il faut prendre.
- Ah oui? Comment t'as eu cet éclair de génie?
- Le Grand Prêtre... Il est venu me visiter dans mes rêves et il m'a montré l'endroit où nous devons nous rendre.
- Et c'est où cet endroit?
- Je ne sais pas, mais c'est un endroit montagneux en pleine jungle.
- Comment sais-tu alors quelle direction prendre, si tu ne sais même pas où est situé cet endroit?
- Je me suis souvenue de ce que Felipe avait dit à propos des sites sacrés, c'est qu'ils sont tous reliés entre eux par une ligne maîtresse d'énergie. Donc, en suivant cette ligne de force, on trouvera le prochain site.
- Et comment fait-on pour repérer cette ligne de force?
- Nous sommes présentement juste au-dessus d'elle.
- Comment le sais-tu? demanda Marco, stupéfait.
- Je la sens pétiller sous mes pieds. Il ne nous reste plus qu'à suivre sa trajectoire.
- Tu es formidable, tu sais!
- Arrête, tu vas me faire rougir...
- C'est bon, j'arrête, mais n'empêche que tu es fantastique...

Je lui fis un clin d'œil coquin, et il me prit par la main en m'entraînant à sa suite.
- Ça te plairait de faire une promenade sous les étoiles?

J'acquiesçai en lui souriant. Nous marchâmes sur la plage, main dans la main. Marco s'arrêta sur une pointe sablonneuse et m'enlaça dans ses bras. La nuit était chaude et humide et invitait aux rapprochements. Je laissai ses mains effleurer mon corps pour la première fois. Un courant électrique me parcourut l'échine et tout mon être voulut se fondre en lui. Nos vêtements glissèrent sur le sable. Face à face, entièrement nus, nous contemplions nos corps dans la lumière éthérée d'un croissant de lune. Sa peau était lisse et douce, dépourvue de pilosité. Je posai ma tête sur sa large poitrine et écoutai les battements de son cœur s'accélérer. Je sentis son souffle chaud dans mon cou. Je relevai la tête et approchai mes lèvres des siennes. Nous nous embrassâmes langoureusement, tout en nous laissant choir sur le sable, dans les bras l'un de l'autre. Nos regards se croisèrent, nos âmes se confièrent. Nos corps se rapprochèrent, nos cœurs fusionnèrent. Je sentis sa chaleur sur mon ventre, et je m'ouvris comme les pétales d'une rose accueillant les rayons du soleil. Doucement, il se glissa en moi. Je ressentis un délicieux vertige, aussitôt suivi d'une décharge de sensations sublimes qui s'emparèrent de tout mon être. Le sentir en moi me fit éclater d'extase. Le rythme de notre chevauchée céleste s'accéléra, et nos corps de lumière s'interpénétrèrent pour ne faire qu'un soleil éblouissant. Dans une poussée sans retenue, il fit éruption dans mon calice vierge et exalté. Nos sucs en fusion se mélangèrent et nous goûtâmes chacun au ciel de l'autre. Des saveurs pleines d'étoiles dans la bouche, nos lèvres se dévorèrent entre elles et nos yeux se caressèrent du regard, jusqu'à se perdre dans l'infini. À l'unisson, nos âmes en transe regagnèrent doucement la Terre, dans un océan de félicité. Nous restâmes enlacés, l'un dans l'autre, attendant que l'aube nous borde de sa tendre lumière.

Au petit jour, nous étions deux personnes différentes. Nous venions de laisser derrière nous nos enfances marquées au fer de la solitude. J'étais devenue une femme, et lui, un homme. Et ensemble, nous ne serions plus jamais seuls. Nos essences s'étaient amalgamées pour ne former plus qu'un seul être.

Marco se tourna vers moi et me regarda dans les yeux.
- Je t'ai cherchée si longtemps, mon Ange... J'ai rêvé si souvent à toi, ma belle, mais jamais je n'aurais imaginé que cela puisse être aussi merveilleux de m'abandonner dans tes bras. Depuis que tu es entrée dans ma vie, il n'y a plus de vide en moi. Je suis plein de toi, et cela me comble au plus haut point.

LA LISEUSE D'ÂME

Il marqua une pause, puis enchaîna :
- C'était ta première fois, toi aussi?
- Oui, Marco. Et une première que je n'oublierai jamais, tellement ta douceur m'a conquise… tellement ta chaleur m'a fait fondre… tellement ton amour a saturé tout mon être. Je t'aime Marco…
- Moi aussi, je t'aime SoMauve…

***

Lorsque nous sommes revenus au campement, Nico préparait le petit déjeuner. Quand il nous a vus, il n'a pu s'empêcher de laisser échapper un commentaire :
- Ah, l'amour! Comme c'est beau de vous voir…

Marco s'est tourné vers moi et m'a embrassée tendrement.
- C'est ce que je disais! Ravi de vous voir aussi rayonnants, ajouta Nico.

Pendant le repas, j'expliquai à Nico la route invisible que nous devrions suivre pour atteindre le prochain site sacré. Je lui décrivis l'endroit que j'avais vu dans mes visions, quand soudain, le visage de Nico s'éclaira.
- Je crois savoir quel est cet endroit! J'ai déjà vu ce site dans un vieux magazine. C'était d'une beauté à couper le souffle. Je ne me rappelle pas du nom de l'emplacement, mais en revanche je me souviens très bien que c'était au Pérou.
- Au Pérou? marmonna Marco. Et c'est loin d'ici?
- Attendez-moi un instant, dit Nico en se levant d'un bond.

Il revint avec un sac contenant diverses cartes. Il en déplia une devant nous.
- Vous voyez, nous sommes ici, en pointant un endroit sur la carte. Là-bas, c'est le Pérou.
- C'est drôlement loin, s'étonna Marco.

LA LISEUSE D'ÂME

- Il faudra traverser le Guatemala, le Honduras, le Nicaragua, le Costa Rica, le Panama, la Colombie... Bref, c'est à des milliers de kilomètres d'ici, ajouta Nico.
- Des milliers de kilomètres, vous avez dit?
- Oui, ma belle... des milliers de kilomètres!
- Ouf! Et on est encore loin d'être arrivés à notre destination finale. Combien de temps estimez-vous que cela prendra pour se rendre en Argentine, au pied du Colosse des Amériques?

Nico examina la carte attentivement en soupirant.

- Difficile à dire, mais cela prendra certainement des mois, voire une année peut-être, si on s'y rend par voie terrestre en suivant la ligne de force.
- Mais je ne dispose pas de ce temps-là devant moi!
- Combien de temps alors?
- Je ne sais pas exactement, mais le temps presse.
- Alors, il faudra changer nos plans, rétorqua Nico. Nous prendrons la mer avec mon voilier. Nous y parviendrons peut-être à temps. C'est la seule solution.
- Vous plaisantez? Regardez la carte, pour s'y rendre il faut contourner toute l'Amérique du Sud. C'est un sacré trajet.
- Mais non, on ne fera pas le grand tour!
- On fera quoi, alors?
- On va passer par le canal...
- Le canal?
- Oui, le canal de Panama! Tout bon marin le connaît.
- Sauf que... nous devions suivre la ligne tellurique d'énergie qui nous relie au site sacré, alors comment fera-t-on pour trouver son emplacement si on est en mer?
- Tu as réussi à décrire l'endroit que tu as vu dans tes visions. Tu sauras le reconnaître en le voyant. Et si c'est bien le site que j'ai vu dans le magazine, on n'aura qu'à demander aux gens du pays. C'est un endroit sûrement très connu.
- Je crois que Nico a raison, mon Ange. Le bateau sera beaucoup plus rapide, à moins que tu ne saches voler!
- Pas encore, mais ça viendra!

LA LISEUSE D'ÂME

Le petit déjeuner terminé, nous remballâmes le campement et nous prîmes la direction de la petite crique où nous avions ancré notre voilier. Nous marchions derrière Nico, qui avançait d'un bon pas, lorsque Marco me posa une question.
- Je ne veux pas être indiscret, mais j'aimerais savoir si tu as eu d'autres personnes dans ta vie avant moi, un amoureux, un petit ami peut-être…
- Non Marco, j'ai vécu en solitaire. De toute façon, je n'aurais jamais pu être en relation, et sûrement personne n'aurait voulu de moi.
- Tu plaisantes, j'espère? Qui n'aurait pas aimé t'avoir dans sa vie!
- Personne n'aurait apprécié une fille comme moi.
- Impossible! Tu es une fille fantastique, une perle rare, et qui a des pouvoirs en plus!
- C'est justement ça…
- Je ne comprends pas.
- Je suis en mesure de lire l'âme des choses, des lieux, de la Terre et même…
- Des gens, c'est ça? enchaîna-t-il sur un ton sarcastique.
- Oui… Je voulais t'en parler, mais j'avais peur de te perdre, tu sais.

Marco garda le silence, ses pensées se bousculaient dans son esprit.

- Comme ça, tu sais à quoi je pense présentement! Tu peux lire en moi comme dans un livre ouvert. J'avoue que c'est un peu intimidant de se sentir complètement nu devant toi!
- Je ne l'ai pas fait avec toi, enfin, qu'une seule fois sans ton consentement. Celle où je t'ai vu la première fois sur le quai en Italie. J'ai vu ce que dégageait ton âme et cela m'a suffi. Je ne suis pas une voyeuse, et je te respecte trop pour m'immiscer dans ton univers intime. Je le ferai que si tu m'y invites. Je n'userai jamais de ce pouvoir pour assouvir ma curiosité ou pour découvrir les secrets des gens. Si l'on a un don, ce dernier doit servir le bien, sinon celui-ci se retournera

contre nous. Alors, est-ce que tu veux encore d'une sorcière comme moi?
- Mais bien sûr que si! Je t'aime tel que tu es et j'ai confiance en toi.
- Hé, les jeunes! Qu'est-ce que vous faites? À ce rythme-là, on n'y sera pas avant la tombée de la nuit.

Nous pouffâmes de rire en accélérant le pas pour rejoindre Nico. Nous passâmes l'après-midi à inspecter le voilier et à préparer notre expédition pour le Pérou. À la suggestion de Nico, nous passerions une dernière nuit ici avant de prendre le large à l'aurore. La proposition nous enchanta. Pouvoir nous retrouver dans notre repaire secret une dernière fois, c'était tout ce que l'on souhaitait.

***

- Maître, le Serpent de Lumière a repris sa route, il s'enfonce au sud-ouest du continent. Et la fille est toujours en vie. Que fait-on maintenant?
- Vous allez mettre cette fille hors d'état de nuire. Ne soyez pas aussi stupide que votre prédécesseur. Je ne veux pas de bavures cette fois-ci, vous me comprenez? Trouvez un moyen de nous en débarrasser, mais soyez discret. Ne la tuez pas tout de suite, elle pourra peut-être nous servir plus tard de monnaie d'échange.
- Oui Maître, à vos ordres.

***

Nico avait décidé de dormir sur le voilier, alors que Marco et moi avions choisi d'aller nous étendre sur notre rocher fétiche. Marco avait allumé un feu. Serrés l'un contre l'autre, nous contemplions la danse des flammes.
- Comment t'as su que tu avais ce don? Je suis curieux de savoir, me demanda Marco.
- Je me suis rappelée, c'est tout.

LA LISEUSE D'ÂME

- Tu t'es rappelée de quoi?
- De mes autres vies. J'ai d'abord réalisé que j'étais capable de lire en mon âme et de me souvenir de mon passé, de mes origines.
- C'est fabuleux. J'aimerais aussi en être capable.
- Tu le peux, toi aussi. Tout le monde le peut. J'aimerais te confier une chose importante.
- Vas-y, je t'écoute.
- Marco... Je ne suis pas qu'une femme...
- Je sais... Tu es un Ange, ma belle!
- Ce que j'essaie de te dire... c'est que je ne suis pas exclusivement de sexe féminin.
- Tu es quoi, alors? s'étonna-t-il les yeux ronds.
- Marco, cesse de me regarder comme si j'étais une extra-terrestre! Ce que j'ai à te dire est de la plus haute importance.
- Excuse-moi, tu peux poursuivre.
- Lors de ma dernière vie, j'ai accompli ce qu'on appelle la réunification ultime.
- Ce qui veut dire...
- À l'origine, au début des temps, nous étions tous des êtres de lumière. Puis un jour, nous avons décidé d'explorer la vie sous d'autres formes jusqu'à nous incarner dans un corps humain. Lorsque nous avons quitté notre corps de lumière, notre être s'est scindé en deux pôles, l'un masculin, l'autre féminin. Et nous avons vécu de très nombreuses vies à la recherche de notre âme sœur, de notre autre partie. Comme chaque être humain d'ailleurs, tout le monde est en quête de sa flamme jumelle. C'est le but de la réunification ultime, retrouver son autre partie et fusionner pour redevenir qu'UN. Pour ne faire qu'un être ayant intégré les deux pôles, féminin et masculin, en parfaite harmonie. C'est pourquoi, je ne suis pas qu'une femme, pas qu'un homme, mais les deux, retrouvant ainsi ma condition d'origine.
- C'est merveilleux! Mais moi, je ne suis qu'un pauvre homme...
- Non, Marco. Tu es comme moi... Je l'ai lu en ton âme.

LA LISEUSE D'ÂME

- Tu rigoles, c'est ça?
- Pas du tout. C'est pourquoi les autres garçons ne m'attiraient pas. Je ne vibrais pas sur la même longueur d'onde qu'eux. C'est la raison de notre coup de foudre instantané. Notre rencontre n'est pas le fruit du hasard.
- Wow! Je n'arrive pas à le croire. Mais c'est vrai qu'aucune femme ne m'a fait vibrer comme toi.
- Et tu sais quoi, le meilleur est à venir! Si retrouver sa flamme jumelle était le but de nos vies antérieures, maintenant que nous sommes libérés de cette quête, nous pourrons partager ensemble l'alliance de deux êtres réunifiés. Nous pourrons alors vivre un amour inconditionnel, sans frontières et sans limites. Un amour où le manque et le besoin n'auront plus leur place, car nous ne serons plus jamais seuls. Nous serons un, toi et moi. Nous vivrons un amour libre. Un amour libéré de toutes tentatives de séduction et de manipulation, car il n'y aura rien ni personne à conquérir ou à posséder, puisqu'étant déjà complets en soi, nous sommes déjà comblés. Avant que les deux pôles de nos êtres se soient harmonisés, l'amour était basé sur les émotions qui siégeaient au niveau du plexus solaire. Maintenant que nous avons unifié nos flammes jumelles, l'amour que l'on expérimentera se situera un étage plus haut, soit dans l'espace du cœur, où l'horizon de notre relation s'étalera à l'infini.
- Époustouflant! Comment sais-tu tout ça?
- Je te l'ai dit, je me suis souvenue de mon passé... et de mon futur...
- Moi, je ne me souviens de rien... dit-il en baissant les yeux.
- C'est faux, tout est en toi. Ne cherche pas les souvenirs dans ta tête, tout est inscrit dans ton âme.
- Mais je ne sais pas lire les âmes, moi!
- Oh, que si. Ne m'as-tu pas appelé Ava, la première fois qu'on s'est retrouvés sur ce rocher?
- Ça m'est venu comme ça à l'esprit, une pure intuition, je suppose.

- Voilà! C'est ce que je disais. L'intuition est le langage que l'âme prend pour te parler. Cela se situe au-delà du savoir de l'intellect. Quand tu sentiras ton âme te parler, ne ferme pas la porte en écoutant ta raison, car celle-ci repose sur la logique, qui est du domaine de l'intellect.
- J'ai l'impression d'avoir raisonné toute ma vie, d'avoir pensé avec ma tête à chaque instant.
- Ce n'est pas vrai. Le cadenas que tu es allé verrouiller sur le Chemin de l'Amour pour planter la graine de nos retrouvailles, c'est du domaine du cœur et non de la tête. La musique que tu me jouais le soir, en espérant créer un pont invisible entre nos âmes, ne reposait certainement pas sur la logique. C'était une impulsion du cœur, et le cœur est le corridor menant à l'âme.

Marco était demeuré silencieux, décantant l'élixir que je venais de déverser dans sa coupe. Au bout d'un long moment, il parvint à s'exprimer.
- Merci de partager tout cela avec moi. Tu as réveillé quelque chose qui dormait profondément en moi. Tes propos trouvent résonance dans mon cœur. Je peux te demander une faveur?
- Je ne fais pas de faveur.
- Ah bon? Alors dans ce cas…
- Je fais ce que j'aime, alors demande!
- Ça te plairait que nous passions la nuit ensemble sur ce rocher?
- C'est ce que mon cœur souhaitait entendre.
- Fantastique! Je retourne au bateau chercher des couvertures chaudes et toi tu ranimes le feu. J'en ai pour un instant.
- À vos ordres, Capitaine!
- Très marrant… Bon, j'y vais. À tout de suite.

***

Lorsque je revins à notre repaire, SoMauve n'y était plus. Peut-être avait-elle décidé de faire une balade sur la plage en m'attendant.

LA LISEUSE D'ÂME

J'installai les couvertures pour la nuit et m'assis devant le feu. Au bout d'un moment, l'inquiétude me gagna. J'avais une boule à l'estomac qui ne cessait de croître plus les minutes filaient. Tout cela ne sentait pas bon. Quelque chose clochait. Le feu était sur le point de s'éteindre lorsque je me levai d'un trait, hurlant son nom de toutes mes forces. Mes appels n'eurent pas d'écho. Seule la voix de Nico me parvint.
- Qu'est-ce qu'il y a, Marco? Ça ne va pas? cria-t-il depuis le pont du voilier.
- Nico, elle a disparu… Tu m'entends! Elle n'est plus là…

***

Base des Z.

- Vous pouvez dormir en paix, Maître. Elle ne pourra plus nuire à vos plans.
- Vous êtes certain qu'on ne la reverra plus?
- J'ai bien peur que cela ne puisse se produire avant des siècles.
- Excellent travail. Vous pouvez disposer.

***

Marco tardait à revenir. Anxieuse, je me demandais ce qu'il pouvait bien fabriquer. Je décelais quelque chose d'anormal dans cette situation. Mon cœur se serra soudainement dans ma poitrine. J'avais la nette sensation qu'il était arrivé quelque chose de grave. Le feu allait s'éteindre lorsque que je me levai d'un trait pour gagner le rivage. Le canot pneumatique n'y était plus. Marco devait être encore sur le voilier. Mais en levant les yeux vers le large, je constatai que le bateau aussi avait disparu. Peut-être que le Capitaine avait décidé de changer sa position d'ancrage. Je me suis mise à parcourir la plage de long en large en scrutant l'horizon. Les battements de mon cœur s'accélèrent inexplicablement. Pourquoi étaient-ils partis? Jamais ils ne m'auraient abandonnée seule sur cette plage. Je devais me ressaisir. Je retournai au feu que j'alimentai de quelques branches. Je m'assis sur le rocher et pris de grandes inspirations. Que se passait-il?

Je me recroquevillai pour conserver ma chaleur, car la nuit s'annonçait fraîche. Le regard perdu sur la ligne d'horizon, je me rappelai ces jours et ces nuits à guetter le retour du bateau de mon père. Je chassai ces pensées de mon esprit, car je ne survivrais pas à une deuxième épreuve de ce genre. Pas maintenant, alors que la beauté de la vie s'ouvrait grande à moi… alors que j'avais trouvé l'amour de ma vie… alors que je n'allais plus jamais souffrir de solitude… avais-je espéré.

***

Nico et moi avions ratissé la plage au peigne fin, sans succès. Mon Ange s'était volatilisé. Que s'était-il passé? On l'avait enlevée? Je ne voyais pas d'autre explication. Jamais elle ne m'aurait quitté sans m'aviser. Nous étendîmes le périmètre de recherche pour couvrir un plus vaste secteur, espérant que nos appels répétés soient entendus.

Au lever du jour, fourbus et désemparés, nous étions revenus bredouilles au voilier. Nico proposa que l'on fasse une pause pour se restaurer, et qu'ensuite l'on reprenne les recherches. Je m'y opposai, mais croulant de fatigue, je suivis son conseil à contrecœur.

***

J'étais parvenue à m'assoupir quelques heures, mais d'un sommeil agité. Étendue sur le rocher, j'avais la sensation que les lieux vibraient différemment. L'énergie qui se dégageait de la Terre paraissait plus dense, plus écrasante que la veille. L'aube allait se lever quand j'ouvris les yeux. Du regard, j'inspectai les alentours, et aucun signe du bateau à l'horizon. Au loin, sur ma droite, je crus

apercevoir la falaise où se situait le temple de Tulum. C'était sûrement une illusion optique attribuable au brouillard matinal, car l'endroit avait été réduit en cendres. Je n'avais pas faim, trop préoccupée par la situation. En revanche, j'avais cruellement soif. Sans eau fraîche, je me demandais combien de temps je pourrais tenir le coup sous cette chaleur tropicale. Les rayons du soleil avaient dissipé le brouillard et la journée s'annonçait belle. Intriguée par la falaise qui semblait avoir repris forme, je me levai et me dirigeai en sa direction. À peine avais-je eu le temps de faire quelques pas que je sentis soudain une main sur mon épaule. Je sursautai et me retournai vivement.
- Mais qu'est-ce que tu fais ici, p'tite sœur? Je t'ai cherchée partout!

Sidérée, aucun son ne parvenait à sortir de ma bouche.
- Allez Ava, ne fait pas cette tête-là, je ne dirai rien à maman. Promis.

***

La journée s'était écoulée sans trouver la moindre trace de mon Ange. Était-elle retournée au ciel? Mon intuition me disait qu'elle n'était pas morte, mais je la sentais si loin… immensément loin…

***

- Tu n'as pas l'air dans ton assiette, p'tite sœur. Qu'est-ce que tu es venue faire dans notre repaire de sitôt matin?
- Nayan, c'est toi? balbutiai-je interloquée.
- Mais qu'est-ce que tu crois? Tu as perdu la mémoire ou quoi?
- Ça fait si longtemps…
- Quoi? Une nuit a suffi pour oublier le visage de ton frère!
- Mais tu vois bien que je ne suis pas Ava! Enfin, pas celle de cette époque-ci…
- Qu'est-ce que tu me chantes là? Tu délires, p'tite sœur!

LA LISEUSE D'ÂME

Je m'examinai attentivement en passant mes mains sur mon corps. Je n'étais plus la même qu'hier. Où étaient passés mes seins? Et mes longs cheveux? Pourquoi étais-je si petite? Et c'était quoi cette bizarre tunique que je portais?
- Mais enfin, Ava… Qu'est-ce qui te prend ce matin?
- C'est difficile à expliquer… Est-ce que le Grand Prêtre existe toujours?
- Tu m'agaces à la fin, bien sûr qu'il est vivant! Il est même passé nous voir hier au Temple pour nous entretenir sur notre future mission. C'est donc ça, tu es encore triste de devoir quitter maman et papa. Je peux comprendre, moi aussi ma peine est grande.
- Nayan, est-ce que tu peux me conduire auprès du Grand Prêtre? J'ai besoin de lui parler, c'est important.
- Mais tu connais le chemin, ma belle!
- Ne discute pas s'il te plaît, amène-moi voir le Grand Prêtre. Tout de suite!
- Ça va, ça va, j'ai compris, pas la peine de lever le ton.

***

Assis sur notre rocher fétiche, le cœur en lambeaux, je regardais les vagues s'engouffrer dans la petite crique. Nous devions passer la nuit ensemble. C'était ce que nous souhaitions… Pourtant, elle n'y était plus. L'endroit, vide de ma belle, avait perdu toute sa chaleur. Je ne pouvais croire que j'avais traversé l'Atlantique pour la retrouver et que je l'avais perdue dans un simple aller-retour de la plage au voilier. Désemparé, je quittai ce lieu chargé d'émotions et regagnai le bateau. Je comptais demander conseil à Nico, car je n'arrivais plus à penser, ni même à avoir la moindre intuition. Comme si mon cœur venait d'être scellé sous vide à jamais.

***

Le Grand Prêtre nous reçut dans ses quartiers.

LA LISEUSE D'ÂME

- Que me vaut l'honneur de votre visite, mes chers petits-enfants?
- Je désirais vous parler, c'est de la plus haute importance, répondis-je nerveusement.
- Tu me parais très perturbée, ma chère Ava. Que puis-je pour toi?
- J'ai besoin de vos conseils, il m'est arrivé quelque chose... quelque chose de...
- Allez, allez, reprends ton souffle. Y'a rien qui ne puisse pas se régler, ma belle. Je t'écoute.
- Nayan, est-ce que tu peux sortir s'il te plaît? J'ai besoin d'être seule avec le Grand Prêtre.
- Mais... p'tite sœur, y'a jamais eu de secrets entre nous. Je ne comprends pas...
- S'il te plaît, fais ce que je demande, c'est pour notre bien à nous deux... Je t'expliquerai plus tard.

Encore sous le choc, Nayan sortit d'un pas lent. Il n'avait jamais vu sa sœur dans un tel état. Elle était méconnaissable. On aurait dit une autre personne...

- Je t'écoute, Ava, dit le Grand-Prêtre en l'invitant à s'asseoir.
- C'est difficile à expliquer...
- Nous avons tout notre temps.
- C'est que... j'arrive de 2027...
- Qu'est-ce que tu veux insinuer? Je ne comprends pas...
- Je vous l'avais dit, mon histoire est insensée!
- Sois plus claire, rien n'est insensé mon enfant, tout a un sens dans le Grand Plan Divin.
- Bon, si vous le dites. Alors voilà, j'arrive tout droit de l'an 2027! Comment vous expliquer... J'ai été catapultée plus de 500 ans en arrière. Je n'arrive pas à comprendre comment cela pu se produire.
- Je vois... Tu t'es projetée en 2027 et tu en es revenue. Tu es très douée Ava, tu as plusieurs dons. Tu as en toi la faculté

de voyager dans les corridors du temps, mais je ne croyais pas que tu développerais si vite tes talents.
- Attendez… Ce n'est pas de cela dont il s'agit! La petite fille que vous avez devant vous vivait en l'an 2027, il y a à peine quelques heures! J'étais avec Marco et Nico… Nous devions accueillir le Serpent de Lumière à son arrivée à Tulum, débitai-je vivement.
- Qu'est-ce que tu racontes? Kukulkan? Le Serpent à Plumes est de retour?
- Oui, et notre mission était de l'aider à atteindre sa destination ultime dans les Andes.

Le Grand Prêtre marqua une pause, visiblement dépassé par les révélations d'Ava.
- Ne faites pas cet air surpris, je sais que vous le savez. Vous êtes apparu devant le temple en ruines, foudroyé par un éclair venu du ciel. Vous nous avez même mis en garde qu'une époque du passé ressurgirait pour tenter de faire obstacle à la Nouvelle Énergie. Le passé hantant le futur, ça ne vous rappelle rien?
- SoMauve! Je n'arrive pas à le croire… Mais qu'est-ce que tu fais ici? Ta place est là-bas!
- C'est exactement ce que je cherche à vous dire, je dois retourner à mon époque, c'est urgent.
- Je comprends, une mission t'attend là-bas…
- Non, celui que j'aime le plus au monde.
- Marco, c'est ça?
- Oui, et vous devez trouver une solution pour me ramener dans mon monde.
- Il y en a une… mais j'ai bien peur que…
- Que quoi? demandai-je, perplexe.

***

- Maître, le Serpent de Lumière a repris sa course, mais il semble affaibli. Selon nos calculs, il se dirigerait vers le

LA LISEUSE D'ÂME

prochain centre d'énergie, Machu Picchu, sans doute pour se ressourcer.
- Parfait. Assurez-vous qu'il ne puisse faire le plein d'énergie. Il doit arriver à sa destination finale en piteux état. Nous pourrons alors mettre la main sur le fameux trésor et se débarrasser de lui et de la Terre, qui ne nous seront plus utiles désormais.
- Et les Frères des Étoiles, vous ne craignez pas...
- Lorsque nous aurons mis la main sur ce que nous convoitons depuis des millénaires, les Gardiens de la Terre ne pourront plus rien contre nous.

Le Maître éclata d'un rire cynique et triomphal.
- Nous serons alors les Maîtres de l'Univers!

***

Assis sur le pont à la nuit tombante, Nico s'efforçait de me rassurer.
- Tu sais Marco, rien n'arrive pour rien dans la vie. Je suis sûr qu'elle reviendra. Tu la reverras. Tu sais ce qui la rendrait fière de toi?
- Non, répondis-je sans conviction.
- Que tu poursuives sa mission... Qui est, en quelque sorte, la nôtre à présent. Ça ne sert à rien de ruminer sur place. Regardons devant, il n'y a plus rien à faire avec le passé. Seul ce qui est dans l'avenir compte.

« Il n'y a plus rien à faire avec le passé... » C'était si facile à dire, mais comment l'oublier...
- Nico, si l'on part pour le Pérou, comment fera-t-elle pour nous retrouver?
- C'était notre plan après tout, et elle était au courant. Je la sais assez intuitive pour nous retrouver où que l'on soit.
- Tu as sûrement raison. C'est bon, nous partirons demain.

LA LISEUSE D'ÂME

***

- Que quoi? insistai-je.
- Que ce soit trop tard… répondit le Grand Prêtre.
- Expliquez-vous, vous ne disiez pas à l'instant qu'il n'y a rien qui ne puisse être réglé.
- C'est vrai, mais que serais-tu prête à sacrifier?
- Tout.
- Même Marco!
- C'est hors de question! C'est la raison pour laquelle je suis venue vous voir.
- Alors, il ne nous reste qu'une solution. Tu te souviens de ta vie ici en tant que Maya?
- Bien sûr que si.
- Lorsque l'Heure du Grand Départ sonnera pour le peuple Maya, le portail inter-dimensionnel s'ouvrira, permettant l'accès aux corridors spatiaux temporels. Nous pourrons alors te transporter dans ton époque.
- Et dans combien de temps est prévu le Grand Départ?
- Dans neuf lunes exactement.
- C'est beaucoup trop tard! Le Serpent de Lumière devrait atteindre sa destination ultime dans peu de temps, et je dois absolument y être. Vous avez certainement le pouvoir de me ramener d'où je viens bien avant, n'est-ce pas?
- C'est vrai, je le peux, mais tu ne mesures pas l'étendue des conséquences.
- Je suppose que non, sinon vous m'auriez déjà proposé cette option, j'imagine…
- Tout à fait. Car cette option n'est pas envisageable, à moins que tu le souhaites véritablement.
- Qu'est-ce qu'il y a de si redoutable qui vous empêche de le faire?
- Le faire équivaudrait à changer le cours de vos vies, à toi et à Nayan, pour toujours. Si je te ramène maintenant à ton époque, Nayan et toi ne pourrez sceller le pacte d'alliance que vous aviez convenu ensemble avant de vous incarner

dans cette vie. Vos chemins se sépareront dans cette vie, et à tout jamais.
- Mais si je décide de retourner d'où je viens, Ava continuera sa vie avec Nayan telle quelle était avant que j'arrive.
- J'ai bien peur que non. Les choses sont plus compliquées que tu te l'imagines, ma belle. C'est la version Ava 2027 qui prévaut dorénavant. Ton âme a pris corps dans le vêtement de chair d'Ava, alors c'est toi SoMauve qui est ici en ce moment. En fait, tu dois terminer cette vie-ci, avant de reprendre celle que tu avais auparavant.
- Je ne comprends pas...
- Ce serait long à t'expliquer, fais-moi confiance, je sais ce qui en est.
- Et si je décidais de retourner d'où je viens quand même. Qu'est-ce qui pourrait m'arriver de si grave?
- Eh bien, je te l'ai dit, tu changeras le cours de vos vies. Si tu retournes en 2027 tout de suite, n'espère pas y trouver ton cher Marco, il n'y sera pas... car vos routes se seront séparées dans cette vie-ci, tu comprends.

Il marqua une pause. Tout cela dépassait mon entendement. Un questionnement surgit, ou plutôt une vision fugace de l'avenir qui m'envahit d'effroi.
- Mais... Grand-Prêtre, si je reste ici pour finir ma vie... comment pourrais-je... Comment pourrais-je ne pas intervenir dans le destin, si je me souviens de tout?
- C'est une excellente question. Je devinais que tu allais me la poser.
- Je sais comment Nayan va mourir. Je serai incapable de le laisser s'aventurer dans les nids de serpents, en sachant très bien ce qui va se passer. Je me souviens encore de toutes les douleurs qu'il a endurées et par quels supplices il a rendu l'âme. Je ne pourrai pas... ça, non jamais!

LA LISEUSE D'ÂME

Il n'y avait pas que sa souffrance, mais la mienne également. Il était mort sous mes yeux, alors que j'avais tout tenté pour le réanimer. Pourquoi devrais-je revivre cette épreuve douloureuse?
- J'ai peut-être une solution, annonça le Grand-Prêtre.
- Ah oui, laquelle? demandai-je impatiente.
- Effacer ta mémoire...
- Quoi? Vous plaisantez...
- Il n'y a pas d'autres moyens. Je suis désolé, SoMauve.

Désemparée, je ne parvenais pas à réaliser dans quelle galère j'étais embarquée. Je sentis à cet instant un sentiment de révolte m'envahir.
- Pourquoi moi, hein? Pourquoi? Vous pouvez me le dire?

Il prit une grande inspiration en prenant mes mains dans les siennes. Puis, il me regarda dans les yeux.
- Parce que tu représentes l'espoir de la Nouvelle Humanité. Et parce qu'ils ont décidé de s'y opposer...
- Qui ça?
- Tu le sais très bien.
- Les Z... Ils seraient de retour?
- Ce sont sûrement eux qui sont derrière tout ça. L'ancien dieu dominateur brandissant son glaive devant la Nouvelle Énergie du Serpent de Lumière. Le passé hantant le futur... C'est de ça dont je parlais.
- Et Marco, il est en danger lui aussi?
- S'il tente de leur nuire ou de poursuivre la mission que vous aviez entreprise, il sera dans leur mire assurément.
- Comment peut-on les prévenir du danger auquel ils s'exposent, lui et Nico?
- Je vais y réfléchir. Pour l'heure, va rejoindre Nayan et tâche d'être plus naturelle.
- Que voulez-vous dire?
- Eh bien, essaie d'être une femme de notre époque! me lança-t-il avec un sourire espiègle aux coins des lèvres.

LA LISEUSE D'ÂME

***

À l'aube, juste avant notre départ pour le Pérou, j'étais retourné une dernière fois à notre repaire secret pour m'imprégner de sa présence. Son odeur flottait encore dans cet espace intemporel. En regardant le soleil naître à l'horizon, je plantai une graine d'espoir dans le terreau de ce nouveau jour. Puisse-t-elle me ramener la moitié de mon cœur, qui battait maintenant dans un autre ailleurs. Je fermai les yeux et humai son parfum invisible, que je savourai jusqu'à la lie, tout en m'adressant à mon Ange.

***

- Et alors, ça c'est bien passé avec le Grand Prêtre? m'interrogea Nayan.
- Oui, si on peut dire…
- Tu ne m'as pas l'air très rassurée, p'tite sœur.
- J'aimerais retourner à notre repaire, dans la petite crique, tu viens avec moi?
- D'accord, mais il faut absolument que tu me confies ce qui te tracasse à ce point.

En arrivant sur la plage, je vis le rocher où Marco et moi avions passé de si merveilleux moments. La magie de ces instants paraissait encore flotter dans l'air, malgré les 500 ans qui m'en séparaient. Nous nous assîmes en silence sur le rocher, serrés l'un contre l'autre.

***

« Mon Ange, je pars aujourd'hui poursuivre notre mission. Chaque jour, tu seras dans mes pensées et dans mon cœur. Chaque nuit, je caresserai le rêve de te revoir, pour que nous soyons de nouveau réunis en un seul cœur. Prends soin de toi, mon Ange. Je t'aime. »

LA LISEUSE D'ÂME

Je demeurai encore quelques instants sur notre rocher avant de regagner le voilier. Je pouvais sentir sa présence auprès de moi. Elle était encore vivante, j'en étais convaincu.

***

Je crus entendre sa voix dans mon esprit, comme s'il était assis à mes côtés. Il y avait quelque chose de rassurant et d'immensément beau dans son message qu'il m'adressait. Puis je sentis sa présence me quitter. Aussitôt, je l'interpellai à mon tour.

***

Comme j'allais quitter notre repaire, j'eus la nette impression d'entendre sa voix me souffler à l'oreille : « Marco, je t'aime, moi aussi. »

Et je m'entendis lui répondre : « On se reverra, mon Ange. »

***

Nayan brisa le silence qui nous enveloppait, de même que ma rêverie.
- Qu'est-ce qu'il y a, Ava? Tu me sembles bouleversée.
- Si je te le disais, tu ne me croirais pas.
- On a toujours tout partagé. On s'est soutenus dans toutes les épreuves, pourquoi serait-ce différent cette fois-ci?

J'ai failli tout lui révéler, il avait bien le droit de savoir. Mais le Grand Prêtre m'avait demandé d'être discrète, c'était mieux pour nous deux. Alors, j'inventai un mensonge blanc, à mi-chemin entre la vérité et ce que je ressentais.
- J'ai rêvé de nous, Nayan. J'ai eu des visions de notre avenir…
- C'est fantastique! Qu'as-tu vu, p'tite sœur?

LA LISEUSE D'ÂME

À cet instant, je voulus le prévenir du danger qui l'attendait. Je voulus lui épargner d'atroces souffrances, mais le faire serait le perdre à jamais, sans espoir de revoir Marco un jour. Ainsi, contre mon gré, je me retins et enchaînai :
- Nous allons mourir jeunes, Nayan.
- C'est vrai? s'exclama-t-il stupéfait.
- C'est ce que j'ai vu dans mes visions.
- Moi, ce qui m'importe, c'est de toujours être auprès de toi, dans la vie comme dans la mort. Nous sommes venus au monde ensemble, alors…
- Rassure-toi, petit frère, nous repartirons ensemble, je te le promets.

Il resta songeur un long moment et ajouta :
- Tu as vu autre chose concernant notre avenir?
- Oui, et tu sais quoi?
- Nous serons de nouveau ensemble dans d'autres vies, c'est ça, hein?
- T'as pas le droit de lire dans mes pensées, frérot! m'exclamai-je en lui donnant un coup de coude dans les côtes.
- On n'est pas des jumeaux pour rien, p'tite sœur!

Il me prit par la main et m'entraîna vers la plage en enlevant son chandail.
- Premier rendu dans l'eau! me lança-t-il d'un air taquin.

Je retirai ma robe et la lançai dans les airs d'un geste vif. Nous filâmes en courant vers la mer et plongeâmes dans les vagues déferlantes. Nous refîmes surface en riant de bon cœur. À cet instant, je me suis sentie naturelle : heureuse d'être avec lui dans cette vie… qui fut jadis mienne.

***

- Maître, j'ai des nouvelles fraîches.
- Allez, ne me faites pas languir. Poursuivez!

LA LISEUSE D'ÂME

- Le bateau quitte Tulum, je crois que nous n'aurons pas à intervenir.
- Excellent, mais ne les perdez pas de vue. Et le Serpent de Lumière, où en est-il?
- Sa progression est plus lente que nous l'avions planifiée. Selon le dernier rapport, il ne sera pas au Pérou avant quelques mois. Il semble en piteux état et il perd beaucoup d'énergie. Tout est en place pour la phase deux du plan.
- C'est parfait, vous pouvez disposer.
- À vos ordres, Maître.

***

Le vent était bon et gonflait les voiles de son souffle chaud. Nico m'avait indiqué l'endroit sur une carte où nous devrions couper à travers le continent en empruntant le canal de Panama. À ce rythme, nous y serions dans quelques jours, m'annonça Nico.

***

Le lendemain, le Grand Prêtre nous avait convoqués au Temple. Une jeune femme en robe blanche, élégante et racée, se tenait auprès de lui. Je fouillai dans les tiroirs de ma mémoire et ne tardai pas à la reconnaître. C'était Umana, notre mentor et enseignante au Temple. À notre arrivée, elle nous offrit un large sourire. Elle était la fille du Grand Prêtre. Elle avait la charge de veiller sur nous et de nous préparer pour notre future mission en prévision du Grand Départ. Le Grand Prêtre prit la parole.

- Les plans ont changé, mes petits-enfants. Une autre mission vous attend. Elle sera préparatoire à la mission finale avant le Grand Départ. La nouvelle mission que je vous confie est de la plus haute importance pour l'avenir de l'humanité. C'est ce que j'appellerais une mission pour aider le futur, mais qui doit être réalisée maintenant. Umana vous en expliquera les détails. Toutefois, sachez que vous avez au maximum trois

lunes devant vous pour accomplir votre mission. Ensuite, vous devrez impérativement revenir ici pour terminer votre travail avant le Grand Départ. Suis-je assez clair?
- Oui, Grand Prêtre, répondîmes-nous en chœur.
- Allez vous préparer, vous partirez demain à l'aube.

Je voulus rejoindre le Grand Prêtre avant qu'il ne retourne dans ses quartiers, car j'avais plusieurs questions à lui poser, mais Umana m'intercepta doucement par le bras en me chuchotant : « Ne t'inquiète pas ma belle, on a tout prévu. »

***

J'avais repris ma place habituelle sur le pont, celle d'avant de la retrouver. Adossé au bastingage, j'avais sorti mon violon. Le cœur n'y était pas, mais je me devais de jouer, sans quoi ma vie allait perdre tout son sens, toute sa substance. Lorsque je posai l'archet sur les cordes, le temps s'arrêta, l'instant d'un instant. L'instant d'un espoir. L'instant d'un soupir. L'instant d'un rêve. L'instant d'une note. L'instant d'un morceau. L'instant d'une vie. L'instant d'un appel… à mon Ange.

***

Le soir venu, Umana m'invita à prendre un jus sous les manguiers, alors que Nayan préparait ses bagages.

- Père m'a tout raconté sur ce qui t'arrive, SoMauve. J'essaierai de t'aider de mon mieux pour remplir ta mission, malgré le fossé temporel qui nous sépare. Je suis heureuse de te revoir et de constater la femme merveilleuse que tu es devenue. Jamais je n'aurais imaginé que mon élève d'hier reviendrait en Maître du futur!
- Oh, ne te méprends pas Umana, je suis loin d'être un Maître.
- Père m'a dit que tu avais accompli la Réunification Ultime lors de ta dernière vie. C'est le rêve inconscient auquel tout

le monde aspire depuis la nuit des temps. Je suis si contente pour toi, tu es libérée à présent du cycle des réincarnations.
- Pour être franche, je n'y ai pas songé. J'ai déjà pas mal de soucis en ce moment... Dis-moi, c'est vrai que le Grand Prêtre va m'enlever la mémoire? J'ai peur, tu sais. Si je n'arrivais plus à la retrouver, j'oublierai tout souvenir de Marco, l'homme que j'aime.
- Il n'a pas changé d'avis, mais il t'a donné un sursis.
- Ah bon, pourquoi? demandai-je étonnée.
- Cette mission que tu dois remplir exige que tu restes en possession de toutes tes facultés acquises. Te ramener dans l'état de conscience d'il y a 500 ans ne saurait être bénéfique dans l'accomplissement du Grand Plan. Nous garderons donc ta mémoire intacte, ainsi que tes dons, jusqu'à ton retour ici. Cette proposition te convient?
- Oh que oui, j'en suis très heureuse. Mais tu es sûre que je me souviendrai de Marco quand on effacera ma mémoire?
- Sois sans crainte ma belle, la vie va suivre son cours et réaliser le plan parfait qui vous est destiné. L'âme se souvient toujours, n'oublie jamais ça.

Umana termina son jus et se leva pour mettre fin à la discussion quand je lui fis part d'une autre chose qui me préoccupait au plus haut point.
- Umana, une dernière chose... Comment puis-je prévenir Marco du danger qu'il le guette? Tu sais, les Z...
- Père m'a dit que tu étais en mesure de lire l'âme des choses et des gens.
- Oui, c'est vrai. Et alors?
- Alors, trouve quelque chose qui puisse te relier à lui et qui transcende le temps...

Elle tourna les talons et me laissa seule, suspendue comme un point d'interrogation à la fin d'une phrase.

***

LA LISEUSE D'ÂME

Le soleil était au zénith et la mer d'un calme plat. Nous venions tout juste d'entrer dans le canal de Panama. Au loin, un petit village côtier se dessinait à flanc de montagne. Nico proposa qu'on y fasse une halte pour nous approvisionner en eau et nourriture. Un modeste port nous accueillit, où mouillaient des dizaines de petits bateaux. Nico en profita pour dénicher une carte du Pérou plus récente, ainsi que du matériel d'expédition. Nous nous attablâmes à la terrasse d'un café pour prendre un léger goûter. Je dégustai avec plaisir des fruits que je ne connaissais pas, dont la papaye et le fruit de la passion qui enchantèrent mes papilles. Nico déplia une carte sur la table et traça un itinéraire par voie navigable et, ensuite, par voie terrestre. Je n'avais pas imaginé que nous allions devoir faire une si longue route dans la jungle péruvienne avant d'atteindre le fameux site sacré de Machu Picchu. Nico leva la tête et me regarda d'un air soucieux.

- Marco, est-ce que tu as une idée de ce que nous serons censés faire une fois rendus là-bas?
- Pas vraiment, mais j'imagine que nous recevrons des instructions une fois arrivés sur place.
- Et par quel miracle cela se produira-t-il?
- J'en ai aucune idée. SoMauve m'a dit que j'avais des dons comme elle, et qu'il fallait que je m'ouvre et que j'écoute mon intuition. Peut-être est-ce par cette voie que nous serons guidés?
- On a rien à perdre d'essayer de jouer au sorcier, lança Nico en avalant d'un trait son café, le sourire fendu jusqu'aux oreilles.

***

Nous prenions notre première pause depuis notre départ à l'aube. Le soleil du midi nous dardait de ses rayons écrasants. Umana nous expliqua que nous allions devoir traverser la péninsule du Yucatan d'est en ouest pour gagner l'océan Pacifique. De là, nous prendrions la mer pour nous rendre au Pérou. Après s'être restaurés, nous donnâmes à boire et à manger à nos chevaux et nous reprîmes notre route. Au soleil couchant, nous montâmes notre campement et fîmes un feu pour la nuit. En observant Nayan alimenter les flammes, j'apercevais chez lui les traits d'un Marco en devenir, et cela suffisait à combler mon cœur de joie. Après un frugal repas, nous bavardâmes jusqu'à ce que la fatigue nous gagne. Nayan venait de s'assoupir sur sa natte lorsque je fis part de mes sentiments à Umana.

- Ça me fait tout bizarre d'être avec vous après tout ce temps.
- Je peux comprendre ce que tu vis en ce moment. Il y a quelques années, il m'est arrivé exactement l'inverse, ajouta Umana sur le ton de la confidence.
- Qu'est-ce que tu veux dire? demandai-je curieuse.
- Eh bien, j'ai été projetée 300 ans plus loin dans le futur. Mon moi de cette époque-là m'a demandé de l'aide et je suis intervenue. J'ai vécu deux années dans une tribu amérindienne d'Amérique du Nord. Mon peuple vivait alors la déportation, c'est-à-dire le déplacement des Indiens dans d'autres territoires, sous le règne des colonisateurs européens.
- Pourquoi as-tu fait appel à une vie précédente pour t'aider?
- Parce que je vivais, à ce moment-là, la même chose qu'il nous est arrivé à nous les Mayas : la conquête et la destruction de notre civilisation par les Conquistadors, qui nous prenaient pour des sauvages. Grâce à mon expérience acquise, j'ai apporté ma contribution dans l'élaboration d'un traité abolissant l'esclavage et nous redonnant certains droits.
- C'est fascinant comme histoire... Le passé à la rescousse du futur...
- Ne trouves-tu pas que cela ressemble drôlement à ce que l'on vit en ce moment?

Elle se tut, me laissant à mes réflexions qui dansaient comme les flammes devant moi.

LA LISEUSE D'ÂME

***

Le canal franchi, nous longions les côtes de la Colombie. Du côté du Pacifique, la mer était beaucoup plus agitée, et les forts vents faisaient grincer le mât qui tanguait dans le roulement de la houle. Pendant des jours, je découvris le littoral de l'Amérique du Sud. Le panorama accidenté était splendide, vu de la mer. Pour combler les vides de ces longues journées, j'imaginais la vie que menaient ces peuples étrangers. Nico me raconta les grandes lignes de l'histoire des Incas et des Mayas, qui jadis établirent de florissantes civilisations sur ce continent. J'avais l'impression de me sentir chez moi dans ce coin de pays où je n'avais jamais posé les pieds, du moins, pas dans cette vie. Même le vent qui soufflait notre embarcation paraissait familier…

Un après-midi, Nico m'annonça que ce serait notre dernier jour en mer, la côte péruvienne était proche, selon ses derniers calculs. Après le repas du soir, Nico était monté dans la cabine de commandement, scrutant l'horizon à la recherche d'une baie où s'ancrer pour la nuit. Nous avions atteint les côtes du Pérou et cela me redonna espoir. Notre mission entrait dans sa deuxième phase. Je descendis à ma cabine et saisis mon instrument. Ce soir, j'allais jouer pour elle, pour nous, pour le succès de notre mission.

***

Après une longue route dans les terres arides du Yucatan et de Campeche, nous traversâmes le territoire Chiapas pour finalement déboucher sur l'océan Pacifique. Dès que Nayan aperçut la mer devant, il me saisit la main fermement et m'entraîna à sa suite.
- Tu viens, p'tite sœur! Depuis des jours que j'en rêve.
Nous dévalâmes la dune et plongeâmes joyeusement dans le bleu des vagues.
- Allez, Umana! Viens nous rejoindre! hurla Nayan en refaisant surface.

LA LISEUSE D'ÂME

Nous lavâmes nos corps brûlants et poussiéreux dans l'eau fraîche et saline. La baignade nous fit grand bien, un vrai baume sur nos muscles endoloris par l'éreintant trajet. Nous nous assîmes sur la plage tous les trois, comme autrefois... Après un moment à contempler l'océan, Nayan s'offrit pour monter le campement. Pendant ce temps, nous nous allongeâmes sur le sable chaud. Les yeux perdus dans la crinière effilochée des nuages voguant sur la mer du ciel, une idée me vint à l'esprit.

- Je crois que j'ai trouvé!
- De quoi parles-tu, Ava? Désolée, je voulais dire SoMauve...
- J'ai trouvé le moyen de prévenir Marco. Je sais qu'est-ce qui nous relie et qui transcende le temps.
- Et c'est quoi ce moyen?
- Ce que nous avons à nos pieds, l'océan!
- C'est un bon choix...
- Comment ça, un bon choix?... C'est le meilleur!
- S'ils sont encore sur la mer, je te l'accorde.

***

Je m'installai à mon endroit de prédilection et entamai les premières notes en regardant le soleil s'enfouir dans la mer en fusion. Je jouais pour elle, je jouais pour nous. Un concerto où nos deux âmes étaient conviées à une symphonie d'amour. Peut-être m'entendait-elle d'où elle était? Peut-être mon âme pouvait s'élancer jusqu'à la frange de son être? Les notes se perdirent dans l'espace... dans une fissure entre deux temps...

***

J'étais demeurée sur la plage, alors qu'Umana ramassait des broussailles pour allumer le feu. Les premières étoiles semblaient me faire des clins d'œil du haut de leur perchoir céleste, comme une invitation muette à contacter Marco. Je m'avançai dans la mer et je m'imprégnai de son élément fluide. Je me sentis elle. J'étais elle. J'étais la mer. J'étais l'océan, cette étendue profonde où foisonnent des milliards de créatures. J'étais le sang de la Terre qui nourrit les minuscules planctons jusqu'aux baleines géantes. J'étais l'inverse de la Terre, et en même temps, son complément. Alors que la Terre expose orgueilleusement toutes ses beautés à la surface de son organisme, moi, l'océan, je cache toutes mes splendeurs dans les profondeurs de mes entrailles. J'étais en vie bien avant la Terre. C'est moi qui l'ai fait naître dans mon placenta salin. Je suis l'Eau et l'Air, alors qu'elle est la Terre et le Feu. Nous sommes des compléments d'objets directs, où l'Énergie de la Vie en est le Verbe, se conjuguant au temps de l'Éternel Instant.

Ma conscience se fondit dans l'océan. Je longeai la côte, propulsée par les vagues et les courants marins. Je caressai les plages et les récifs de coraux sur mon passage. Je déferlai de baie en baie, d'anse en anse, de crique en crique… jusqu'à ce que j'embrasse la coque d'un voilier musical.

***

Une onde de choc me parcourut l'échine. Mes doigts se figèrent sur les cordes et mes coups d'archet se suspendirent dans l'éther. Je la sentais tout près. Mon cœur se mit à vibrer sur une autre gamme. Elle paraissait m'envelopper de son aura chatoyante. Je rangeai mon violon dans son étui. Une musique encore plus grandiose émanait de la mer, telle une douce mélopée. C'était le chant des sirènes… Le chant de ma sirène. La mer devint soudainement très calme. Une nappe d'huile, lisse et irréelle. Sous la surface immuable, on m'interpellait :

« Marco… Marco… Marco… »

L'appel était si puissant que je ne pus retenir mon élan. Je sautai tout habillé par-dessus bord. Lorsque je refis surface, la voûte étoilée miroitait sur l'eau, comme si j'avais plongé dans le firmament. J'étais au ciel… dans les bras de mon Ange. Je pouvais sentir son étreinte fluide et son eau saline pénétrer par tous les pores de ma peau. Elle s'infiltrait en moi comme un divin élixir. Je me défis de mes vêtements que je laissai couler au fond. Nu, je me glissai en elle. Nous fusionnâmes, Terre et Mer, en un seul élément. Je me sentis soudain aspiré dans l'œil d'un cyclone. Autour de moi, des remparts d'eau tourbillonnaient à une vitesse affolante. Puis mon être s'éleva dans une colonne de lumière. À l'extrémité, je l'aperçus, plus radieuse que jamais. Elle m'attendait, vêtue d'une magnifique robe blanche. Elle s'adressa à moi, sans bouger le moindrement les lèvres.

> « Marco, je suis si heureuse de te revoir. Tu m'as tellement manqué. Sache que je ne t'ai pas quitté. J'ai été piégée par les Z. Ils m'ont téléportée dans une vie antérieure, à l'époque Maya. Je suis présentement avec une autre version de toi, mon p'tit frère Nayan. Nous sommes en route pour la prochaine destination du Serpent de Lumière, le Machu Picchu, au Pérou. Si tu poursuis actuellement notre mission, je t'en conjure, sois très prudent. Ils chercheront à t'éliminer toi aussi. Je t'aime Marco… »

Puis la colonne de lumière s'éteignit et mon Ange s'évapora…

- Marco! Mais qu'est-ce que tu fous à la mer? hurla Nico.
- Je prends un bain de minuit! Ça ne se voit pas?
- C'est bien ce que je vois… mais habituellement on fait ça avec sa bien-aimée!
- C'est ce que je faisais…

Nico leva les bras au ciel en soupirant :
- Mon Dieu, dites-moi que je rêve!

***

- Maître!
- Qu'y a-t-il encore?
- Le jeune homme et son acolyte viennent d'arriver au Pérou. Ils sont en route vers la montagne sacrée.

LA LISEUSE D'ÂME

- Débarrassez-vous-en! Proprement.
- C'est comme si c'était fait, Maître.

***

- Ava! Mais qu'est-ce que tu fais toute nue dans la mer? m'apostropha Nayan.
- Je prends un bain de minuit!
- C'est bien ce que je vois. Amène-toi, on va manger.
- J'arrive, j'arrive…

Plus tard, autour du feu, Umana était curieuse de savoir.
- Et puis, comment ça s'est passé? Tu as pu le contacter ton cher Marco?
- Je l'ai retrouvé dans une baie sur la côte. On a dansé ensemble, l'un dans l'autre.
- Wow! T'as rattrapé le temps perdu à ta première sortie. C'est fantastique!
- C'était si bon de renouer avec son énergie. J'espère qu'il ne lui arrivera rien de malheureux.
- Tu as fait tout ce qui était en ton pouvoir. C'est à notre tour à présent d'entamer la deuxième phase de notre mission. Demain, à l'aube, j'irai voir un ami de mon père. Il nous prêtera une embarcation pour nous rendre au Pérou. Bon, allons-nous coucher, nous aurons besoin de toutes nos forces pour entreprendre la traversée.

Le sommeil ne vint pas rapidement, j'avais encore un goût de mer dans la bouche… et celui de Marco.

***

Nous avions troqué le voilier pour des chaussures de marche. Le terrain accidenté et la densité de la jungle ralentissaient notre avancée. Selon ce que m'avait dit SoMauve, lorsqu'elle avait repéré le chemin qu'allait emprunter le Serpent de Lumière, nous avions environ trois lunes devant nous pour atteindre le site sacré au Pérou. Presque deux lunes s'étaient écoulées depuis. Nous avions encore du temps, ce qui était plutôt rassurant, car le trajet risquait d'être long et ardu.

Après des jours et des jours de marche à flanc de montagnes, nous crûmes apercevoir au loin le site sacré, baignant dans un écrin de nuages.

***

Après de longues journées de traversée, notre guide pointa la côte du doigt avec un large sourire. Le Pérou était devant nous. Tous les trois, nous eûmes un élan de joie. Nous nous rapprochions de notre destination, nous allions réussir. Le bateau accosta et nous descendîmes à terre. Nous remerciâmes notre ami qui nous avait conduits jusqu'ici sans problème. Dorénavant, c'était à pied que nous allions parcourir le reste du trajet. Notre guide nous indiqua un raccourci qui passait par la vallée et qui contournait la chaîne montagneuse, plus difficile d'accès. Nous nous installâmes pour la nuit à l'orée d'un boisé, près de la côte. Une pluie fine tambourinait sur la toile du campement. Ce refrain hypnotique et apaisant nous aspira dans un profond sommeil.

***

Je marchais d'un bon pas lorsque je remarquai que Nico n'était plus derrière moi. Je l'appelai plusieurs fois, sans obtenir de réponse de sa part. Une intuition inquiétante me traversa l'esprit. Une sensation identique à celle que j'avais connue lors de la disparition insolite de SoMauve me broyait l'estomac. Je fouillais les environs à la recherche de Nico quand je me rendis compte que la végétation n'était plus la même. Une forêt de feuillus et de conifères avait supplanté la jungle. Mais où étais-je? ma foi du Bon Dieu! Une rivière coulait entre une lisière de cèdres et de pins. Inexplicablement, cet endroit me parut familier.

LA LISEUSE D'ÂME

- Pétale Blanche! Voilà des heures que je te cherche. Tu sais où je peux trouver Belle Rivière?

Je regardai avec étonnement cet homme au torse nu et cuivré, vêtu d'un simple pagne. Une longue chevelure, noire jais, tombait sur ses épaules musclées. Un collier d'osselets et des lanières de cuir pendaient à son cou. Ce qui m'attira par-dessus tout, ce fut ses yeux bridés, d'un bleu perçant, tel un lynx. L'homme aux larges épaules s'approcha de moi et me prit la main.
- Est-ce que ça va, Pétale Blanche? Tu me sembles plutôt bizarre.

À cet instant, je le reconnus. Des images affluèrent dans mon esprit, provenant d'un repli de ma conscience.
- Aigle Bleu! m'écriai-je.

Mais en mon for intérieur, mon âme reconnut SoMauve.
- En chair et os!

Je touchai mes longs cheveux en inspectant mon accoutrement. J'étais une femme, à n'en pas douter. Merde! Les Z m'avaient piégé... marmonnai-je entre mes dents.
- Tu vas me dire ce qu'il y a? C'est le chanvre qui t'a monté à la tête, c'est ça?
- Ah, Aigle Bleu... si tu savais...
- J'aimerais bien savoir ce qui t'arrive.
- Ton père... c'est bien le chaman du village, n'est-ce pas?
- Tu te moques de moi ou quoi! Bien sûr que oui!
- Tu peux m'y conduire s'il te plaît, je dois lui parler.
- Mais tu connais le chemin, ma chère.
- J'aimerais que tu viennes avec moi, insistai-je.
- Entendu, si cela peut t'aider à retrouver tes esprits!

Au centre du village, un grand tipi se dressait vers le ciel, d'où s'élevait une colonne de fumée blanche. Aigle Bleu ouvrit un pan de la toile et me fit entrer.
- Père, tu as de la visite.
- Bonjour Pétale Blanche. Que me vaut l'honneur de ta visite?

LA LISEUSE D'ÂME

- Je dois vous parler, c'est très important.

Il fit signe à Aigle Bleu de sortir et m'invita à m'asseoir sur une natte aux motifs multicolores.
- Je t'écoute, ma belle.
- Je ne sais pas par où commencer. C'est si invraisemblable...
- Commence par le début, ça sera un bon point de départ.
- D'accord. Je m'appelle Marco et je viens du futur, de l'an 2027 plus précisément.
- Tu peux continuer, ça m'intéresse, dit-il le plus sérieusement du monde.

Ainsi, je lui relatai mon histoire. Il m'écouta attentivement jusqu'à la fin. Il demeura pensif un long moment et ajouta :
- Tu peux compter sur mon aide, sois sans crainte. Mon fils t'aidera également.

Au moment où il prononça ses paroles, je me rappelai ma vie d'amérindienne dans ce village. Nous travaillions, Belle Rivière et moi, à préparer des huiles et onguents à base d'herbes médicinales, dont le chaman Étoile Filante se servait lors de ses rituels de guérison. On me surnommait « la fille aux herbes ». Belle Rivière était ma meilleure amie. Je la connaissais depuis ma tendre enfance. Lorsque le chaman était arrivé au village avec son fils pour s'y établir, nous étions toutes les deux tombées amoureuses d'Aigle Bleu, ce jeune sauvage à la chevelure de jais. Pour des raisons que je ne comprenais pas à l'époque, il avait jeté son dévolu sur mon amie. Ça m'avait donné tout un coup. Mais à présent, le seul fait de savoir qu'Aigle Bleu était l'incarnation de ma p'tite sœur Ava suffisait à combler mon cœur. Toutefois, aujourd'hui, je connaissais la suite de leur histoire. Le dénouement de cette grande histoire d'amour qui tourna à la tragédie, laissant Belle Rivière dans un profond deuil, où tristesse infinie et amertume flottèrent dans ses yeux jusqu'à la fin de sa vie. Maintenant, j'avais le pouvoir d'intervenir et de changer le cours de leur histoire pour le meilleur. Je n'avais qu'à trouver une raison pour dissuader Aigle Bleu d'entreprendre son périple à la recherche du camp des hommes blancs, ainsi il éviterait de croiser la mort en chemin. Comment pourrais-je laisser ma p'tite sœur aller au-devant de la mort sans rien faire? Et comment pourrais-je laisser ma meilleure amie souffrir atrocement et pleurer la perte de son homme le restant de ses jours?

Étoile Filante sembla lire mes pensées, car il me mit en garde.
- Je sais à quoi tu penses, Marco, mais tu dois t'abstenir d'intervenir.
- Pourquoi? Je peux leur éviter tant de souffrances inutiles.
- Qui te dit que ce sont des souffrances inutiles? C'est ce que vous aviez convenu par-delà le voile, avant de revenir sur Terre. C'est le chemin que vous aviez choisi pour évoluer.
- Et si je changeais leur route pour un meilleur itinéraire?
- Eh bien, tu peux faire tes adieux à ton Ange, car le cours de vos vies futures sera changé à jamais.

Cette perspective m'attrista. Comment savoir et ne pouvoir rien faire…
- Passe me voir demain. Je vais réfléchir comment tu peux poursuivre ta mission.
- Merci, Étoile Filante… Et si vous trouvez un moyen de me ramener à mon époque, ce serait encore mieux!
- Je comprends très bien.

En sortant du tipi du chaman, je vis Aigle Bleu qui bavardait avec un copain. C'était Pawoo, un éclaireur qu'il formait pour prendre sa relève, car il allait bientôt être père et devoir s'établir au village avec sa Belle Rivière. Lorsque Pawoo m'entendit arriver, il se tourna vers moi avec des yeux rieurs.

- Marco! C'est bien toi!
- Nico! Comme c'est bon de te revoir!

***

Avant de quitter l'océan pour les montagnes, j'entrai une dernière fois dans l'eau dans l'intention de communiquer avec Marco. Ma

conscience dériva le long de la côte, mais je ne ressentis aucun signe de sa présence. Manifestement, il avait quitté la mer. Où était mon Étoile en ce moment? Un vague sentiment me faisait craindre le pire. Une intuition sourde me criait qu'il lui était arrivé quelque chose. Nayan avait perçu mon malaise et s'était approché de moi.
- Qu'est-ce qui ne va pas, p'tite sœur? On dirait que tu me caches quelque chose.
- Je te l'ai dit, Nayan! J'ai vu des choses dans l'avenir et cela me préoccupe. Je ne voudrais pas qu'il t'arrive quelque chose.
- Mais il ne m'arrivera rien, Ava. Je suis là, auprès de toi.

C'était pourtant vrai, le Marco d'il y avait 500 ans était là, auprès de moi. Cela me calma aussitôt. Nous avions traversé tant d'épreuves, tant de vies ensemble, qu'avais-je à craindre?

Umana donna l'ordre de nous mettre en route. J'agrippai mon bagage et eus une pensée pour Marco. Étions-nous en train de parcourir la même contrée, vers la même destination? Du fond de mon cœur, c'est ce que je souhaitais.

***

Nico me prit par l'épaule et m'amena à l'écart du village.

- Tu réalises ce qui nous arrive? On a été catapultés dans le passé, plus de 200 ans en arrière! Qu'est-ce qu'on est censé faire maintenant?
- Je viens de parler au chaman, il nous aidera à trouver une solution.
- J'espère bien, car je ne compte pas passer une autre vie dans cet accoutrement de sauvage!
- Tu as quelque chose contre?
- Ouais... En réalité, je sais très bien ce qui va m'arriver dans cette vie, et ce n'est pas très jojo. Alors vois-tu, j'aimerais bien qu'on se pousse d'ici au plus vite.

- Moi aussi! Le chaman m'a demandé de revenir le voir demain, tu n'as qu'à te joindre à moi, ça nous concerne tous les deux après tout.
- Tu peux être sûr que je viendrai! Je n'arrive pas à le croire… Moi, le fier marin italien dans la peau d'un amérindien imberbe à moitié nu!
- Et moi, alors? Le jeune italien transformé en « fille aux herbes », tu trouves ça mieux?
- Bon, d'accord, vu sous cet angle, j'arrête de me plaindre.

Nous éclatâmes de rire lorsqu'Aigle Bleu nous interpella.
- Eh, les tourtereaux! Vous venez, j'ai quelque chose à vous montrer.

***

Au terme de notre première journée d'expédition dans la jungle, je questionnai Umana sur un point qui me tracassait.
- Nous, les Mayas, sommes bien les Gardiens du Temps, n'est-ce pas?
- Bien sûr que oui!
- Alors pourquoi n'utilisons-nous pas nos pouvoirs pour déverrouiller les corridors temporels? Ce faisant, on pourrait se projeter instantanément en 2027.
- J'ai bien peur que ce ne soit pas possible.
- Pourquoi? Je ne comprends pas.
- Notre Grand Cadran cosmique s'arrête en 2012. Au-delà de cette année, nous ne pouvons plus intervenir.
- Ah bon? C'est la fin du monde!
- Tu sais très bien que non, puisque tu arrives de l'an 2027.
- C'est quoi le problème, alors?
- C'est la fin d'un monde. C'est la fin du monde dans la Troisième Dimension. Celle qui suit, la Quatrième, n'est qu'une voie de passage s'ouvrant sur le Règne d'Or, la Cinquième Dimension. N'est-ce pas ce que le Serpent de Lumière apportera dans son sillage?

LA LISEUSE D'ÂME

- Comment sais-tu tout ça?
- Je suis la fille du Grand-Prêtre, je te signale!

***

Nico entra à ma suite dans le grand tipi. Étoile Filante nous reçut avec une tisane d'épicéa noir à la main.
- Vous en voulez un bol? nous demanda-t-il.
- Volontiers, répondis-je. Après tout, c'est moi qui ai créé ce breuvage si divin! m'exclamai-je en faisant un clin d'œil à Nico.

Étoile Filante esquissa un sourire complice et nous expliqua ce qu'il avait en tête.
- Vous vous souvenez de la légende qui racontait les exploits des Sages du Conseil des Premières Nations d'Amérique?
- Vaguement, répondis-je.
- J'ai consulté le Grand Conseil hier, et j'ai peut-être une solution pour vous permettre de poursuivre votre mission. Les Premières Nations sont dispersées dans toute l'Amérique, du nord au sud. L'endroit que vous cherchez à atteindre au Pérou fut érigé par nos frères Incas, il y a fort longtemps. Le site sacré a été construit au sommet de pics rocheux qui abritent l'une des plus fortes concentrations de filons d'or de la Terre. Ce qui rend cet endroit hautement énergétique, c'est la vibration de ce cœur d'or qui bat dans ses entrailles. Lorsque nos frères Incas furent décimés par les Conquérants venus d'outre-mer, la Tradition s'est perdue et le cœur d'or a cessé de battre. Mais, il existe un moyen de le réanimer en effectuant un ancien rituel Inca.
- Vous connaissez ce rituel? demandai-je, empressé.
- En fait, le Grand Conseil en connaît le secret.
- Alors, nous pourrions exécuter ce rituel et réactiver le cœur d'or pour la venue du Serpent de Lumière?
- C'est ce que j'avais pensé... Toutefois, ce rituel doit être exécuté sur place, sur le site même. Et la distance qui nous en

sépare est énorme. Même avec nos meilleurs chevaux, cela prendrait des lunes et des lunes de chevauchée pour vous y rendre.
- Et pour ce qui est du moyen de regagner notre époque, vous avez une idée sur la façon de procéder?
- Le façon de voyager entre les époques et à travers le temps se fait par l'intermédiaire de portails spatio-temporels. Le portail le plus près d'ici se trouve à l'endroit où le Serpent de Lumière réside actuellement.
- Et vous savez où est basé le Serpent de Lumière en ce moment?
- Oui, dans la demeure des neiges éternelles. Plus précisément, au Tibet, dans la chaîne de l'Himalaya. Ce qui ne nous avance guère. Toutefois, grâce à vous, nous savons où le Grand Serpent prendra demeure ultimement, soit dans les Andes, au cœur du Colosse des Amériques. S'il y a un endroit où vous devez vous rendre pour accéder à votre monde, c'est là.
- Mais c'est encore plus loin que le Pérou!
- Je sais bien…

***

Umana avait allumé un feu. Nayan et moi étions blottis l'un contre l'autre. Étrange sensation que de revivre une vie passée. Que de revivre des sentiments qui avaient déjà été ressentis. Ce n'était pas désagréable en soi. Qui n'avait pas un jour souhaité revivre des instants de bonheur que le temps nous avait volés dans sa course sans retour? La tête posée sur l'épaule de Nayan, j'aurais voulu lui dire que nous nous étions retrouvés dans une autre vie. J'aurais voulu lui dire que notre amour « frère-sœur » avait évolué en un amour « homme-femme ». Je prenais conscience de la profondeur de notre amour, de la puissance de ce lien indestructible qui nous reliait. Je prenais conscience de qui nous étions réellement, et je me disais, que si je ne devais jamais revoir Marco en cette vie,

LA LISEUSE D'ÂME

j'aurai au moins eu la très grande chance d'être une seconde fois en compagnie de mon futur amoureux !

***

À peine avions-nous quitté le tipi du chaman qu'une idée surgit dans mon esprit. Je rebroussai chemin et retournai à l'intérieur. Étoile Filante parut surpris de me revoir.
- Je crois que j'ai une idée. Et pas si folle, d'ailleurs !
- Je t'écoute, Marco.
- J'ai peut-être trouvé le moyen d'exécuter le rituel sur le site sacré de Machu Picchu.
- Et de quelle manière t'y prendras-tu ?
- Par personnes interposées.
- Très intéressant… Et qui sont ces personnes ?
- Ava et Nayan. C'est-à-dire SoMauve et moi, dans notre version Maya. Ils sont en route vers le site sacré, ne reste plus qu'à trouver un moyen de les contacter pour leur faire part de notre plan. Qu'en dites-vous ?
- Très astucieux…
- Mais encore ?
- C'est potentiellement jouable… répondit-il en faisant tournoyer son collier d'osselets entre ses doigts.

En quittant le tipi, Étoile Filante m'annonça que l'on tenterait le coup à la tombée de la nuit, dans la clairière.

***

Après des jours de marche, nous avions traversé la vallée et entamions notre ascension dans les montagnes qui allait nous conduire au Machu Picchu. Au détour d'un sentier, un groupe d'hommes armés nous barra la route. Umana se tourna vers nous et tenta de nous rassurer.
- Ce sont sans doute les gardiens du site sacré. Laissez-moi parlementer avec eux.

LA LISEUSE D'ÂME

Étonnamment, leur dialecte ressemblait beaucoup au nôtre. Umana faisait de grands gestes pour leur montrer notre destination. Elle leur mentionna nos intentions pacifiques, mais ils ne semblèrent pas comprendre. Alors qu'ils commençaient à s'impatienter, j'intervins en disant que nous devions aller à la rencontre du Grand Serpent... Sans me laisser terminer ma phrase, les gardes nous firent signe de les suivre. On nous amena dans une petite bourgade tout près, où l'on nous présenta au chef du village, accoutré d'une tenue aux couleurs flamboyantes et coiffé d'un large bandeau serti de plumes de perroquet.

- Bienvenue à vous!
- Enchantée de faire votre connaissance, répondit Umana.
- Veuillez vous asseoir. Je connais très bien votre langue pour avoir hébergé un de vos Grands Prêtres, il y a fort longtemps. Si on vous a amenés ici, c'est que vous avez prononcé des paroles profanes. Vous avez fait allusion au Serpent à Plumes, est-ce bien le cas?
- Euh... En fait, je parlais plutôt du Serpent de Lumière, Monsieur, répondis-je timidement.
- On parle de la même chose, non? Alors dites-moi pourquoi vous parliez du Grand Serpent. Il vient à peine de débarquer via la mer, ce faux dieu, qu'il a déjà tout massacré sur son passage.
- Avec tout le respect que je vous dois, les Conquistadors espagnols ne représentent pas le Grand Serpent à Plumes, Quetzalcoatl.
- Qu'est-ce que vous en savez jeune fille?
- C'est que je le sais, c'est tout.
- Ce n'est pas ce que raconte notre tradition.
- Vous verrez, un jour l'histoire le prouvera!
- Je t'en prie Ava! Laisse Umana discuter avec le chef, ce sera mieux ainsi, tu veux bien, intervint Nayan.

LA LISEUSE D'ÂME

Je me retirai un peu à l'écart. Nayan paraissait bouleversé de m'avoir vue agir de la sorte et s'approcha d'un air sérieux.
- Qu'est-ce qui te prend p'tite sœur? On ne parle pas à un chef Inca sur ce ton là!
- Je suis désolée, c'est sûrement un excès de fatigue, répondis-je, alors que je souffrais plutôt d'un décalage temporel mal contenu.

Umana revint la mine déconfite.
- Il ne veut pas nous laisser accéder au site. Les Espagnols ont déjà détruit plusieurs temples dans la contrée. Les Incas interdisent tout accès au site sacré de peur de voir d'autres pillages survenir.
- C'est compréhensible, mais il voit bien que nous n'avons rien d'un groupe de conquérants!
- Je sais, mais nous devrons trouver autre chose pour le convaincre. Pour le moment, il nous offre le gîte et un bon repas.
- Acceptons son invitation et tâchons de trouver un moyen de le faire changer d'idée, conclut Nayan.

***

Lorsque j'arrivai dans la clairière, un grand feu éclairait la nuit étoilée. Le chaman invoquait les Grands Esprits en psalmodiant de longues litanies. Ensuite, le son des tam-tams se fit entendre. Le rythme s'accéléra, créant un lien permettant d'entrer en communion avec le ciel. Au centre de la clairière, un grand chêne vénérable tendait ses bras vers le firmament. Étoile Filante me demanda de m'adosser contre le tronc de l'arbre. Je devais avoir une image nette dans mon esprit de la personne avec qui je voulais entrer en contact. C'était facile d'imaginer les traits de mon Ange, tellement ils étaient imprégnés profondément en moi. Le chaman prit une branche qui flambait dans le feu et la porta à bout de bras, en dansant en cercle autour du chêne. Tout à coup, la clairière, l'arbre, le feu et le chaman disparurent comme par magie. Il faisait noir et frais. Où étais-je? Puis soudain, ma conscience fut aspirée vers le bas. J'avais l'impression qu'elle se liquéfiait, qu'elle cherchait une issue à travers un réseau de veines complexes. Je m'enfonçais dans la terre. Tout devint limpide. J'étais la sève du chêne et je parcourais ses racines. Ses ramifications s'étendaient sur des distances impressionnantes. J'entrai ensuite dans un autre réseau de capillaires. La vibration était différente et moins dense. Je compris que je venais de m'introduire dans l'énergie d'un autre arbre. Je devinai instinctivement qu'il s'agissait d'un tilleul. Je me glissai dans sa sève jusqu'à ce que ses racines entrent en contact avec d'autres racines, celles d'un cyprès. Soudain, la vitesse de transmission de racines d'arbre à racines d'arbre s'accéléra de façon phénoménale. Je parcourus ainsi une succession de forêts en une fraction de seconde. Puis je contournai un grand désert où le réseau de racines n'avait pas d'emprise. Ensuite, je longeai un vaste golfe, avant de m'infiltrer dans une longue enfilade de cocotiers bordant la mer. Tout à coup, ma vitesse de croisière ralentit considérablement en franchissant un large canal, où seules quelques racines, immensément profondes, parvenaient à rester en contact avec l'autre rive. Une fois de l'autre côté, ma vitesse reprit son rythme vertigineux. Je traversai ainsi d'immenses forêts tropicales qui s'enfonçaient dans des vallées encaissées. J'avais la sensation de voler sous terre!

Après des milliers de kilomètres, je grimpai une montagne escarpée, d'arbre en arbre, jusqu'à m'immobiliser aux abords d'un village. Impression inusitée d'être sève d'arbre voyageant sous la croûte terrestre et d'être, en même temps, doté du pouvoir de lire le terrain du haut des branches. Ma conscience se tenait à la cime d'un manguier quand j'aperçus mon Ange, sous les traits d'Ava, qui conversait avec une antique version de moi. J'étais arrivé à destination. Il ne restait plus qu'à trouver le moyen d'attirer son attention vers moi. Aussitôt cette pensée émise, je vis Ava s'avancer vers le manguier pour y cueillir un de ses fruits. À l'instant où elle toucha le fruit mûr, le contact se fit. Sous le choc, elle retira sa main momentanément, puis je sentis de nouveau sa paume me caresser. Sans hésiter, je m'annonçai.

- SoMauve, c'est moi! Je veux que tu m'écoutes attentivement.
- Marco? C'est toi? Où es-tu?
- Au sommet du manguier.
- Au sommet du manguier?
- Ma conscience a pris corps dans cet arbre. Les racines des arbres m'ont mené jusqu'à toi.
- Comment tu as fait ça? demanda-t-elle intriguée.
- Tu avais raison, je suis comme toi! J'ai reçu l'aide d'Étoile Filante pour rejoindre la tranche de temps où tu es présentement, et cela via la conscience des arbres qui existaient à cette époque.
- Étoile Filante? Mais c'est mon père... enfin dans ma vie d'Aigle Bleu!
- Et moi, je suis présentement incarné dans le corps de Pétale Blanche!
- Pétale Blanche? Ma meilleure amie? Alors les Z ont réussi à te catapulter dans le passé, tout comme moi, c'est ça?
- Oui, mon Ange. Si je suis ici, c'est pour te fournir un élément crucial nous permettant de poursuivre notre mission.
- Je t'écoute, Marco.

Je lui racontai ce que m'avait confié Étoile Filante concernant le rituel pour réactiver le cœur d'or du site sacré, quand soudain, je me sentis aspiré vers le bas du tronc. Je voulus m'agripper à sa main, mais déjà je m'enfonçais sous terre.

- Marco! Marco! Reviens! Je t'en prie, reste avec moi...

J'entendis une dernière fois le son de sa voix retentir dans ma conscience, alors que je me sentais ramené d'arbre en arbre, de racine en racine, jusqu'à mon point de départ.

LA LISEUSE D'ÂME

***

Encore sous le choc, j'entendis Nayan qui venait vers moi.

- Qu'est-ce qui t'arrive? T'es devenue folle ou quoi? Parler aux arbres, franchement…
- J'ai eu une vision, Nayan. Je crois avoir trouvé le moyen de convaincre le chef du village de nous laisser monter jusqu'au site.

***

Je m'étais affalé contre le tronc du chêne lorsqu'Étoile Filante posa sa main sur mon épaule.
- Marco… Marco…

J'ouvris les yeux et constatai que j'étais revenu dans la clairière. Pawoo, alias Nico, se pencha vers moi.
- Dis-moi, ça fonctionné, Marco?
- Oui… et si tu savais par où je suis passé, tu n'en croirais pas tes oreilles…
- Oh, à présent, il n'y a plus rien qui me surprend!

***

À la fin du repas, je fis comprendre au chef du village l'importance de mener à terme notre mission. Ce dernier devint soudainement très réceptif lorsque je lui fis part du rituel que l'on devait exécuter sur le site de Machu Picchu. Il ne cacha pas son étonnement d'apprendre que des Mayas, comme nous, connaissaient la Tradition Inca, qui s'était perdue au fil des âges.

- Je connais la légende du Cœur d'Or, mais pas les secrets du rituel. Alors, si vous le voulez bien, je vous accompagnerai jusqu'au Machu Picchu, conclut le chef du village.
- Ce sera un plaisir d'être guidés par vous, répondit Umana.

LA LISEUSE D'ÂME

Lorsque nous sortîmes à l'extérieur de la hutte, la nuit était déjà bien installée. Le chef Inca alluma un feu et nous raconta l'histoire de son peuple et la malédiction du Serpent à Plumes, dont ils avaient espéré le retour. Le Sauveur tant attendu, venu par-delà l'océan, amena dans son sillage les Ténèbres qui envahirent toute la contrée, décimant le peuple Inca et sa civilisation. Umana lui relata que les Mayas avaient subi un sort semblable, et qu'ils quitteraient bientôt la Terre, lorsque l'Heure du Grand Départ sonnera sur le Grand Cadran cosmique. Nous passâmes la soirée à bavarder jusqu'à ce qu'il soit l'heure de se mettre au lit. Comme nous l'avait mentionné le chef, nous partirions à l'aube.

***

Allongé sur une fourrure dans mon tipi, je rêvais à mon Ange. Au-delà de cette mission à accomplir, j'étais tourmenté à l'idée de ne pas être auprès de ma belle. Des questions revenaient sans cesse me hanter : allions-nous être de nouveau ensemble? Des époques nous séparaient, comme une muraille de temps infranchissable. Allions-nous devoir revivre nos vies précédentes et espérer qu'un jour un grand voilier blanc me ramène mon Ange? Nous avions une vie à vivre ensemble en tant qu'êtres réunifiés, elle ne pouvait pas se terminer ainsi. Quelle ironie! J'étais à présent Pétale Blanche... la meilleure amie de celle qui dormait présentement dans les bras de mon Ange, de l'autre côté du village.

À cet instant, j'aurais souhaité ne pas être en mesure de me souvenir de mon avenir...

***

Après de longues heures de marche, le sommet du Machu Picchu nous apparut derrière un voile de brouillard, rendant la vision fantomatique. Il nous fallut encore plusieurs heures pour atteindre le site, cette merveille perchée à mi-chemin entre le Ciel et la Terre. Une énergie particulière se dégageait de l'endroit et nous

parcourait l'échine. Les Conquistadors allaient plus tard piller ce sanctuaire millénaire, mais ils ne réussirent pas à anéantir l'âme de ce lieu. Du coin de l'œil, j'aperçus un monticule rocheux qui dominait le site. Tout de suite, je reconnus l'emplacement où devait se tenir le rituel. Je pointai du doigt l'endroit en criant :
- C'est là! C'est là!
Tout le petit groupe se retourna avec étonnement.
- Je ne vois qu'un éperon rocheux, rétorqua Nayan.
- Peut-être, mais c'est à cet emplacement que nous devons effectuer le rituel.
- Et comment tu sais ça? C'est le manguier qui te l'a dit?
- Cesse tes plaisanteries, Nayan. Je sais que c'est là, un point c'est tout!

Nous escaladâmes la paroi rocheuse pour rejoindre le tertre qui surplombait le site. La vue était à couper le souffle. Je fis quelques pas et sentis une force magnétique bouillonnée sous mes pieds. J'avais vu juste. Le Cœur d'Or était là, juste en dessous de nous. Je pris Nayan par la main, et il fit de même avec Umana qui prit instinctivement celle du chef. Nous formions un cercle d'âmes que la vie avait réunies pour accomplir son destin.

Investie d'une force supérieure, je prononçai à voix haute des paroles dans un dialecte inconnu, mais dont je comprenais le sens. L'air se satura d'électricité. Tout vibrait sur une gamme plus élevée. Une colonne de lumière surgit au centre de notre cercle humain. Au loin, la vallée paraissait onduler sous l'impulsion d'une force gigantesque. La montagne sur laquelle nous nous tenions se mit à trembler frénétiquement, prise de convulsions. Effrayés, nous nous regardâmes sans savoir ce que nous devions faire. Au moment où nous eûmes la certitude que la croûte terrestre allait se dérober sous nos pieds, un silence sidéral s'abattit sur le site. Un calme plus-que-parfait nous enveloppa dans un linceul de béatitude. Nous étions en état de grâce. Nous ne faisions plus qu'un avec la Vie, avec l'Énergie de la Vie. À cet instant, l'œil de ma conscience vit le Serpent de Lumière s'engouffrer dans le Cœur

LA LISEUSE D'ÂME

d'Or. La brillance de la colonne de lumière s'intensifia à un point tel que nous étions éblouis. Puis elle se volatilisa, laissant flotter dans l'air des étincelles pétillantes de reconnaissance. Nous avions réussi…

***

Base des Z.

- Vous avez besoin d'avoir de bonnes explications! s'emporta le Maître.
- Je ne comprends pas… le Serpent de Lumière a repris de la vitalité en atteignant le site sacré situé au Pérou.
- Mais c'est impossible! Ce site est désactivé depuis des lustres!
- Je sais, mais le fait est que le Grand Serpent pourra se diriger à toute vitesse vers sa destination finale dans les Andes. Que fait-on maintenant? On le détruit, on l'élimine?
- Mais vous êtes fou! Vous ne comprenez rien du tout! Si le Serpent de Lumière n'atteint pas sa destination ultime, jamais nous ne pourrons mettre la main sur le trésor qui fera de nous la race suprême de l'Univers. Ce dernier doit y arriver, mais très affaibli, de sorte qu'on puisse franchir cette barrière d'énergie et récupérer le secret des émotions. Ensuite, on se débarrassera de lui et de l'humanité, qui ne nous serviront plus à rien désormais.
- Comment s'y prend-on?
- Empoisonnez-le! Bombardez la route qu'il doit suivre d'engrammes destructeurs. Polluez son énergie de rayons noirs qui divisent et disloquent la structure moléculaire.
- Je croyais qu'on ne devait plus jamais se servir des rayons noirs…
- C'est notre dernière chance de parvenir à nos fins. Faites-le! Exécution, sur-le-champ!

***

LA LISEUSE D'ÂME

Adossé contre le vieux chêne, j'avais tenté de rejoindre à nouveau mon Ange par la conscience des arbres, mais sans succès. Étoile Filante m'expliqua qu'elle devait être hors de portée, dans un endroit désertique ou rocheux, comme le sommet d'une montagne. Un éclair me traversa l'esprit, c'était peut-être le signe qu'elle avait atteint le site sacré, situé à près de 3 000 mètres d'altitude, là où la végétation se faisait rare. Je demandai à Étoile Filante si l'on pouvait emprunter la conscience minérale pour atteindre la montagne du Machu Picchu. Il me répondit que cela n'était pas possible, car la conscience des « Élémentaux » du règne minéral était à un stade beaucoup moins évolué que celui des arbres. Et sa vibration trop dense pour qu'on puisse s'y introduire aisément. Il m'apprit que nous aurions pu utiliser la conscience collective des oiseaux migrateurs, ou même des Monarques, ces papillons qui franchissent des milliers de kilomètres chaque année à la fin de l'été. Mais, malheureusement, les cycles de migration étaient derrière nous.

Je n'avais plus qu'à attendre qu'elle redescende de la montagne, si naturellement elle y était...

***

Alors que nous prenions une pause, admirant une dernière fois le site sacré avant de regagner le village, je sentis l'énergie du Grand Serpent se déployer dans la montagne. L'œil de ma conscience se glissa dans les entrailles de la montagne. Je le vis. Il était plus rayonnant que jamais et investi d'une puissance renouvelée. Soudain, il quitta la montagne et reprit sa route à une vitesse phénoménale. Je le suivis dans son avancée spectaculaire quand, tout à coup, je le sentis défaillir. De nombreuses taches noires s'aggloméraient sur son corps de lumière et semblaient gruger son énergie. Ces créatures démoniaques s'infiltraient dans l'organisme du Serpent de Lumière et le fractionnaient en multiples faisceaux lumineux de moindre intensité. Son corps ondulait difficilement. Ces taches géantes qui s'accumulaient me firent penser à des

LA LISEUSE D'ÂME

poches de venin. Les Z! réalisai-je terrifiée. Je voulus réintégrer mon corps à toute vitesse, mais une toile visqueuse m'en empêcha. J'étais prise dans les filets d'une énergie diabolique qui me broyait la conscience. Je sentais son poison s'infiltrer dans mon corps de lumière. J'allais être anéantie, me suis-je dit.
- Réponds-moi! Qu'est-ce qui t'arrive, Ava? hurla Nayan en tentant de calmer sa sœur qui se contorsionnait de douleurs.

Umana accourut vers Nayan en l'exhortant de cesser de crier.
- Laisse-moi regarder ce qu'elle a, tu veux bien!

Elle ouvrit les paupières d'Ava alors que Nayan tenait la main de sa sœur au creux de la sienne. Ses yeux révulsés n'annonçaient rien de bon. Impuissant, le chef du village regardait la scène, puis émit une hypothèse.
- Elle a peut-être été mordue par un serpent ou peut-être même un scorpion, il y en a beaucoup par ici.
- Ça m'en a tout l'air, répondit Umana désemparée.

Nayan avait posé sa tête sur l'épaule de sa sœur qui ne réagissait plus. Seule une faible respiration jaillissait encore de sa bouche. Son cœur battait encore, mais par à-coups.
- Ne me quitte pas, p'tite sœur... Tu te souviens de notre pacte... Nous sommes nés ensemble et nous repartirons ensemble. Tu m'entends Ava, reste avec moi... Je t'en supplie Ava...

***

J'allais quitter la clairière, accompagné du chaman, lorsqu'une flèche me transperça le cœur. Je reçus l'appel de détresse de mon Ange en pleine poitrine.

- C'est SoMauve, elle est en danger! Elle va mourir!
- Calmez-vous, Marco. Racontez-moi ce que vous avez ressenti. C'est peut-être un sortilège des Mauvais Esprits.

LA LISEUSE D'ÂME

- Les Mauvais Esprits, vous dites! Pourvu que ce ne soit pas les Z…
- Je ne suis pas sûr de vous suivre, mais si la situation est si urgente, il n'y a qu'une solution.
- Laquelle?
- Je provoque la sortie hors de votre corps physique, comme ça votre conscience sera libre d'aller la rejoindre où qu'elle soit.
- C'est parfait. Faites-le, maintenant!
- Je dois d'abord retourner au tipi pour préparer la potion à base de « chair des dieux ». Allez, suivez-moi!

Sur le chemin du retour, il se tourna vers moi et me dévisagea d'un air sérieux.
- Ce que je m'apprête à faire n'est pas sans risques. Il se peut que vous ne reveniez jamais… Les effets du champignon magique sont parfois imprévisibles.
- Je prends le risque. De toute façon, si elle meurt, je meurs aussi…

***

Ma conscience n'avait pas encore perdu conscience, mais elle semblait paralysée, amputée de toute volonté. Dans les limbes, je me laissai guider par la lumière déclinante du Grand Serpent. J'entendis au loin quelqu'un me supplier de revenir. La voix de Nayan était vague et floue. Elle était mon seul lien qui me reliait à la vie. Mon seul espoir de ne pas sombrer dans l'inexistence…

***

Je rejoignis le chaman à son tipi, après avoir informé Nico de ce que je m'apprêtais à faire. Il m'offrit ses encouragements et me fit jurer de ne pas l'abandonner ici avec cette bande de sauvages.

Étoile Filante m'attendait assit à l'intérieur du tipi.

LA LISEUSE D'ÂME

- Assieds-toi, Marco. J'ai demandé à mon fils Aigle Bleu de t'aider à la retrouver. Je lui ai expliqué la situation.

Je me retournai et le vis dans la pénombre. Dans son cou pendouillaient des colliers d'osselets servant d'amulettes.
- Comment procède-t-on? demandai-je au chaman.
- Tu cherches à atteindre SoMauve, n'est-ce pas? Eh bien, elle est ici, sous les traits d'Aigle Bleu. Dans son incarnation d'amérindien, c'est-à-dire dans son avant-dernière vie avant celle de SoMauve. S'il est vrai que le temps n'existe pas réellement et que tout se joue maintenant... Et que la mémoire de toutes choses est inscrite dans la fibre de notre âme à tout jamais, alors la réponse à ce que tu cherches est gravée en lui. Maintenant, bois ce liquide et entre en communication avec l'esprit d'Aigle Bleu. Laisse-le te guider...

Je pris dans mes mains le bol en terre cuite qu'il me tendait, et je bus d'un seul trait la potion au goût amer.

***

Le chef du village était parti au pas de course chercher l'aide du guérisseur. Umana avait étendu une couverture sur Ava qui devenait grise et glacée.

- Elle ne va pas mourir? implora Nayan qui caressait tendrement les cheveux de sa sœur.
- Elle est dans le coma... Prions pour qu'elle reprenne conscience. Continue à lui parler, c'est la meilleure chose que tu puisses faire pour elle.

***

L'écho de la voix de Nayan me parvenait faiblement. Je m'éloignais de lui inexorablement. Je sombrais dans les ténèbres. Le Grand Serpent n'était plus qu'un minuscule point lumineux

LA LISEUSE D'ÂME

dans une mer d'encre. J'allais être soufflée comme la flamme vacillante d'une bougie.

***

Je lisais dans l'esprit d'Aigle Bleu. Il se demandait si le plan d'Étoile Filante allait fonctionner. Je l'entendis penser que si l'opération échouait, c'était lui, dans sa version future, qui allait mourir. Avait-il la capacité de se souvenir de son avenir pour aider son moi du futur à échapper à la mort? Son esprit doutait, et je vis les belles couleurs de son âme s'assombrir momentanément. À la hauteur de son estomac, un petit noyau brillait à la racine du cœur. Je sus instantanément qu'il représentait le point d'ancrage de l'âme dans la forme physique. Le port d'attache de son être de lumière. Ma conscience s'infiltra au cœur du noyau qui rayonnait comme un diamant. Sa texture paraissait faite de cristal liquide. Au centre, une spirale semblait se déployer à l'infini. Je me glissai sur la courbure d'un anneau de la spirale et je remontai le temps. J'assistai aux derniers moments d'Aigle Bleu sur cette Terre, alors qu'il récitait son poème « *Par-delà l'éternité* », cet hymne dédié à sa Belle Rivière, avant de rendre l'âme.

Je poursuivis mon ascension dans la spirale du temps et me retrouvai sous les traits de Simon. Je parcourus sa vie, ses rêves, ses peurs, ses joies et ses peines. Je ressentis ces moments magiques où lui et Stella fusionnèrent leurs flammes jumelles pour ne faire qu'UN. Je les vis renaître ensemble dans un même corps, sous les traits de SoMauve. Sur une petite île en Islande, je contemplai son enfance marquée par la douloureuse perte de sa famille lors d'un naufrage en mer. Elle n'avait que sept ans à l'époque. Je la vis, assise sur une vieille galerie, à espérer leur retour. Jour après jour. Année après année. À seize ans, je la vis quitter l'île sur un grand voilier blanc, accompagnée d'une ravissante vieille dame. Puis un jour, alors que le voilier longeait les côtes italiennes de Portovenere, elle remarqua un jeune pêcheur à la casquette rouge qui se tenait sur le quai du village… C'était

LA LISEUSE D'ÂME

moi! Je ressentis tous ses sentiments et je sus qu'elle venait à ce moment de tomber amoureuse de moi... tout comme moi d'ailleurs! Je me sentis privilégié d'être en mesure de voir et de ressentir le monde à travers ses yeux. J'étais en elle, j'étais elle...

***

Nayan sursauta quand le chef du village lui tapota l'épaule.
- Voici Azzura, c'est notre homme guérisseur.

Il examina Ava méticuleusement et passa ses mains au-dessus de son corps inerte. Après d'interminables minutes de silence, il nous fit part de son diagnostic.
- Elle est encore vivante, mais son âme n'y est plus. Sa vie ne tient qu'à un mince fil, celui rattachant son âme à son corps.
- Vous pouvez la ramener dans son corps? s'enquit Nayan désemparé, s'accrochant à une lueur d'espoir.
- Je n'ai pas ce pouvoir... Enfin, pas dans ce cas-ci...

Umana s'emporta, encaissant mal ce verdict sans appel.
- Vous pouvez tout de même tenter quelque chose!
- Ça ne sert à rien... Toute tentative de la ramener vers son vêtement de chair romprait définitivement le cordon d'argent.
- Pourquoi? s'étonna Umana.
- Son âme est coincée dans un filet d'énergie diabolique...
- On ne peut rien faire d'autre?
- Si, priez pour qu'elle se libère de ce piège maléfique.

Des larmes coulaient comme des rivières sur les joues de Nayan. Elle ne pouvait pas lui faire un coup pareil. Ils avaient fait un pacte ensemble... de ceux qu'on ne peut rompre.

***

- Maître, le Serpent de Lumière vient de pénétrer dans la cordillère des Andes. C'est à peine s'il pourra atteindre sa destination finale, tellement il est affaibli.

LA LISEUSE D'ÂME

- Fantastique! Faites en sorte qu'il y parvienne et réduisez le bombardement de rayons noirs. Sitôt qu'il franchit la montagne du Colosse des Amériques, vous allez récupérer le trésor. Et ensuite, vous le pulvérisez à tout jamais.
- À vos ordres, Maître!

***

Je compris comment elle pouvait lire l'âme des choses et des gens. Je la vis sur la place San Marco, à Venise, s'embarquer pour un long voyage vers le Mexique. J'assistai au naufrage du voilier blanc et à cette nuit où elle s'échoua sur la coque de notre navire, en se laissant guider par les accords de mon violon. Je revécus les moments de bonheur de nos retrouvailles. Sa joie n'avait d'égale que la mienne. Enfin, nous n'étions plus seuls. Après une escale, nous atteignîmes les côtes du Mexique. Nous avions redécouvert notre repaire d'enfants, à l'époque où nous vivions à Tulum en compagnie d'Umana et du Grand Prêtre. Assis au bord du feu, je me vis lui proposer d'aller chercher des couvertures pour passer la nuit ensemble à la belle étoile. Ce fut la dernière fois qu'elle me vit... sous les traits de Marco.

Puis, je m'envolai vers elle...

***

- Elle a bougé! Je vous jure, elle m'a serré la main.
- Ne te crée pas de faux espoirs, Nayan.
- Mais c'est vrai, Umana...
- Bon, d'accord, je resterai avec toi auprès d'elle. Nous lui parlerons tous les deux.

***

J'entendis des voix chuchoter. Je crus reconnaître celle de Nayan. Au même instant, je vis Ava étendue sur le sol, le visage mortifié.

LA LISEUSE D'ÂME

Je l'avais retrouvée, mais elle était agonisante. J'entendis soudain la voix d'Aigle Bleu me souffler à l'esprit : « Le diamant, à la racine du cœur... ». Aussitôt, je m'infiltrai dans le corps d'Ava, en pénétrant par son plexus solaire. À la racine de son cœur, un cristal brillait, auquel était rattachée une fine corde d'argent qui était sur le point de se rompre. Son âme allait quitter son vêtement de chair. Je laissai ma conscience courir sur le fil d'argent jusqu'à ce qu'un être de lumière m'apparaisse... c'était SoMauve. C'est à peine si je la reconnus, tellement son être semblait pétrifié dans une toile morbide.

- SoMauve! C'est moi, Marco. Accroche-toi à ma lumière, je te ramène à la surface.

Son âme s'agrippa péniblement à mon corps lumineux et je refis le chemin inverse, en suivant le fil d'argent pour la ramener jusqu'à son vêtement de chair.

***

- Elle a rouvert les yeux! criai-je de joie, en me tournant vers Umana.
- Ava, est-ce que tu m'entends? Est-ce que tu peux nous voir? Demanda Umana d'une voix douce et rassurante.

Elle nous dévisagea avec ce regard tétanisé de quelqu'un qui vient d'être arraché in-extremis des griffes de la mort. Ses yeux se plissèrent sous l'effet de la lumière du jour.
- Ava, tu m'entends? Nayan est avec moi. Tu n'as plus rien à craindre, ma belle.

Un sourire s'esquissa à la commissure de ses lèvres. Elle nous entendait. Elle était revenue à la vie...

***

LA LISEUSE D'ÂME

Je flottais au-dessus de la scène, savourant mon immense bonheur de savoir SoMauve vivante. Je m'apprêtais à retourner d'où je venais, car l'effet de la potion paraissait diminuer, et mon corps m'appelait au loin, quand soudain, j'entendis sa voix résonner dans mon esprit.

« Merci infiniment, Marco. Merci d'être venu à mon secours. Reste avec moi. Je t'en supplie, ne t'en vas pas. J'ai besoin de toi... Les Z, ils vont revenir... »

Soudain, une force gigantesque me happa et m'aspira dans son sillage.

***

Lorsque j'ouvris les yeux, Aigle Bleu s'exclama :
- Père! Il est revenu!
- Dieu soit loué! soupira le chaman en levant les bras au ciel.

Dès que je fus en mesure d'articuler un mot, je m'adressai à Aigle Bleu.
- Merci pour ton aide... J'ai réussi à la libérer des griffes du mal... mais je dois y retourner sur-le-champ.

Étoile Filante intervint prestement.
- Pas question! Une deuxième dose d'affilée te tuerait très certainement.
- Mais je dois y retourner! insistai-je.
- Ce serait un suicide. À présent, repose-toi. Ton corps a besoin de refaire ses forces. On verra ça plus tard, compris.
- Compris... répondis-je résigné.

Il allait tourner les talons lorsque je saisis sa main.
- Merci Étoile Filante, sans vous elle y restait...
- Ça m'a fait plaisir de pouvoir t'aider. Bon, maintenant repose-toi. Je passerai te voir en soirée.

***

LA LISEUSE D'ÂME

Nayan était fou de joie et ne cessait de me prendre dans ses bras, sans doute pour s'assurer qu'il ne rêvait pas.
- Tu sais, tu m'as fiché une de ces trouilles, p'tite sœur. Ne me refait plus jamais un coup pareil, t'as compris!
- Ouais, ouais... je ne le referai plus, marmonnai-je en lui faisant un clin d'œil.

Incrédules, le chef du village et le guérisseur ne parvenaient pas à comprendre cette résurrection spontanée. Comment leur expliquer... alors que moi-même je n'arrivais pas à comprendre par quel moyen Marco m'avait retrouvée et s'était porté à ma rescousse. Mais l'essentiel était que j'avais survécu. En revanche, je savais pertinemment que les Z étaient derrière cette tentative visant à éliminer le Serpent de Lumière, de même que moi au passage. Et d'ailleurs, je me demandais ce qu'il était advenu du Grand Serpent. Avait-il été anéanti? Dans cette éventualité, nous avions échoué notre mission.

Je racontai à notre petit groupe ce qui s'était passé et demandai comment ils entrevoyaient la suite de notre mission.
- Le seul moyen de savoir si le Serpent de Lumière n'a pas sombré dans les Ténèbres, c'est d'aller à sa rencontre dans les Andes, avança Umana.
- Vous ne vous rendez pas compte, c'est une expédition de plusieurs lunes et hautement risquée. Le Machu Picchu n'est rien en comparaison du Colosse des Amériques, rétorqua le chef du village.
- Je sais, mais il faut trouver un moyen, c'est l'avenir de l'humanité qui est en jeu. N'est-ce pas pour ça que nous sommes tous là? répliqua Umana en se plaçant au centre de notre groupe.
- Je n'ai qu'à y aller en esprit, proposai-je comme solution ultime.
- C'est hors de question! Tu as failli y laisser ta peau, s'enflamma Nayan.

- On se calme, on se calme, intervint le chef du village. Rentrons avant qu'il ne fasse trop noir pour redescendre au village. Nous discuterons autour d'une bonne table.

***

- Maître, le Grand Serpent vient de franchir la dernière chaîne de montagnes qui le sépare du Colosse des Amériques. Demain, nous pourrons enclencher la phase finale du plan.
- Excellent, excellent…

***

- Ça va mieux maintenant? s'enquit Étoile Filante.
- Tout à fait remis, répondis-je revigoré.
- Bon, c'est parfait. Souhaites-tu toujours y retourner?
- C'est évident. Elle court de gros risques, les Z ne la lâcheront pas. Je veux retourner auprès d'elle.
- Si on essayait encore une fois le chêne pour atteindre son esprit. Si elle est revenue dans la jungle, tu pourras peut-être entrer en contact avec elle. Qu'en penses-tu?
- Et le champignon magique?
- Pas tout de suite, je te l'ai dit, c'est trop risqué.
- C'est bon, rendons-nous à la clairière.

***

Nous avions sous-estimé notre temps de descente, si bien que nous arrivâmes au village à la tombée de la nuit. Notre petit groupe pénétra dans la hutte du chef, alors que moi je fus attirée par le rayonnement d'un arbre sur la petite place. Une aura paraissait l'envelopper de la base à la cime. Je m'en approchai et touchai son tronc. Des étincelles jaillirent au bout de mes doigts. Je reconnus sa vibration et mon cœur tressaillit de joie. J'entendis sa voix dans mon esprit.

« Mon Ange, c'est moi. Je suis revenu prendre de tes nouvelles. »

« Ça va mieux maintenant, mais le Serpent de Lumière... je ne suis pas certaine qu'il s'en soit tiré. Si nous ne trouvons pas le moyen de nous rendre dans les Andes, notre mission sera compromise. »

« On peut peut-être essayer quelque chose. Si le chaman le veut bien, il provoquera la sortie hors de mon corps, comme la dernière fois, et je pourrai me rendre dans les Andes et agir sur la matière. »

« C'est de cette façon que tu m'as libérée des griffes de la mort? »

« Oui. Et avec l'aide d'Aigle Bleu et de la potion aux champignons magiques... »

« Mais c'est dangereux de provoquer une sortie hors de son corps de cette façon, non? »

« C'est certain, mais on n'avait pas d'autre choix... »

« Je ne veux pas prendre le risque de te perdre pour toujours. »

« Moi non plus! C'est pourquoi je dois le refaire. »

« Marco, tu crois qu'on pourra un jour réintégrer notre époque et vivre ensemble? »

« Je ne vis que pour ça, mon Ange. »

« Fais attention à toi, promis? »

« Promis. »

« Je t'aime. »

« Moi aussi, je t'aime. »

***

Lorsque j'ouvris les yeux, la nuit était tombée sur la clairière.

***

- Ava! Qu'est-ce que tu fais? cria Nayan sur le pas de la hutte.
- J'arrive, j'arrive...

LA LISEUSE D'ÂME

- Qu'est-ce que tu mijotais encore?
- J'ai trouvé le moyen de poursuivre notre mission.
- Ah bon! Je suppose que c'est encore cet arbre qui te l'a soufflé! Alors, c'est quoi ton truc?
- Par personne interposée… Et cesse tes plaisanteries de mauvais goût.
- Par personne interposée? Là, je ne te suis pas…mais pas du tout.

***

- Satisfait de ton escapade? demanda Étoile Filante.
- Oui et non…
- Qu'est-ce que tu veux dire?
- Eh bien, la bonne nouvelle, c'est que j'ai pu entrer en contact avec SoMauve. Et la mauvaise, c'est que notre mission est vouée à l'échec si je ne me rends pas dans les Andes immédiatement. Les Z vont tout faire pour détruire le Serpent de Lumière avant qu'il ne prenne son ancrage dans la montagne sacrée. Enfin, s'ils ne l'ont pas déjà éliminé.
- Et comment comptes-tu stopper les Forces des Ténèbres?
- Je ne sais pas encore, mais si je demeure ici on n'a aucune chance, pas vrai?

***

- Tu crois que ça fonctionnera? me demanda le chef du village d'un air septique.
- Je l'espère bien, car c'est notre seul espoir.
- Et même s'il réussit à se transporter dans les Andes, que fera-t-il ensuite pour contrer la puissance de frappe des Z? C'est du suicide…

Conscient de m'avoir ébranlée, le chef se ravisa et rajouta.

- Mais je suis convaincu qu'il réussira…

LA LISEUSE D'ÂME

Le chef avait raison, c'était du suicide. C'était insensé. Je ne pouvais pas laisser Marco faire une chose pareille. Le doute s'infiltrait dans ma conscience comme un poison. Cette mission, aussi importante soit-elle, valait-elle que je sacrifie l'amour de ma vie?

***

Le lendemain, Étoile Filante me convoqua à son tipi. Voyant qu'il était inutile d'essayer de me dissuader de me rendre dans les Andes, il avait préparé sa potion. Il m'avait une fois de plus mis en garde.

- Je n'ai jamais administré deux doses de ce puissant élixir en si peu de temps, alors je ne peux te garantir ce qui se passera.
- Je comprends, mais je n'ai pas le choix.
- On a toujours le choix…

***

Toute la nuit, j'avais essayé d'entrer en contact avec lui pour le supplier de changer d'idée. Pour lui faire savoir qu'il ne devait pas risquer sa vie pour cette mission. Pourvu qu'il m'ait entendue…

***

Un pan de la tente s'ouvrit et Aigle Bleu entra en trombe.

- Ne fait pas ça, Marco!

Trop tard, je venais d'avaler l'amer breuvage que je sentais pétiller dans mon estomac.
- Le trésor ne sera pas transféré lorsque le Grand Serpent atteindra le cœur des Andes! clama Aigle Bleu.

Je réussis de peine et de misère à articuler un dernier mot, alors que je sentais mon être de lumière se détacher de mon corps.

LA LISEUSE D'ÂME

- Pourquoi?...
- Parce que c'est moi qui devais le faire, tu comprends... Moi, SoMauve! Mais je suis présentement coincé dans l'époque Maya.

J'entendis au loin la voix d'Aigle Bleu, mais déjà mon être filait vers les Andes.

Étoile Filante paraissait sous le choc d'apprendre qu'il venait de mettre en danger la vie de Marco pour rien.

- Qu'est-ce que tu racontes, mon fils?
- Hier soir, j'ai invoqué les Grands Esprits et j'ai demandé à me souvenir de mes vies antérieures. Je me suis revu alors dans la peau de Shalaam qui avait participé au transfert du trésor de l'Atlantide vers la Terre Rouge, en Égypte. Ensuite, sous les traits de Joshua, j'avais eu la mission de transférer le trésor caché dans les souterrains du Monastère de la Grande Mer de Sel vers l'Himalaya. Trésor que j'avais précédemment déplacé de la Terre Rouge au Monastère dans ma vie de Zara, l'égyptienne. Père, je me suis souvenu de tout! On ne peut pas laisser Marco se faire anéantir. Quand les Z s'apercevront que le trésor n'y est pas, ils vont tout détruire sur leur passage. Il faut le faire revenir.
- Il est trop tard... À présent, je n'y peux rien.
- Si... Donnez-moi ce fameux élixir!
- Mais... Aigle Bleu...
- Père, faites-moi confiance.

***

Au petit matin, je m'étais rendue auprès de l'arbre rayonnant qui m'avait parlé hier soir. Il n'avait rien perdu de sa beauté, mais il ne canalisait plus l'esprit de Marco. Une intuition me glaça le sang. Il l'avait fait. Il était hors de son corps. Pourquoi n'était-il pas revenu me voir?

LA LISEUSE D'ÂME

***

Alors que mon être de lumière approchait du Colosse des Amériques, j'eus des remords. Une peine accablante m'envahissait. Pourquoi n'étais-je pas passé la voir une dernière fois? Sans doute avais-je deviné que je n'aurais pas pu l'abandonner là-bas, pour ensuite aller accomplir notre mission.

***

- Maître, nous sommes en position pour la phase finale. Le Grand Serpent ne devrait pas tarder à se pointer au cœur de la montagne. Je ne sais pas s'il pourra y pénétrer tellement il est affaibli.
- Cessez la diffusion des rayons noirs, il doit atteindre sa cible, sinon notre plan échouera.
- À vos ordres!

***

Je sentis une présence planer dans mon dos. Elle m'était familière et chaleureuse. Je me retournai et vis flotter son corps de lumière.
- Aigle Bleu! m'exclamai-je, émue.

Cela me fit une étrange sensation de renouer avec l'énergie d'un ancien moi, et en même temps, une joie indescriptible de savoir qu'il s'était souvenu de moi. De moi à moi-même...
- Écoute-moi bien, SoMauve. Marco est en danger, nous devons l'aider à s'en sortir, mais il faut faire très vite.
- Que doit-on faire?
- Accomplir l'opération finale de la mission, ce que nous avons toujours fait en pareille situation.
- Je ne saisis pas...
- Effectuer le transfert du Trésor...

LA LISEUSE D'ÂME

Je demeurai silencieuse un moment. Comment avais-je pu oublier la raison même de ma mission? Pourquoi ai-je pensé que ma mission se trouvait dans les Andes pour accueillir le Serpent de Lumière, alors qu'elle devait débuter dans la chaîne de l'Himalaya?
- Cesse de te tourmenter. Tu vois, je suis là pour te rappeler ta véritable mission! Nous n'avons plus beaucoup de temps pour effectuer le transfert. Nous procéderons comme nous l'avons fait au temps de Zara, notre version égyptienne. Tu te souviens...

Je fouillais dans les tiroirs de ma mémoire à la recherche de ce fameux procédé quand il ajouta :
- La puissance du Trois...

Tout devint instantanément limpide. Je me rappelai cette technique de téléportation que nous avions réalisée en compagnie de Sirius, alias Pétale Blanche. Comme la vie était astucieusement belle et magnifique. Tout était lié à Tout...
- Voici mon plan, trancha Aigle Bleu. Nous formerons un triangle, comme à l'époque. J'irai me poster à la source, dans le mont Everest, où est confiné le trésor. Toi, tu restes ici. Marco devrait déjà être en position au lieu de destination, dans les Andes.
- Et comment prévient-on Marco de l'opération à mener?
- Je m'en occupe. En un instant, je me déplacerai jusqu'à lui. Ensuite, j'irai prendre ma position. Va t'étendre dans la forêt, j'entrerai en contact avec toi par la conscience du vent. Ne fais qu'un avec la cime des arbres, je te parlerai. Maintenant, je dois y aller.

Je n'eus pas le temps de le remercier qu'il était déjà parti.

***

LA LISEUSE D'ÂME

- Maître, on a un sérieux problème... Le Serpent vient d'arriver au pied du Colosse des Amériques, mais le trésor n'y est pas...
- Quoi? Vous devez sûrement faire erreur...
- Je ne crois pas, il n'y a aucune trace du trésor dans les entrailles de la montagne.
- C'est impossible! s'emporta le Maître.
- Je vous assure que si. Mais j'ai peut-être trouvé le coupable. Vous vous souvenez du jeune homme qui était avec la fille. Eh bien, son être de lumière flotte au-dessus de la montagne.
- Mais vous m'aviez juré que vous l'aviez mis hors d'état de nuire!
- Je sais... je ne comprends pas ce qu'il fait là.
- Mais qu'est-ce que vous attendez pour l'éliminer?
- On devrait peut-être entrer en contact avec lui, c'est peut-être lui qui a fait disparaître le trésor.
- Faites-le passer aux aveux et ensuite débarrassez-vous de lui et du Grand Serpent. Vous m'avez entendu? Exécution!
- À vos ordres, Maître!

***

Soudain, une présence lumineuse se manifesta devant moi.

- Marco, c'est moi, Aigle Bleu.
- Mais qu'est-ce que tu fais ici?
- On a plus un instant à perdre, laisse-moi t'expliquer.

Après l'avoir écouté, je compris la portée de l'opération qui était en cours pour le transfert du trésor. Toutefois, avant de rematérialiser le trésor dans les entrailles de la montagne, si les Z intervenaient, j'allais devoir négocier avec eux. Le trésor en échange de vos vies.

***

LA LISEUSE D'ÂME

Nayan m'avait vue m'allonger à la lisière de la forêt et accourait vers moi.

- Qu'est-ce que tu fais, p'tite sœur?
- Je dois me mettre en position pour l'opération de transfert.
- Quelle opération? s'étonna-t-il.
- Je n'ai pas le temps de t'expliquer, fais-moi confiance.
- Dans ce cas, je reste auprès de toi.
- D'accord. Donne-moi ta main.

***

Un immense vaisseau spatial apparut au-dessus de la montagne. Les voilà donc, me suis-je dit. Une voix retentit dans ma conscience.

« Vous savez pourquoi nous sommes ici, sinon vous ne seriez pas là en ce moment. Dites-moi où est le trésor, sinon vous pouvez faire vos adieux à ce bas monde… Ai-je été assez clair? »

« Je vous rends le trésor et vous repartez, sans effusion de sang. Et vous laissez le Grand Serpent tranquille. C'est entendu? »

Un long silence plana.

« Marché conclu. »

Impossible de faire confiance à cette voix de traître, mais je n'avais pas d'autre choix. Je me mis en position pour l'opération de transfert.

***

À l'autre bout de la planète, sur le toit du monde, Aigle Bleu procédait au transfert tandis que SoMauve y joignait son énergie,

LA LISEUSE D'ÂME

pour obtenir la puissance du Trois. Dès que nos filaments de lumière formèrent un triangle, le trésor disparut de l'Everest, pour réapparaître au cœur du Colosse des Amériques.

***

« Vous avez ce que vous vouliez. À présent, à vous de tenir votre promesse, dis-je à l'intention des Z. »

***

À bord du vaisseau-mère des Z.

- Maître, il a tenu parole! Le trésor vient d'apparaître sur nos écrans radars.
- Excellent. Envoyez les rayons noirs. Puissance maximale!
- Mais le vaisseau du chef Zol est encore en position au-dessus de la montagne! Et il a conclu un marché...
- Foutaise! Qu'ils périssent tous! Lui et son équipage, ils ont bien failli tout faire échouer.
- Mais... Maître, il s'est racheté, nous avons le trésor, à quoi bon l'éliminer?
- Les erreurs sont impardonnables... Envoyez les rayons, tout de suite! C'est compris!

L'officier en fonction s'exécuta, mais il eut le temps d'envoyer un signal d'alerte à son chef.

***

- Déployez le bouclier de protection! Exécution! ordonna le chef Zol à l'officier qui se tenait près de lui.
- Pour quelle raison?
- Le Maître a semble-t-il décidé de se débarrasser de nous également.
- Ignoble personnage!

- Je sais! Je n'ai jamais véritablement été d'accord avec son plan pour dominer la race humaine et son obsession de contrôler l'Univers.

Au même instant, une décharge de rayons ébranla le vaisseau. Le chef Zol réagit aussitôt.
- Positionnez le vaisseau au-dessus de la colonne de lumière qui s'échappe de la montagne.
- Mais vous êtes fou! Cette lumière va nous foudroyer sur-le-champ.
- Pas si notre intention est de protéger le Serpent de Lumière de l'anéantissement.

Une seconde onde de choc frappa le bouclier qui fit trembler le vaisseau de toutes parts.

- Allez, obéissez, ne discutez plus!

Le vaisseau se déplaça juste au-dessus de la cime du Colosse des Amériques, tel un immense parapluie protecteur.

- Je vous l'avais dit... La lumière est intelligente, elle, au moins...

***

J'étais sidéré. La navette des Z encaissait les attaques du vaisseau-mère, tout en protégeant le site et le Serpent de Lumière. Nous avions maintenant de nouveaux alliés... Comment était-ce possible?

Soudain, un gigantesque faisceau noir déchira le ciel et pulvérisa le navette qui se tenait au-dessus de la montagne. Notre fin était venue...

***

LA LISEUSE D'ÂME

- Maître, je l'ai eu, dit l'officier, peu fier de ce qu'il venait de faire.

Mais s'opposer au Maître, c'était mourir sur-le-champ.

- Parfait. Récupérez le trésor et détruisez tout. La montagne, le Grand Serpent et tout ce qui s'y opposera. Exécution!

***

Un rayonnement obscur enveloppa soudainement la montagne dans un linceul morbide. Je tentai de me tirer de là, mais des taches noires s'accumulaient sur mon corps de lumière, me privant de tout mouvement. J'étais englué dans une toile visqueuse. Pris dans ce piège venimeux, je sentais ma lumière faiblir et ma conscience se fissurer. J'allais me dissoudre dans cet acide noir…

***

Aigle Bleu était revenu auprès de SoMauve, qui était encore étendue dans la forêt aux côtés de Nayan.

- Tu as été formidable…
- Nous avons réussi alors? lui demandai-je excitée.
- Oui, le transfert a été effectué à la perfection.
- Et Marco?
- J'ai tenté d'aller vers lui, mais toute la zone est infranchissable.
- Qu'est-ce que tu veux dire?
- Les Z pilonnent le Colosse des Amériques. J'ai bien peur qu'il ne soit trop tard…
- On doit trouver une solution! On ne peut pas laisser tomber Marco. Je t'en supplie, Aigle Bleu.
- Désolé, SoMauve, j'ai fait tout ce que j'ai pu…

Au même instant, il disparut sans même terminer sa phrase. Nayan me prit la main et me souffla à l'oreille :

- T'en fais pas p'tite sœur, je resterai toujours auprès de toi.

LA LISEUSE D'ÂME

***

Une immense colonne de rayons noirs, plus dense que les précédentes, allait s'abattre sur la montagne, quand soudain, le ciel s'enflamma de mille feux. Mon être fut projeté dans l'espace sous l'onde de choc. Puis, ce fut le vide. Le néant. Tout était fini…

LA LISEUSE D'ÂME

Par-delà la courbure du temps

J'étais recroquevillée en boule sur la galerie. Le vent faisait danser les pages de mon cahier. C'est là que je le vis, mon bateau. Pareil à celui que j'avais dessiné la veille. Ma liberté voguait à l'horizon et se découpait dans la brume matinale, tel un fantôme émergeant de la nuit des temps. Je fermai les yeux pour ne pas le voir se dérober avec tous mes espoirs. Je divaguais d'une berge à l'autre de ma conscience, rêvant d'un avenir à créer. Après un temps, qui me parut une éternité, j'ouvris les yeux sur mon futur. Il était là, tout près. Devant moi. Imposant et majestueux. Il était venu me chercher. Le voilier blanc...

Le cri strident d'un goéland me tira de mon sommeil. Je portai mon regard sur l'océan, il n'y avait aucun bateau à l'horizon. Je pris dans mes mains mon cahier et vis le dessin du voilier que j'avais fait hier soir, avant de m'endormir. La joie qui m'avait alors envahie faisait place à une tristesse incommensurable. J'avais donc rêvé toute cette histoire... Et mon Étoile Blanche n'avait existé que dans mes rêves. Une boule me noua l'estomac, j'allais être malade. J'avais trop mal au cœur. Marco...

***

J'étais là, sur le quai du village, canne à pêche à la main et casquette rouge visée sur la tête. J'attendais. J'attendais de le voir apparaître sur la ligne bleutée de la mer. Imposant et majestueux. Voiles grandes ouvertes. J'attendais. J'attendais de découvrir le sourire radieux de mon Ange, rayonnante dans sa belle robe rose, m'atteindre droit au cœur. J'attendais. J'attendais de pouvoir la saluer en enlevant ma casquette d'un geste galant. J'attendais. J'attendais de croiser son regard émeraude pour lui souffler une envolée de baisers. Mais plus j'attendais, plus la cruelle réalité me rattrapait. J'avais donc rêvé toute cette histoire... Et mon Ange n'avait existé que dans le paradis de mes rêves. Mon cœur se serra dans ma poitrine, broyant mon avenir en mille miettes. SoMauve...

***

- Est-ce que ça va, Aigle Bleu? me souffla Pétale Blanche à l'oreille.
- Oui, marmonnai-je faiblement.
- Mais qu'est-ce que tu as fait? Étoile Filante m'a raconté que tu étais parti rendre visite aux Grands Esprits. Et Pawoo te cherche partout...
- Je t'expliquerai plus tard, ma belle, c'est une longue histoire...

***

- Allez, p'tite sœur, raconte-moi tout! Qui est Aigle Bleu? Et ce Marco, c'est qui? Je veux tout savoir...
- Je t'expliquerai plus tard, Nayan. Tu sais, c'est une longue histoire...

***

Un Capitaine au visage buriné et à l'uniforme bleu ciel déambulait dans le port à la recherche de Marco et de son navire. Attristé, il soupira en pensant qu'il avait probablement rêvé toute cette histoire... Il s'était attaché à son jeune acolyte et à la belle sorcière qui était capable de lire les âmes. Malheureusement, tout cela semblait être le fruit de son imagination. Il regagna sa chaumière en pensant à son prochain voyage à Gênes avec son équipage. Ce serait possiblement son dernier. Il avait le goût de faire autre chose de sa vie. Il passerait voir cette fille qui habitait un village pas très loin sur la côte. Celle qu'il aimait depuis toujours, mais à qui il n'avait jamais osé lui avouer son amour. Soudain, il se souvint. Ce pourrait-il que...

LA LISEUSE D'ÂME

***

Le cœur chamboulé, je regagnai le sentier menant chez grand-père. À mon arrivée, je trouvai la porte d'entrée verrouillée. Bizarre. Grand-père ne ferme jamais sa porte à clé. Je frappai à la porte plusieurs fois. Il n'y avait manifestement personne à la maison. Je jetai un œil à travers les carreaux sales de la fenêtre. À mon grand étonnement, l'endroit paraissait abandonné depuis des lustres. Une vague d'inquiétude me submergea. Grand-père ne serait jamais parti sans me prévenir. Il ne m'aurait jamais abandonnée.

Je grimpai la colline en direction de la maison surplombant le vieux port. Peut-être que la vieille dame saurait m'expliquer ce qui se passait. En arrivant sur le seuil, je vis que la porte était cadenassée et les fenêtres placardées. Décidément, il n'y avait pas âme qui vive là non plus. Je traversai la route de gravier et m'avançai sur le quai. Je m'assis au bout, les pieds ballants et la tête dans les nuages. Ce pourrait-il que…

***

J'avais déposé ma canne à pêche et m'étais assis au bout du quai. Je contemplais l'horizon à la recherche d'une quelconque réponse, quand soudain, un flash me vint à l'esprit. Je me levai précipitamment et partis à la course en direction du port. Ce pourrait-il que…

***

Vénus. Base avancée des Pléiades.

- Mes chers Frères des Étoiles, nous célébrons aujourd'hui un grand événement! Un Nouveau Jour se lève pour nos Frères et Sœurs de la Terre qui entrent en ce moment dans la Cinquième Dimension, celle de la Liberté Universelle. Les Forces des Ténèbres ont capitulé devant la Puissance de la

LA LISEUSE D'ÂME

Lumière de Toute Chose. La Gaïa est dorénavant libre, et son Serpent de Lumière vous est reconnaissant pour votre précieuse aide. Merci encore pour votre intervention salvatrice. Que la Paix soit faite, sur la Terre comme dans les Cieux. Qu'il en soit ainsi.

***

J'allais en avoir le cœur net, une fois pour toutes. Si je n'avais pas rêvé toute cette histoire, je pourrais voyager sur les ailes du vent, comme me l'avait montré Aigle Bleu dans la forêt, où je m'étais étendue pour procéder à l'opération de transfert du trésor. Je fis le vide dans mon esprit et sentis le vent du large, qui caressait mon visage, s'infiltrer par tous les pores de mon être. J'étais prête à me laisser porter par son énergie. Mais où devais-je aller? me suis-je demandée, quand tout à coup, ma main toucha un objet dur dans la poche de ma robe. J'esquissai un sourire de joie. Maintenant, je savais où je devais me rendre.

***

Coup de chance, un pêcheur qui se rendait à Manarola eut l'amabilité de me prendre à son bord. Arrivé à destination, je remerciai mon hôte chaleureusement et traversai le village sans m'arrêter. Je dévalai à vive allure le sentier escarpé, creusé à même les falaises qui plongeaient dans la mer Méditerranée. Un deuxième hameau des Cinque Terre se profila à l'horizon. C'était Corniglia, que je contournai rapidement en empruntant un raccourci. Au village suivant, déshydraté, je fis une pause sur la grande place de Vernazza, là où il y avait la fontaine de Vénus. Je plongeai ma tête sous le jet d'eau pour me rafraîchir et bus un grand coup. Je poursuivis ensuite ma course sur le sentier de la falaise. Je ne devais pas être très loin maintenant. Je m'arrêtai en haut d'une côte. La vue sur le golfe Monte Rosso était magnifique. J'avais les yeux rivés sur le Chemin de l'Amour qui serpentait devant moi. Je l'aperçus immédiatement. Il était encore là, le grand pin. Droit et fier, dominant la mer. Je courus en sa direction, plus fébrile que jamais. Mon cœur battait la chamade dans ma poitrine. Pourvu que je n'aie pas rêvé tout ça…

En arrivant au pied de l'arbre, je vis tout de suite le vieux filet de pêche que j'avais enroulé autour du tronc. Un cadenas bleu scintillait dans les mailles du filet. Je crus que mon cœur allait exploser de joie. Je pris le petit sachet en plastique dans lequel j'avais mis le vœu de mon cœur, écrit sur un bout de papier jauni. Je m'empressai de le lire avec émotion.

Jamais je ne cesserai de te chercher, jusqu'à ce que je te retrouve mon Ange. Marco. 16 août 2027.

Un homme, à bout de souffle, arriva en courant derrière moi.
- Hé, t'aurais pu m'attendre! Je n'ai plus ton âge, tu sais!
- Nico? Qu'est-ce que tu fais ici? Comment tu as su?
- Je suis passé voir Rébecca au cimetière, et en revenant sur la grande place, je t'ai vu te rafraîchir à la fontaine. Et je t'ai suivi jusqu'ici… répondit-il encore essoufflé.
- Ah, je suis si heureux de te revoir! m'exclamai-je en le serrant très fort dans mes bras.
- Moi aussi, moussaillon! Je vois que tu as délaissé ton accoutrement de petite fille aux herbes, me lança-t-il en riant dans sa barbe.
- Et moi, je vois que tu n'a rien perdu de ton côté sarcastique!

Une brise venue du large fit ondoyer la cime du grand pin. Puis un bruit métallique se fit entendre sur le sentier de cailloux. Je me retournai vivement, comme si l'on venait de me taper sur l'épaule. Un objet coloré brillait sous le soleil du midi. Je me penchai pour le ramasser. À sa vue, tout mon être se figea.
- Je t'attendais, mon Étoile Blanche…
- Mon Ange, c'est bien toi?
- Quoi? Aurais-tu donné un cadenas rouge à une autre fille?
- Bien sûr que non! SoMauve, où es-tu?

LA LISEUSE D'ÂME

Une rafale de vent me fouetta soudainement le visage.
- 	Je reviendrai Marco…

LA LISEUSE D'ÂME

Les retrouvailles

Trois mois plus tard.

J'avais pris le modeste héritage que m'avait laissé grand-père, ainsi que les recettes de la vente de la maison, pour m'acheter un petit voilier blanc. Je passai une dernière fois au cimetière pour lui faire mes adieux.

Comme je ne savais pas encore navigué en haute mer, je me rendis à Reykjavik, sur la Grande île, où un capitaine à la retraite et son fils avaient accepté de me conduire en Italie pour une bouchée de pain. Le vieux loup de mer m'avait lancé : « Ça me fait tellement plaisir de reprendre la mer que je vous conduirais à l'autre bout du monde, si tel est votre désir, ma belle demoiselle. »

La traversée se fit sans encombre jusqu'en Italie. Le grand jour était arrivé. Nous longions à présent les côtes de Portovenere. Encore une falaise à contourner et je le verrais, en chair et en os. Le voilier blanc passa devant le quai du village. Le jeune homme basané à la casquette rouge n'y était pas. Mon cœur s'affola. Il n'avait pas reçu ma dernière lettre? Le bateau glissait silencieusement au fil de l'eau et des larmes ruisselaient sur mon visage. Soudain, la coque du voilier heurta quelque chose à tribord. Je me précipitai de l'autre côté du pont et je figeai sur place. C'était Marco, agrippé à un tronc d'arbre, qui venait de nous rentrer dedans, fier de son coup.

- Tu te souviens la première fois qu'on s'est rencontrés, mon Ange? La première fois où j'ai pu te prendre dans mes bras, alors que tu t'étais échouée sur la coque de notre bateau, rescapée sur un mat du voilier. Eh bien, j'ai voulu te rendre la pareille! Y'a rien de plus grandiose comme sensation que de voir apparaître la personne que l'on aime le plus... alors

que l'on croyait l'avoir perdue à tout jamais. Qu'est-ce que t'en penses, mon Ange?
- Tu mériterais une bonne fessée! Attends que je t'attrape! lui criai-je en plongeant tête première par-dessus bord, sous le regard ahuri du Capitaine et de son fils.

Je nageai vers lui, et lui vers moi. Nos mains s'agrippèrent, nos corps s'enlacèrent et nos lèvres fusionnèrent.

- Hé, les amoureux! Fichez le camp d'ici! Vous allez faire peur aux poissons, hurla Nico qui venait d'arriver sur le quai avec sa canne à pêche.

Nous rîmes de bon cœur en regagnant le voilier à la nage. Nous nous étions enfin retrouvés…

***

Comme prévu au départ, le Capitaine et son fils allaient profiter de cette escale pour visiter l'Italie à leur guise. En retour de leurs services rendus, je leur prêtai mon voilier pour toute la durée de leur séjour. Nico nous invita chez lui pour dîner. Le Capitaine et son fils avaient décliné l'invitation, prétextant ne pas vouloir s'imposer.

Torse bombé, dans son uniforme des grandes occasions, Nico nous servit son meilleur vin et leva son verre pour faire un toast.
- Des retrouvailles, ça se fête en grand! s'exclama-t-il en entrechoquant son verre contre les nôtres.
- À nous tous! s'écria Marco.
- À nous tous! répondîmes-nous en chœur.

Soudain, je sentis une odeur de brûlé provenant de la cuisine.
- Je pense qu'il y a quelque chose qui calcine… dis-je en ricanant.
- Merde! hurla Nico en se levant de sa chaise comme une fusée.

LA LISEUSE D'ÂME

- On mangera autre chose, c'est pas grave! lança Marco.
- Pas question! J'ai pêché tout l'après-midi pour prendre ce foutu poisson, alors on le mangera cramé ou flambé!
- Tu veux dire brûlé vif! pouffa Marco.

Une atmosphère joyeuse régna tout au long du repas. En fait, nous savourions cette ambiance familiale que l'on avait peu goûtée dans notre vie et qui nous avait cruellement manquée. Nous étions trois solitudes enfin réunies, pour notre plus grand bonheur. Et au-delà de cet état de plénitude, il y avait quelque chose d'encore plus grandiose que nous tenions à célébrer aujourd'hui. C'était ce lien invisible… Ce lien indestructible qui s'était tissé entre nos âmes au fil des nombreuses vies que nous avions traversées ensemble. Comment ne pas reconnaître la beauté de cette orchestration divine. Tout était vraiment relié à Tout…

Nico se resservit un verre de vin et lâcha tout bonnement :
- Que s'est-il réellement passé dans les Andes? J'aimerais bien connaître la fin de l'histoire, moi!
- Les Frères des Étoiles sont venus à notre rescousse, comme ils l'ont fait en d'autres occasions lorsque la Terre était sur le point de franchir une étape importante de son évolution, répondis-je en lui faisant un clin d'œil.
- Les Frères des Étoiles? Comment tu sais ça, jeune fille? Ah, c'est vrai, tu es une sorcière!
- Cesse tes sarcasmes, Nico! Ce serait trop long à t'expliquer, mais sache qu'ils sont les Gardiens de la Terre.
- Et ce fameux trésor, c'était quoi au juste?
- Le trésor est un cadeau qu'ils nous ont fait il y a très longtemps.
- Un cadeau? s'étonna Nico.
- En fait, c'est un legs à l'Humanité pour qu'elle se souvienne de ses origines célestes…
- Alors il ne s'agissait pas de coffres remplis d'or et de pierres précieuses?

LA LISEUSE D'ÂME

- Oh que non! C'est un trésor inestimable... C'est la Mémoire de la Terre et de l'Humanité depuis ses origines. Tous les secrets de la Vie sont encodés sur des tablettes de cristal provenant des Pléiades. On y retrouve notamment l'Arbre phylogénétique de toute la planète et de tous les êtres vivants. Tout y est inscrit. De la danse des atomes aux colonies de bactéries, de la biologie cellulaire aux réactions chimiques complexes des organismes et écosystèmes vivants, incluant le secret des émotions et des treize hélices d'ADN. Tout y est révélé. Ce fabuleux trésor lève également le voile sur le mystère de la Création de l'Univers. Alors, tu peux t'imaginer à quel point ce trésor fut convoité au fil de l'histoire de l'humanité. Beaucoup de Rois et de Seigneurs en quête de pouvoir ont cherché à mettre la main sur ce joyau de connaissances, mais ils ne furent pas les seuls à s'y intéresser. D'autres civilisations, provenant d'ailleurs dans le cosmos, dont les Z, ces Maîtres généticiens, ne rêvaient qu'au jour où ils pourraient étendre leur suprématie grâce à cette science infuse, cachée quelque part sur Terre.
- Oh la la... On dirait que tu as déjà eu accès à ce trésor, ma belle!
- Effectivement, c'est le cas! Enfin, pour être plus précise, ce sont des versions antérieures de moi qui y ont eu accès.
- C'est incroyable... marmonna Nico.
- Moi aussi j'ai approché le trésor! s'exclama Marco.
- Zara s'en souvient, mon cher Aurélius!
- Bon, vous vous raconterez vos vies antérieures plus tard, c'est l'heure d'y aller! annonça Nico en nous lançant un regard coquin.

***

Lorsque nous arrivâmes dans le port, le soleil couchant déversait son or en fusion sur une mer calme et peignait de ses rayons des nuages roses et mauves. Nico avait affrété un magnifique voilier blanc pour l'occasion. Il tenait à être notre Capitaine d'honneur pour cette escapade mémorable. Dès que nous quittâmes le port, Nico déboucha une bouteille de Franciacorta, le Champagne italien par excellence, et nous servit allégrement. Nous fîmes le court trajet jusqu'à Vernazza dans la douceur d'une brise parfumée de romantisme.

À notre arrivée, les villageois s'étaient rassemblés sur le quai pour nous accueillir. C'était sans doute l'œuvre de Nico. Il avait sûrement prévenu son ami Alberto de notre visite, et l'aubergiste avait répandu la nouvelle comme une traînée de poudre. Marco me prit la main alors que nous nous engagions sur la passerelle menant sur la terre ferme. Sous les acclamations nourries et une pluie de pétales de roses, nous fendîmes la foule en liesse. Ce chaleureux accueil égaya nos cœurs qui débordaient de reconnaissance. Nous saluâmes les gens venus à notre rencontre et poursuivîmes notre route dans le petit village en empruntant un dédale de ruelles usées par les âges. Respectueux, les villageois se dispersèrent et rentrèrent chez eux, nous laissant notre intimité.

Au bout d'un quart d'heure de marche, Nico s'arrêta et nous fit un large sourire. À flanc de colline, un panneau indiquait le départ du Chemin de l'Amour.
- Voilà, vous y êtes enfin, les amoureux!

Main dans la main, nous nous engageâmes sur le sentier taillé à même la paroi rocheuse. En musique de fond, on entendait le mantra des vagues se fracassant contre la falaise. Dans la magnificence d'un crépuscule empourpré, je fus saisi par la beauté du panorama qui m'émerveillait à chacun de mes pas. Le chemin portait bien son nom, car au fil de mon avancée, je sentais mon cœur se gonfler d'amour pour cet homme qui marchait fièrement à mes côtés. Suspendus entre les étoiles naissantes et la mer d'opaline, c'était la plus romantique balade que l'on puisse imaginer. Partout où mon regard se posait, je voyais des assemblages de petits cadenas maillés ensemble, entortillés autour de fils de fer ou attachés aux rampes métalliques qui bordaient le

chemin. Marco me sortit de ma rêverie en me donnant un petit coup d'épaule affectueux. Je relevai la tête pour apercevoir le grand pin qui se dressait devant nous dans toute sa splendeur. Nous franchîmes en silence les derniers mètres qui nous en séparaient. Marco sortit le cadenas rouge de la poche de sa veste et me le tendit.
- C'est à toi maintenant de sceller notre amour pour l'éternité!

J'ouvris mon cadenas et le verrouillai à celui de Marco qui pendouillait dans les mailles du filet de pêche. Il me serra tendrement dans ses bras en me chuchotant à l'oreille :
- Enfin, je t'ai retrouvée, mon vœu a été exaucé! Je t'aime SoMauve.
- Moi aussi, je t'aime Marco, lui soufflai-je en extirpant un bout de papier d'un pan de ma robe. À mon tour de te faire part de mon vœu! m'exclamai-je excitée en lui tendant un petit billet mauve.

Une créature sombre et filiforme surgit d'un tas de cailloux au pied de l'arbre. Elle serpenta doucement jusqu'au couple d'amoureux. En un éclair, la créature se cabra en position d'attaque.
- Attention! hurla Nico. Ne bougez surtout pas! Y'a un serpent prêt à bondir, juste derrière vous!

Nos êtres se figèrent et nos cœurs se glacèrent, alors que le bout de papier s'échappait des doigts de Marco, emporté par la brise du large. Ils étaient de retour...

***

Le temps s'arrêta. Un silence d'une profondeur inouïe nous avala dans son abîme. Chacun retenait son souffle, appréhendant le coup fatal. Dans l'immobilité la plus complète, même les étoiles avaient cessé de cligner des yeux, surprises elles aussi par la tournure des événements. Nico émit un son rauque, cherchant à nous prévenir du danger qui se tramait dans notre dos. Je sursautai quand une

sensation froide et gluante s'empara de ma cheville. Je sentis le reptile s'enrouler autour de ma jambe. Affolé, Marco se rendit compte de la gravité de la situation et voulut se porter à mon secours. D'un geste de la tête, je l'en dissuadai. Il valait mieux ne pas le brusquer. Paralysée par la peur, je ne parvenais pas à lire ses intentions. Que me voulait-il? Je le sentis onduler jusqu'à la hauteur de ma cuisse et le vis relever la tête, comme s'il s'apprêtait à planter ses crocs dans ma chair. Au dernier moment, mon regard intercepta ses petits yeux vitreux, et dans une pulsion de survie, je lui envoyai une pensée d'amour. Le reptile s'immobilisa et émit un sifflement aigu, laissant apparaître sa langue frétillante. Il étira son cou vers mon avant-bras, comme s'il souhaitait que je le prenne dans mes mains. Très doucement, j'ouvris les paumes de mes mains et les tournai en sa direction, l'invitant à s'approcher. Il demeura sur ses gardes, évaluant la situation, lorsque je m'entendis lui parler :
- Viens, n'aie pas peur!

Sidérés, Nico et Marco me dévisagèrent d'un air incrédule et inquiet à la fois. Dans un mouvement fluide et élégant, il s'enroula autour de mon bras et vint poser sa tête au creux de mes mains ouvertes. Je sentis sa langue bifide me chatouiller la paume, alors que de splendides couleurs émanèrent soudainement de son aura.

Une voix chaleureuse retentit dans nos esprits.

> « La Gaïa vous remercie pour votre contribution à l'avancement du Grand Plan. La réussite de cette mission est l'aboutissement d'une quête colossale entreprise il y a plus de 45 millions d'années, alors que votre être de lumière s'est scindé en deux polarités distinctes. L'une d'énergie féminine et l'autre masculine. Votre désir était d'explorer la Création en vous incarnant sous différentes formes de vie, pour en découvrir toutes les facettes. Vous aviez choisi cette aventure céleste pour vivre, pour connaître, pour aimer et pour ressentir toute la gamme des émotions qu'une âme incarnée puisse expérimenter. La pérégrination de vos existences

futures était déjà tracée dans la spirale de la vie, mais chacun de vous aviez le libre-choix d'en modifier le parcours. Vous aviez également planifié des points de jonction, des croisements de trajectoires au fil de vos vies, afin de vous retrouver ensemble de nouveau pour ne faire qu'Un. La magnificence de ce Plan Divin vous avait tout de suite enchantés, n'est-pas? »

La voix s'interrompit, marquant une pause où chacun de nous cherchait une confirmation dans le regard de l'autre. Une confirmation qu'il n'était pas le seul à entendre cette voix dans son esprit. Soudain, les yeux du serpent s'illuminèrent, projetant un faisceau de lumière blanche sur le sol. Sous nos yeux ébahis, apparurent neuf étoiles brillantes comme du cristal. Elles scintillaient au pied du grand pin, tel un rappel d'un lointain passé. Je fouillai dans les souvenirs de mon âme... Elle n'avait rien oublié. C'était notre passeport pour l'éternité... le pont de lumière entre nos vies... Marco esquissa un sourire qui me fit comprendre qu'il s'en rappelait lui aussi.

La voix retentit à nouveau à l'intérieur de nous.
  « Sept étoiles plus une vous relieront jusqu'à ce que la neuvième étoile s'active, sonnant l'Heure de la Réunification ultime, l'Heure du Retour vers le Un. »

L'écho de la voix se perdit dans l'infini de nos esprits. Des rayons lumineux jaillirent des yeux du reptile et foudroyèrent les neuf étoiles cristallines. Contre toute attente, celles-ci se réorganisèrent pour former un cercle parfait. La neuvième étoile, plus brillante que les autres, s'installa au centre du cercle. Un déclic se fit dans ma conscience et de lointains souvenirs émergèrent... Le médaillon... m'entendis-je murmurer. Marco se tourna vers moi et acquiesça d'un signe de tête. À présent, tous les morceaux du puzzle commençaient à mettre en place.

La voix répéta encore une fois :

LA LISEUSE D'ÂME

« Sept étoiles plus une vous relieront jusqu'à ce que la neuvième étoile s'active, sonnant l'Heure de la Réunification ultime, l'Heure du Retour vers le Un. »

Je me souvins. Il se souvint. C'est en ces termes que l'Oiseau de Feu nous avait souhaité un magnifique voyage de retrouvailles. Retrouvailles qui nous permettraient de lever le voile de la séparation dans laquelle nous serions plongés pour une parcelle d'éternité. L'Oiseau de Feu... c'est lui qui avait permis la subdivision de nos êtres de lumière. C'est lui également qui veillerait à la migration de nos âmes, d'une forme de vie vers une autre, au fil de notre périple par-delà le temps. Jamais il n'avait été question de mort ou de fin de vie, il était plutôt question d'une évolution de l'âme sur une boucle spiralée sans fin, où tout était lié à tout.

Des éclats de rire retentirent dans l'éther.
« Vous me voyez heureux de constater que vos âmes se souviennent de moi! À cette époque, sur une petite planète des Pléiades, mon être incarnait le Phénix de la Montagne de Cristal, ou l'Oiseau de Feu, comme vous m'avez baptisé! Moi aussi, j'ai évolué depuis ce temps! »

Un son strident ce fit entendre, alors que tout le corps du serpent s'illumina, irradiant une lumière dorée apaisante. Il desserra son étreinte autour de mon bras et ondula vers la main que Marco lui tendait. Nico s'approcha timidement et ouvrit les mains à son tour. Le reptile glissa dans ses paumes, avant de revenir poser sa tête au creux de mes mains, où gisait le bout de sa queue. Le corps du serpent formait à présent un cercle parfait entre nos mains.

Sur un ton encore plus doux, la voix s'insinua dans nos esprits.
« D'Oiseau de Feu, je suis devenu Serpent de Lumière. Ma transformation a également pris des millions d'années, tout comme vous! Mon cœur de cristal s'est affiné en une puissante lumière. Les vieux sages Mayas furent témoins de

cette mutation et ils m'avaient alors surnommé, à juste titre, le Serpent à Plumes. Aujourd'hui, je suis prêt à boucler la boucle de cette évolution… »

Nous échangeâmes des regards interrogateurs, alors que des images prirent soudainement formes sur l'écran de nos consciences. Nous vîmes l'Oiseau de Feu s'incarner dans le noyau en fusion au centre de la Terre, où son âme cristalline se liquéfia en fleuves dorés, que le cœur de la Gaïa pompa dans les veines minérales de la croûte terrestre. Les Frères des Étoiles collaborèrent activement à la naissance de cet embryon Pléiadien, qui allait devenir plus tard le Serpent de Lumière. Les images s'accélèrent et nous assistâmes à l'apparition des premières formes de vie dans les océans, issues de la matrice saline de la Terre. Nous vîmes ensuite les premières espèces terrestres se propager à la surface de la planète. Les cycles cosmiques se succédèrent, et après une longue gestation, il y eut l'apparition du genre humain, fruit d'un ensemencement stellaire inédit. Cette merveilleuse espèce, qu'est l'humain, fut dotée d'attributs biologiques inégalés et incomparables dans tout l'Univers. Son bagage génétique renferme entre autres le secret des émotions, résultat d'une alchimie spirituelle héritée des Frères des Étoiles. Nous fûmes à même de constater que le genre humain devint une créature très convoitée, notamment pour cette qualité émotionnelle qui semblait faire défaut aux autres espèces de la galaxie. C'est ce trésor, le secret des émotions, que les Z cherchèrent résolument à acquérir au cours des millénaires. Car ces Maîtres généticiens, aux capacités intellectuelles et technologiques hautement avancées, ne pouvaient pourtant recréer les émotions. À notre grand étonnement, nous réalisâmes que les Z, malgré les préjudices infligés à l'humanité dans leur quête du trésor, faisaient également partie du Grand Plan. De polarité différente de celle des humains, ils contribuèrent, à leur façon, à l'évolution et à la transformation de la race humaine. Les images qui défilaient dans nos esprits nous révélèrent une grande vérité sur la Vie : il ne saurait y avoir d'évolution sans polarité. Les contraires s'attirent mutuellement, cherchant constamment à s'équilibrer au sein d'un même champ d'énergie. Il en est ainsi pour tout ce qui existe dans le Cosmos. Dans la danse des atomes comme dans celle des galaxies, dans l'alternance de l'obscurité et de la lumière, dans l'interaction entre les hommes et les femmes, et ainsi de suite, la polarité insuffle son rythme.

Les images s'estompèrent et la douce voix reprit ses explications.
« Vous voyez, tout est polarisé! C'est le magnétisme qui assure l'évolution et la cohésion de l'ensemble de l'Univers. Le magnétisme du centre de la galaxie influence celui du Soleil qui, à son tour, interagit avec le champ magnétique de la Terre. Le Serpent de Lumière est cette énergie mouvante qui harmonise le magnétisme de la Gaïa et qui régule votre kundalini, vos chakras et votre ADN, selon un cycle cosmique de 26 000 ans. Un grand changement est en train de se produire en ce moment au niveau énergétique de la planète, puisque nous venons de franchir la première phase du cycle de la précession des équinoxes. Celle-ci a débuté au temps de l'Atlantide, il y a 13 000 ans, et s'est achevée au tournant de 2012, période connue sous le nom de *Brisure du Temps*. La deuxième portion du cycle exige un recalibrage des énergies de la Terre. Il faut savoir que durant les treize derniers millénaires, le Serpent de Lumière a concentré son énergie dans l'hémisphère Nord, le pôle masculin de la Gaïa. Le Trésor de la connaissance a résidé dans la contrée de la Terre Rouge, en Égypte, pour ensuite se déplacer aux abords de la Grande Mer de Sel, la Mer Morte, avant de migrer dans les contreforts de l'Himalaya. Au cours de vos vies antérieures, vous avez participé activement aux transferts du Trésor, en suivant l'énergie du Serpent de Lumière dans ses déplacements régénérateurs. La *Brisure du Temps* a apporté dans son sillage un changement vibratoire au sein de l'énergie. C'est pourquoi le Serpent de Lumière s'est déplacé jusqu'à l'hémisphère Sud, dans la Cordillère des Andes, là où l'énergie féminine y est concentrée. Le Serpent de Lumière est donc revenu à son point de départ, dans la

matrice qui l'a vu naître il y a des millions d'années. Cette harmonisation des énergies féminines et masculines, qui a eu lieu dans le Mont Aconcagua, a permis la Réunification ultime des polarités de la Gaïa. Tout comme vous, qui avez réussi à réunifier votre être de lumière qui s'était scindé en deux pôles distincts, il y a 45 millions d'années. La Réunification de la Gaïa permettra d'accélérer le passage de l'humanité dans la Cinquième Dimension. Cette ère verra naître une nouvelle énergie remplie d'un potentiel immense et inédit. Ce sera le début d'un temps nouveau où de grands changements surviendront sur toute la planète. Tout ce que vous aviez cru impossible auparavant deviendra à votre portée. L'énergie qui permettra de faire ce bond phénoménal sera d'attribut quantique. Dans le monde de la Troisième Dimension, tout fonctionne de façon linéaire, comme vos horloges qui marquent le temps. Mais dans la Nouvelle Énergie, les notions de passé, présent et futur seront abolies. Il n'y aura plus qu'un seul moment : l'Omniprésent. Qui sera partout présent. Comme la lumière! Celle-ci est à la fois onde et particule, et quand elle revêt son habit d'onde, la lumière est partout à la fois. C'est le principe de non-localité, propre à l'univers quantique. L'onde est porteuse d'informations et de potentialités infinies. C'est lorsqu'elle est observée par l'être humain que la lumière réagit et devient particule. Sous sa forme de corpuscule, la lumière est localisée. Elle est ici ou là. Cela veut dire que quel que soit l'objet de votre attention, de votre conscience, vous donnez de l'énergie à cet objet, vous le créez et l'attirez dans votre vie. Dans l'ancienne énergie, le temps entre la pensée et la manifestation était long. Mais dans la Nouvelle Énergie, les pensées sont amplifiées et se manifestent très rapidement. Nous célébrons aujourd'hui le saut quantique que l'humanité s'apprête à faire en franchissant le seuil de la Cinquième Dimension. »

LA LISEUSE D'ÂME

La voix se tut et un profond silence nous enveloppa de son aura. Incapable de contenir son émotion, Nico devint soudainement très volubile.
- Est-ce que vous avez entendu la même chose que moi? C'est complétement délirant cette histoire de Nouvelle Énergie!
- Oui, c'est fabuleux! Et toi, tu n'y crois pas? demanda Marco.
- Ce n'est pas que je n'y crois pas, mais cela dépasse mon entendement, vois-tu!
- Et tu penses que moi j'ai tout compris?
- Mais vous deux, les surdoués, vous aurez la chance d'entrer dans la Cinquième Dimension, alors que moi…
- Pourquoi aurions-nous plus de chance que toi? s'étonna Marco.
- Eh bien… vous êtes des êtres réunifiés, mais pas moi!
- Y'a pas que nous qui pouvons accéder à la Cinquième Dimension, tout le monde le peut!

La voix intervint dans notre conversion.
  « Marco a raison. C'est à la portée de tous les humains, il s'agit simplement d'en émettre l'intention. Et toi Nico, tu es passé à une parole près de pouvoir réussir ta Réunification. En fait, un seul mot aurait suffi, mais tu n'as pas su le dire à celle que tu aimais. Ce n'est pas un reproche, mais la prochaine fois que l'occasion se présentera, ne rate surtout pas ta chance! »
- Je vous jure que je ne la raterai pas! s'emporta Nico.

La voix reprit dans nos esprits.
  « La réunification des flammes jumelles peut se faire de multiples façons, cela dépend de chacun et du moment qui est le plus opportun pour les âmes en question. Dans ton cas SoMauve, tu es un être né de la réunification de tes parents. Tu es également tes parents. Tu es l'âme de Simon et de Stella réunies en un seul être. Alors que pour toi Marco, la réunification a eu lieu en cette vie, et de façon tout à fait singulière! Elle a eu lieu en 2018, l'année du Grand Bouleversement, tu te souviens? L'âme d'un être qui venait

de quitter son vêtement de chair s'est jointe à toi, alors que tu pleurais la disparition de tes parents, là-haut sur la colline surplombant la mer. C'est cette belle âme qui t'a sauvé, alors que tu te laissais mourir de chagrin, refusant de t'alimenter pendant des jours. Tu as cru que c'était la musique jouée par le vieil homme, provenant de l'autre versant de la colline, qui t'avait maintenu en vie. Mais en réalité, c'était la joie de retrouver l'autre partie de toi-même qui t'a insufflé l'énergie de vivre. Et toi SoMauve, quand ton regard a croisé celui de Marco sur le quai à Portovenere, tu n'en croyais pas tes yeux, n'est-ce pas? C'était quelque chose de si improbable que ton cœur s'est mis à battre tellement vite dans ta poitrine que tu pensais qu'il allait éclater. Tu ne pouvais pas croire ce que tu avais lu en son âme, c'était trop beau pour être vrai! C'était si grandiose, si divinement orchestré que ça dépassait tout ce que tu aurais pu imaginer. En Marco, tu retrouvais ton frère Nayan, ton amie Pétale Blanche et ta mère adoptive... Maude! Ainsi que beaucoup d'autres personnes que tu avais aimées au fil de tes vies sur Terre. Tu peux comprendre maintenant cette attirance irrépressible que tu as eue envers Marco. Et il en était de même pour lui, qui retrouvait en toi sa Zara, son Joshua et son Shalaam! Comme la vie est bien faite, n'est-ce pas? »

La gorge nouée par l'émotion et le cœur débordant de reconnaissance, nous ne pouvions retenir nos larmes de joie.

« Vous n'étiez pas venus ici pour célébrer un événement? Bon, je vous laisse fêter vos retrouvailles dans l'intimité! »

Nous déposâmes le serpent au sol. Ce dernier s'enroula autour du cercle d'étoiles en cristal qui gisait au pied du pin. Le serpent se mordit la queue, et tout son corps s'enflamma de lumière dorée, avant de disparaître sous nos yeux.
« La boucle est bouclée... » entendîmes-nous dans l'espace de notre esprit.

LA LISEUSE D'ÂME

Un objet argenté scintillait à l'emplacement où s'était lové le serpent. Je me penchai pour le voir de plus près. Mon cœur fit un bond dans ma poitrine en l'apercevant. C'était notre médaillon... notre passeport pour l'éternité... Il avait conservé son éclat d'origine malgré le passage des siècles. Je pris l'objet de ma création dans mes mains et je l'enfilai autour du cou de Marco.
- Voici pour toi le pendentif recélant l'amour inaltérable que j'éprouve envers l'homme merveilleux que tu es Marco.
- Merci infiniment SoMauve, c'est un présent inestimable.
- Je l'avais fabriqué pour toi et je comptais te le remettre lors de notre rendez-vous galant sur la pointe sablonneuse, aux abords du Nil, tu te souviens?
- Oui, très bien... mais je ne suis jamais allé à ce fameux rendez-vous!
- En effet, Homreb et son armée t'ont assassiné juste avant que tu me rejoignes, mon cher Aurélius. En défendant le Trésor au péril de ta vie... Mais aujourd'hui, j'ai l'immense joie de pouvoir enfin te le rendre.
- Comme quoi il y a un temps pour chaque chose!
- Tu imagines le chemin parcourut par ces étoiles de cristal... De Shalaam à Océane, d'Aurélius à Zara et de Zara à Sirius, qui amena le médaillon avec lui jusqu'au toit du monde dans l'Himalaya.
- Et c'est Aigle Bleu qui a transféré le Trésor de l'Himalaya jusqu'aux Andes!
- Et c'est le Serpent de Lumière qui nous en a fait cadeau ce soir...
- C'est ça la Cinquième Dimension, mon Ange!

Je lui donnai un baiser et me tournai vers le pin. J'effleurai du bout des doigts les deux cadenas enlacés dans les mailles du filet, et déclarai :
- Si j'avais un seul vœu à formuler, ce serait d'être avec toi pour toujours... Par-delà l'Éternité...

LA LISEUSE D'ÂME

Ému, Marco me serra dans ses bras et m'embrassa tendrement. Le temps s'arrêta au contact de nos lèvres...

- Bon, il va falloir penser à rentrer bientôt, nous lança Nico les yeux humides, manifestement mal à l'aise devant notre débordement amoureux.
- Tu sais que tu es un vrai « casseux » de party, mon cher maître de cérémonie! s'exclama Marco en pouffant de rire.
- Vous pouvez rester, moi je suis crevé par toutes ces émotions. Je rentrerai donc comme un seul homme!

Comme il allait tourner les talons, un faisceau de lumière bleutée émana du pendentif. Une image prenait forme au centre du médaillon. Instinctivement, Marco projetant le faisceau lumineux sur la chemise blanche de Nico.
- Wow! C'est pas croyable... marmonna Marco, bouche-bée.
- C'est fabuleux! hurlai-je d'excitation.
- Et moi, alors? Est-ce que l'homme-écran est autorisé à voir ce si merveilleux spectacle?
- Pas tout de suite! Ne bouge surtout pas, s'il te plaît, ordonna Marco.

Les yeux rivés sur la chemise de Nico, nous contemplions l'œuvre du Grand Plan dans un état de félicité.

La voix se fit entendre :
 « Un petit présent pour vous permettre d'apprécier la vue d'ensemble, bien qu'incomplète, cela vous donne une preuve de plus que Tout est lié à Tout éternellement! Recevez les salutations du Serpent de Lumière. »

- Ça suffit la comédie, je ne passerai pas la soirée à servir d'écran! s'emporta Nico en déboutonnant sa chemise.

Torse nu, il accrocha sa chemise dans les mailles du filet et, d'un air satisfait, se tourna vers Marco.
- Alors, tu me la montres cette image!

LA LISEUSE D'ÂME

Marco pointa le médaillon en direction du filet et la Spirale du temps apparut.

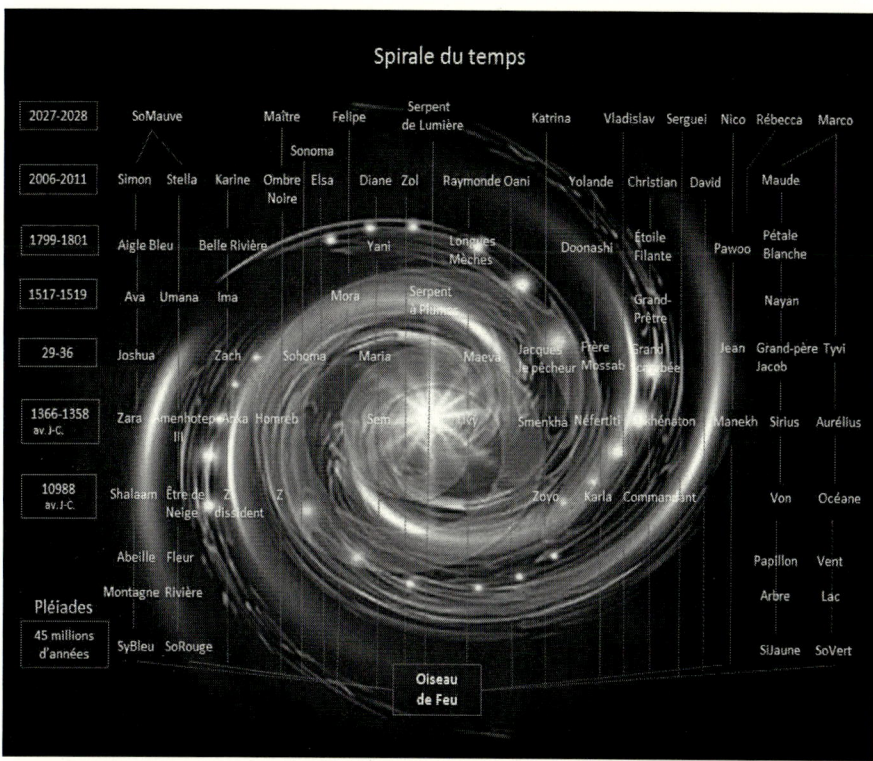

Époustouflés par l'Intelligence Suprême qui avait tissé de façon si remarquable cette toile sublime, où les fils de nos existences s'entrecroisaient dans une œuvre d'une beauté incomparable, nous ne pouvions que nous incliner devant ce dessein divin qui sous-tend toute chose. Nous restâmes un long moment sans dire un mot, à contempler le parcours de nos vies.

- Bon, je dois y aller, annonça Nico en retirant sa chemise agrippée dans le filet. Je vous souhaite une belle fin de soirée les amoureux! dit-il en nous faisant la bise.
- Hé! Tu ne peux pas partir comme ça? intervint Marco.

LA LISEUSE D'ÂME

- Laisse-le faire... chuchotai-je à l'oreille de Marco en lui prenant le bras.
- Quoi? Tu le laisses partir...
- Bonne soirée Nico! criai-je, alors que ce dernier s'éloignait sur le sentier.

Il nous fit un signe de la main et disparut dans la nuit. Marco me regardait d'un air faussement vexé.
- J'ai lu son âme... Et je sais très bien à quoi il pense depuis que nous sommes arrivés ici.
- Tu veux dire à qui il pense, n'est-ce pas?
- Oui, exactement. Il n'a pas cessé de penser à elle une seconde.

Marco prit le médaillon entre ses mains. Celui-ci diffusait une douce lueur bleutée en son centre.
- Je n'en reviens tout simplement pas... Je peux à présent admirer et toucher l'objet de ta création...
- Fabriqué à ton attention il y a plus de 3 000 ans!
- Il est magnifique! Ma chère Zara était une artiste très douée! Regarde tous ces détails gravés dans le métal et ces pierres cristallines d'une pureté et d'une brillance incomparables.
- Arrête, tu vas me faire rougir! Pour les pierres précieuses, tu n'as qu'à te féliciter, c'est toi qui me les as données, tu te souviens?
- Ouais... Je n'aurais jamais cru qu'elles traverseraient le temps... En fait si, je l'espérais vraiment...

Je pris ses mains dans les miennes et l'embrassai tendrement.
- On rentre, j'ai le goût de finir la soirée en beauté! lui murmurai-je dans son cou.
- D'accord, moi aussi j'ai le goût de toi!

Sous le regard approbateur des étoiles, nous gravîmes le Chemin de l'Amour en direction de Varnezza. Au détour d'un escarpement, nous vîmes une silhouette blottie contre un rocher. C'était celle d'un homme qui sanglotait. D'un pas feutré, nous nous

approchâmes pour lui venir en aide. L'homme se retourna brusquement en nous entendant arriver dans son dos.
- Nico! Mais qu'est-ce que tu fais là? Qu'est-ce qui t'es arrivé? s'inquiéta Marco en se penchant au-dessus de lui.

Les yeux rougis et les lèvres tremblantes, Nico nous sourit d'un air ahuri.
- Elle est venue... Elle est passée me voir... parvint-il à dire d'une voix brisée par l'émotion.
- Qui ça? demanda Marco qui connaissait la réponse.
- Rébecca... Elle m'est apparue...
- Ah oui? Et puis?
- Cette fois-ci, je n'ai pas raté ma chance... je lui ai dit... je lui ai dit que je l'aimais... soupira-t-il soulagé, alors que les larmes inondaient son visage, enfin délivré des brides qui muselaient son cœur.

Nous le prîmes dans nos bras sans dire un mot. Il y a de ces moments comme ça où les mots sont superflus. L'émotion parlait d'elle-même, dans cette communion d'âmes qui réchauffe les cœurs éprouvés. Nous restâmes un long moment enserrés l'un contre l'autre, avant de regagner le voilier qui tanguait doucement dans la baie.

- Moi j'vais me coucher! déclara Nico, épuisé par ce trop-plein d'émotions.
- Faites de beaux rêves, Capitaine! lui lançai-je, alors qu'il dévalait l'escalier menant à sa cabine.
- Bonne nuit à vous deux! Merci pour votre soutien, c'est
- grandement apprécié.
- De rien, Nico...

Nous restâmes sur le pont, enlacés dans la brise du soir.
- J'imagine qu'on va dormir à la belle étoile! s'exclama Marco en me faisant un clin d'œil coquin.
- Voilà que tu lis dans mes pensées à présent!

LA LISEUSE D'ÂME

- Pour une fois que c'est moi! Bon, je vais chercher des couvertures et je reviens, dit-il en s'éclipsant à l'arrière du bateau.

Je m'assis sur le parquet de bois et m'adossai contre le bastingage, le regard perdu dans le miroir étoilé. Un petit amas d'étoiles très brillantes attira mon attention. C'est là que tout avait débuté. C'est là que notre aventure céleste avait commencé... 45 millions d'années auparavant... à quelque 420 années-lumière de la Terre. J'entends encore dans mon esprit le chant sibyllin de la Mer de Cristal. Je vois encore le reflet bleuté de sept petites étoiles scintiller à sa surface, où des grappes d'étoiles de mer dérivaient gracieusement entre deux eaux, sifflant une mélopée cristalline qui s'élevait dans la brise du soir. Je me souviens de cette plage de sable rosé où j'étais étendu en compagnie de ma contrepartie. Ses doigts effleuraient ma peau, faisant tournoyer mes sphères de lumière au rythme de mes battements de cœur. Mon âme se souvenait de tout. La paume de sa main glissait au-dessus de mon nombril, et d'un mouvement circulaire, attisait la flamme de mon serpent de lumière, lové à la base de ma colonne vertébrale. Des rayons orangés jaillissaient sous sa main, alors qu'elle la déplaçait à la hauteur de mon plexus solaire. La tête du serpent s'enroulait autour de ma sphère dorée et des ondes électriques me parcouraient le corps, excitant tous mes sens. Un feu de lumière grimpait vers mon cœur et suivait la trajectoire de sa main, pétillante de bulles d'énergie. À cet instant, j'avais senti un immense portail s'ouvrir dans le creux de mon cœur. Un tunnel de lumière reliait nos âmes et des vagues d'amour déferlaient sur le rivage de nos êtres en extase. Nous étions connectés au niveau du cœur, alors que nos serpents de lumière s'enlaçaient frénétiquement dans une valse magnétisante, gravissant l'échelle de nos sphères. Des rayons bleus s'échappaient de nos bouches entrouvertes et un faisceau de lumière violette dansait dans la spirale de notre troisième œil. Nos êtres frémissaient, s'extasiaient, sous la poussée de nos serpents incandescents cherchant à s'échapper vers le haut. Nos corps vibraient intensément, amplifiant les vortex d'énergie dans chacune de nos sphères de lumière. Soudain, un gigantesque torrent d'amour s'était déversé dans nos êtres en fusion, et une lumière d'une blancheur immaculée nous avait propulsés jusqu'aux étoiles, dans une jouissive ascension. Mon âme se souvenait de tout...

***

Du tréfonds de ma conscience, j'entendis des voix et des bruits de pas dans le couloir. Des images floues défilèrent dans mon esprit : une autoroute bondée de touristes revenant d'une journée de ski à la montagne, un soleil éblouissant se couchant à l'horizon, une voiture filant à vive allure, un fracas assourdissant, le cri strident d'une sirène, puis un silence noir.

Les traits d'un amérindien sans âge, sur qui le temps semblait n'avoir eu aucune emprise, se découpèrent dans la pénombre. Ses yeux, silencieux et insondables, m'interpellaient. Sa présence dégageait une impression familière. Une vague de grande intimité envahissait toute la grotte. Soudain, une voix retentit dans ma conscience.

> « Bienvenue chez toi! Je t'attendais. Approche-toi et joins-toi à moi en ce lieu intemporel où le passé, le présent et le futur se confondent. Tu as demandé de l'aide, tu as demandé à comprendre et à te connaître. Ton intention est pure et sincère. Tu possèdes maintenant la clé... Il est temps à présent de visiter toutes les portes qui sont demeurées fermées si longtemps, et qui ne demandent qu'à s'ouvrir. Parcours-toi! Descends au plus profond de ton être et élève-toi de la Terre aux Étoiles. Et sache qui tu es. Qu'il en soit ainsi. »

***

LA LISEUSE D'ÂME

Une porte s'ouvrit. Je sentis une main sur mon épaule.

- Mon Ange, est-ce que ça va?

J'entrouvris les yeux péniblement et vis un visage penché au-dessus de moi. Stupéfié, mon cœur se figea un instant.
- Karine !?! Qu'est-ce que tu fais ici?
- J'ai appris pour ton accident... Je suis venue aussi vite que j'ai pu... Je t'aime Simon...

Une infirmière entra en trombe dans la chambre.
- Dieu du ciel! Vous êtes sorti du coma...

***

Au même instant, vingt-deux ans plus loin sur la courbure du temps...

J'entendis des bruits de pas résonner au loin. Je sentis une main sur mon épaule.

- Mon Ange, est-ce que ça va?

J'entrouvris les yeux péniblement, mais ne vis personne. Une lueur intrigante vacillait derrière moi. Je me retournai et aperçus Marco tenant un superbe gâteau dans les mains, surmonté d'une bougie allumée.
- C'est pour moi? En quel honneur?
- C'est pour nous! Ça fait un an aujourd'hui, jour pour jour, que l'on s'est rencontrés.
- Dans cette vie, peut-être! clama une voix surgit de nulle part.

Dans la nuit noire, une silhouette apparut. Ava valsait autour de nous dans son corps de lumière.
- Je n'aurais pas manqué ça pour tout l'or du monde! annonça-t-elle en riant.

LA LISEUSE D'ÂME

D'autres points lumineux constellèrent le ciel et s'approchaient de nous à une vitesse fulgurante. Zara et Aurélius apparurent, suivis d'Océane et Shalaam. Puis vinrent se joindre à nous Nayan, Joshua et Tyvi, Aigle Bleu et Pétale Blanche.
- Joyeux anniversaire de coton! s'exclamèrent-ils en chœur.

Nous étions heureux de nous retrouver en famille, entourés de la chaleureuse présence de nos « moi » antérieurs.
- C'est le moment de souffler la bougie! s'exclama Marco.
- Attends! Pas tout de suite...
- Qu'est-ce qu'il y a, mon Ange?

Je regardai autour et lui lançai un regard inquiet.
- Il manque du monde... Où sont les autres ?

Marco sourcilla et constata avec stupéfaction l'absence de Maude, de Simon et de Stella.

- Il se passe quelque chose ailleurs? soupira Ava.
- Qu'est-ce que tu veux insinuer? demandai-je, perplexe.
- Il se passe quelque chose ailleurs dans le temps...
- Ailleurs dans le temps? répétai-je, dubitative.
- Le passé est en train de changer...
- Comment cela le passé est en train de changer?! rétorqua Marco, estomaqué.
- C'est ça la vie! trancha placidement Ava.
- Mais le passé, ça ne peut pas changer? rajouta-t-il, consterné.
- Et si ce passé se jouait en ce moment même? Tout devient alors possible dans le présent!
- Mais... mais si le passé est en train de changer actuellement, alors l'avenir changera aussi?
- Forcément... concéda Ava.
- Et nous, alors? Qu'adviendra-t-il de nous? Ne sommes-nous pas, SoMauve et moi, le futur de ce passé?
- Oui, un futur potentiel... une des possibilités...
- Et toi, Ava, tu pourrais nous aider! C'est toi la Gardienne du Temps! C'est ton rôle de faire le pont entre nos vies, non?

LA LISEUSE D'ÂME

- Je pourrais... mais je ne dois pas intervenir dans le libre-choix des personnes impliquées...
- Alors, on fait quoi? demanda Marco qui commençait à disparaître sous nos yeux.

La bougie s'éteignit dans une bourrasque de vent et le médaillon qui pendait à son cou percuta le parquet du pont dans sa chute, avant d'être enseveli sous la pâtisserie.
- Marco!!!! hurlai-je à tue-tête, en disparaissant à mon tour, en même temps que le voilier.

***

Dans une chambre d'hôpital, à des lieues de là...

- Désolée, Mademoiselle, notre patient doit se reposer à présent, dit l'infirmière en raccompagnant Karine dans le couloir.
- Je reviendrai te voir demain... dit-elle dans l'embrasure de la porte.

Quelques minutes plus tard, l'infirmière revint dans la chambre de Simon qui somnolait déjà.
- Tenez, c'est pour vous! dit-elle en déposant un paquet sur son lit.
- C'est quoi? demandai-je, curieux.
- Je ne sais pas. Une jeune fille a laissé ça pour vous à la réception.
- Une jeune fille?
- Oui... une belle jeune fille, répéta-t-elle en tournant les talons.

En déballant le paquet, je découvris un joli coffret. Sans plus attendre, je l'ouvris minutieusement. Il y avait un mot à l'intérieur, posé sur un filet de cordage, que je lus en silence.

LA LISEUSE D'ÂME

Pour que tu te souviennes de notre avenir...
En mémoire de nous!

Intrigué par ce message, je m'apprêtais à refermer le coffret lorsque je vis briller quelque chose au travers du filet. Je passai un doigt dans une des mailles du filet et le retirai de la boîte. Deux petits objets colorés s'entrechoquèrent dans un tintement métallique. Je sursautai en voyant apparaître les deux cadenas enlacés ensemble. Pourquoi mon cœur s'emballait-il subitement?

Ce pouvait-il qu'il y ait un lien quelque part dans tout ça?
C'était peut-être concevable...

Nous étions en 2006 et en 2028 simultanément, et entre ces deux moments dans le temps, 45 millions d'années s'étaient écoulées, et bien d'autres restaient à venir...

L'histoire pouvait enfin débuter... Par-delà l'Éternité.

LA LISEUSE D'ÂME

LA LISEUSE D'ÂME

Épilogue

J'avais obtenu mon congé de l'hôpital et je prenais du repos chez moi. Mon état s'était modifié. Certes, j'avais perdu conscience un long moment, mais à mon réveil le champ de celle-ci semblait s'étendre à l'infini. Ma vie ne serait plus jamais la même. Il y a de ces certitudes qui ne se justifient pas, qui s'imposent d'elles-mêmes, tel un fruit rendu à maturité.

Chaque nuit, j'entendais la même petite voix me répéter :
« Sylvain... Sylvain... Sylvain... Souviens-toi... »

Et aussitôt, des visions déferlaient sur le rivage de mon esprit. Au début, cela ressemblait à des morceaux de puzzle, sans aucun rapport les uns avec les autres. Mais au fil des nuits, je commençais à y déceler des liens, des indices, des filons d'une grande trame dont je n'entrevoyais encore qu'une infime parcelle. Je n'avais alors plus qu'une envie : écrire ce que je vivais. Ce fut pour moi un exutoire bienfaiteur. À tous les matins, je transcrivis ces visions avec toute la charge émotive qu'elles contenaient. Ainsi est né mon premier livre *« Par-delà L'Éternité »*.

J'entends encore les propos de l'amérindien résonner dans mon esprit : « Tu dois revenir guérir ton passé... pour enfin pouvoir envisager ton véritable avenir... » Mais à l'époque, je ne comprenais pas ce qu'il cherchait à me dire. Peu de temps avant la parution de mon premier livre, un épisode traumatisant de mon enfance, enfoui dans les tréfonds de mon âme, refit surface. *Je me souvins de l'agression... Je me souvins d'avoir traversé le voile de la mort, bien malgré moi, dans des circonstances sordides.*
Je compris alors ce que j'avais à guérir en cette vie.

Lors de cette expérience par-delà le voile, j'ai emprunté une de ces portes pour voyager dans la spirale du temps. Et ouvrir une de ces portes, c'est soulever le voile qui nous sépare de nous-mêmes. *Quarante ans plus tard, mon âme s'est souvenue de tout…*

En conclusion, l'écriture de cette trilogie fut le parcours que j'ai emprunté pour franchir les étapes de ma guérison intérieure. Pour faire la paix avec mon passé. Écrire ces livres n'a pas suffi, il m'a fallu également les vivre. Chapitre après chapitre, histoire après histoire, phrase après phrase, mot après mot, émotion après émotion, je suis passé du stade de la **Révélation** à celui de l'*Acceptation*, pour enfin parvenir à briser mes chaînes et trouver la force de quitter mon île perdue, à bord d'un grand voilier blanc, symbolisant ma **Libération**. Comme quoi, on n'écrit jamais pour rien…

Avant de nous quitter, s'il y a une chose que j'aimerais que vous reteniez, ce serait celle-ci : Émerveillez-vous! La Vie est si belle… la Mort aussi… et la Renaissance encore plus!

Merci de m'avoir accompagné tout au long de cette aventure par-delà le temps et l'espace.

Affectueusement,

Sylvain

LA LISEUSE D'ÂME